Guilluame-René Meignan

# Le Monde et l'Homme Primitif selon la Bible

Guilluame-René Meignan

# Le Monde et l'Homme Primitif selon la Bible

Réimpression inchangée de l'édition originale de 1869.

1ère édition 2022   |   ISBN: 978-3-36820-717-5

Verlag (Éditeur): Outlook Verlag GmbH, Zeilweg 44, 60439 Frankfurt, Deutschland
Vertretungsberechtigt (Représentant autorisé): E. Roepke, Zeilweg 44, 60439 Frankfurt, Deutschland
Druck (Imprimerie): Books on Demand GmbH, In de Tarpen 42, 22848 Norderstedt, Deutschland

# LE MONDE
# ET L'HOMME PRIMITIF

### SELON LA BIBLE

TYPOGRAPHIE
EDMOND MONNOYER
AU MANS (SARTHE)

# LE MONDE

ET

# L'HOMME PRIMITIF

## SELON LA BIBLE

### Mgr MEIGNAN

ÉVÊQUE DE CHALONS-SUR-MARNE

PARIS
VICTOR PALMÉ, LIBRAIRE-ÉDITEUR
25, Rue de Grenelle-Saint-Germain, 25.

1869

Vignaud Lib.

BS
650
.M512

« Les vérités de la nature ne devaient paraître qu'avec le temps, et le souverain Être se les réservait comme le plus sûr moyen de rappeler l'homme à Lui lorsque la foi déclinant dans la suite des siècles serait devenue chancelante. »

« Buffon. »

# I

De nos jours, une des causes de l'affaiblissement de la foi aux révélations divines est assurément l'idée fausse que l'on se fait de la Bible considérée dans ses rapports avec les sciences. A cet égard, les temps sont bien changés, et l'opinion est allée d'un extrême à l'autre. Jadis on ne faisait guère de découvertes importantes sans chercher à en confirmer la vérité par le témoignage de la Sainte-Écriture; il fallait alors l'appui d'un texte, d'un mot, dont trop souvent on violentait le sens. Galilée ne prouvait-il pas la rotation de la terre par des versets mal interprétés de la Bible? On était assez disposé à croire que les révélations divines avaient formulé avec la même précision les lois du monde physique et les lois du monde moral : la Bible était comme le critérium des sciences d'observation, et leur imprimait une sorte de consécration.

Maintenant, non-seulement on ne cherche plus ce patronage sacré, mais plusieurs affectent, par une sorte de coquetterie malséante, littéraire ou scientifique, de contredire les Saintes-Ecritures. On dénature de nouveau les textes scripturaires, mais cette fois, on le dirait, pour le plaisir d'être en désaccord avec eux.

Cet ouvrage, en traitant un sujet intéressant par lui-même, montrera peut-être ce qu'il y avait d'excessif dans la méthode des anciens, mais ce que nous nous proposons, on le comprend, c'est bien plutôt de faire voir combien grande est la légèreté, combien injustes sont les appréciations d'un trop grand nombre de nos contemporains.

Toutefois, hâtons-nous de le dire, la plupart des savants les plus dignes de ce nom ne sont point tombés dans l'excès que nous signalons. Tout entiers à leurs études, ils restent étrangers aux controverses religieuses. Qu'ils nous permettent cependant d'en exprimer le regret, ils se montrent trop désintéressés des grandes questions qui nous préoccupent. Nous n'admettons pas que la Bible et la science n'aient aucun point commun, qu'elles se meuvent dans deux sphères entièrement séparées. Hé quoi! l'exégète ne devrait-il tenir aucun compte du progrès des connaissances humaines? Le savant ne trouverait-il ni profit ni lumière dans l'intelligence des textes sacrés? Nous ne le pensons pas. Le théologien expliquera mieux certaines parties de la Bible, s'il a préalablement étudié la nature; et le naturaliste, l'archéologue, à leur tour, profiteront à s'informer du véritable sens de la Genèse.

Nous voudrions inspirer un respect souverain de la Bible, de ce monument vénérable consacré par les siècles et par la religion.

Si la Bible n'est pas la révélation des sciences, elle n'en est pas non plus la contradiction. Pour atteindre son but, qui est exclusivement moral, elle projette comme par hasard et en passant de vives lumières, qui éclairent le monde physique, les origines de l'univers et, en particulier, l'apparition de l'homme sur la terre.

On ne trouvera dans ce livre ni théorie scientifique risquée ni spéculations théologiques hasardées. Nous acceptons la science telle qu'elle est, et nous nous honorons de la simplicité de notre foi à la parole de Dieu interprétée par l'Eglise catholique. C'est sur le terrain des principes admis que nous avons placé l'accord de la science et de la foi.

D'excellents ouvrages ont déjà traité de la cosmogonie de Moïse : il nous a néanmoins paru que celui-ci ne serait pas superflu. La science progresse et ses points de vue changent : l'apologétique chrétienne ne peut sans danger rester étrangère aux questions nouvelles qui surgissent au milieu ou sur les confins de son domaine. On l'a dit avant nous, la question n'est plus de savoir s'il eût mieux valu que les croyances et les traditions chrétiennes restassent au-dessus de toute controverse et de tout contrôle. L'esprit humain est entré dans une phase d'examen plus ou moins légitime qui impose à la religion elle-même l'épreuve de la controverse. Cette controverse, espérons-le, contribuera un jour, et ce jour n'est peut-être pas éloigné, à ramener plus d'un incrédule, plus d'un indifférent à la foi catholique.

« Les vérités de la nature, a dit excellem-
« ment Buffon, ne devaient paraître qu'avec
« le temps, et le souverain Être se les réser-
« vait comme le plus sûr moyen de rappeler
« l'homme à Lui lorsque la foi déclinant
« dans la suite des siècles serait devenue
« chancelante. »

## II

Parmi les attaques récentes dirigées contre les origines du monde et de l'homme suivant la Bible, les plus violentes sont celles de l'école positiviste, matérialiste, athée. Des hommes plus modérés, mais non moins dangereux, comme Darwin et ses disciples, ont émis des théories inconciliables avec la vérité des traditions religieuses; des savants consciencieux, mais intempérants, comme Lyell, ont mis en péril l'ancien accord de la géologie et de la Bible. On a osé dire dans de savantes *Revues* que l'étude de la nature a brisé le cercle étroit dans lequel Moïse enfermait la création. La Genèse serait en contradiction formelle avec la nouvelle philosophie de la nature, avec les lois cosmogoniques, zoologiques, physiologiques que la science contemporaine observe et décrit, etc., etc.

Développons donc ce qui, dans la défense de notre foi, n'a été encore que sommairement exposé, éclairons ce qui est resté obscur, ajoutons ce que l'état présent des esprits semble réclamer. La tâche de l'apologiste, dans ce siècle inquiet, n'est jamais finie.

Tous ces motifs et l'intérêt qui s'attache aujourd'hui à la recherche des origines du monde et de l'homme nous ont décidé à publier les leçons que nous avons données à la Sorbonne pendant l'année classique 1861-1862. Nous nous sommes contenté, faute de loisirs suffisants, de revoir chaque sujet.

Puissions-nous faire quelque bien aux âmes sincères troublées par l'incrédulité contemporaine !

## III

Les livres sacrés des anciens peuples ont tous essayé d'expliquer l'origine du monde, d'en faire connaître le développement et l'histoire, d'en prédire les destinées. Cosmogonie, anthropologie, histoire primitive, eschatologie : voilà les éléments intégrants de ces monuments naïvement encyclopédiques.

Si vénérables qu'elles soient par leur antiquité, par les parcelles d'histoire positive que le savant y découvre, ces archives de l'humanité ne témoigneraient guère, suivant la critique moderne, que des efforts impuissants des premiers âges pour comprendre et expliquer les conditions où s'agitent notre mystérieuse existence. Ces livres n'auraient offert que des solutions prématurées et provisoires à la curiosité crédule autant qu'intempérante des premières sociétés.

Étudiés même à ce point de vue, de tels monuments présenteraient déjà, nous le reconnaissons, un intérêt qui en justifierait l'étude : car manifestement ils ne sont pas l'œuvre du génie d'un seul, mais la somme et comme la résultante des conceptions primitives des nations. Le philosophe et l'historien pourraient y puiser de précieuses indications touchant les origines et les premiers essais de l'esprit humain à la recherche de la vérité.

Mais ce jugement sur les livres sacrés des anciens peuples n'est-il point, à plusieurs égards, étroit et mêlé de graves erreurs? A côté de conceptions trop ambitieuses et de systèmes enfantés par l'imagination, n'y a-t-il point, dans les livres de l'Inde et de la Perse, par exemple, un élément traditionnel commun à tous les peuples antiques, tirant son origine d'une révélation primitive, et de précieux témoignages à recueillir à cet égard?

En second lieu, parmi les livres sacrés que nous ont légués les siècles passés, n'en est-il point un qu'il faut distinguer des autres? Les erreurs manifestes qui défigurent ceux-ci se trouvent-elles également dans la Bible? La Genèse, écrite il y a plus de trois mille ans, ne présente-t-elle pas le phénomène unique d'une cosmogonie, d'une anthropologie et d'une histoire primitive que les progrès des sciences n'ont pu trouver en défaut? Moïse a-t-il, oui ou non, répandu, vulgarisé et maintenu depuis trente siècles des idées fort justes et très-remarquables sur l'univers tout entier? Écrite avant la formation des sciences, alors que l'existence de plusieurs d'entre elles n'était pas même soupçonnée, la cosmogonie biblique nous apparaît-elle dans des rapports satisfaisants avec les faits avérés et les données certaines des sciences?

Expliquer l'origine des choses est une tâche en tout temps bien difficile. Moïse l'a entreprise dans un âge d'ignorance, de longs siècles avant l'étude de la nature et les recherches de la philosophie : a-t-il donné de Dieu, de la création, de la matière, de l'âme, du devoir, de la destinée humaine, une idée toujours acceptable, toujours vraie, toujours admirable? Cette question vaut la peine d'être froidement et sérieusement examinée. Une réponse affirmative entraîne, à notre avis, les plus graves conséquences, à savoir la réalité de l'inspiration de la Bible et la certitude du fait de la Révélation.

## IV

Le sujet est vaste; nous ne pouvons le traiter dans toute son étendue. Nous nous proposons du moins d'aborder les questions les plus difficiles, celles qui peuvent le mieux aider à former une conviction et à porter un jugement éclairé.

Il nous faudra traiter successivement plusieurs questions qui préoccupent en ce moment les esprits curieux et avides de savoir.

Nous avons sans doute comme premier but celui de venger la Bible des injustes attaques dirigées contre elle; mais à côté de

XVI

l'intérêt religieux, qui sera le principal pour le grand nombre des lecteurs, se place encore celui des faits que nous aurons à discuter et à établir.

On sait quelle émotion se produisit en France lorsqu'on trouva dans le gypse de Montmartre les débris d'animaux inconnus jusqu'alors : l'anoplotherium, le palæotherium, animaux pachydermes rapprochés du tapir, et d'autres encore, tels que le xiphodon, etc.

Il s'agit d'analyser et d'exposer des faits bien autrement dignes d'attention que ces découvertes, tout importantes qu'elles aient été pour les progrès de l'anatomie comparée.

Nous allons entrer dans les champs les plus nouveaux de la Cosmologie, de la Géologie, (1) de l'Anthropologie, de la Linguistique et de la Chronologie. Noble curiosité qui pousse l'homme à rechercher son origine, son histoire, la raison de sa foi, de la morale,

---

(1) L'abbé Ed. Lambert, du clergé de Paris, auteur de plusieurs manuels classiques estimés et directeur de la collection géologique et archéologique de notre grand Séminaire, nous a obligeamment prêté son concours pour la révision et le développement des aperçus géologiques des premiers chapitres de cet ouvrage. Nous nous félicitons d'avoir l'occasion d'encourager ce modeste et savant ecclésiastique.

du culte et de l'adoration ; à pénétrer, dans la mesure permise, les secrets de Dieu et les desseins admirables de sa sagesse! Telle fut jadis l'ambition de saint Basile et de saint Ambroise ; telle est aussi la nôtre. Nous n'avons pas la vaniteuse prétention d'être leur émule, nous marchons humblement sur leurs traces illustres. Puisse le Ciel aider notre faiblesse dans une tâche que nous ne voulons accomplir qu'en soumettant notre pensée au jugement infaillible du Saint-Siége !

Est-il besoin de dire que, dans cet ouvrage, en opposant aux systèmes, aux affirmations contraires à la Bible les témoignages d'une science qui nous paraît saine, nous n'entendons trancher aucune des questions que l'Église n'a pas décidées. *In necessariis unitas, in dubiis libertas, in omnibus charitas.* En laissant aux autres dans son entier le bénéfice de cette sage maxime, toujours bonne à rappeler, nous nous bornons à le réclamer pour nous.

# LE MONDE ET L'HOMME PRIMITIF
## SELON LA BIBLE

---

### CHAPITRE PREMIER

Caractère historique du récit de la création dans la Genèse. — Durée des six jours.

#### SOMMAIRE :

Comment au xix° siècle on a méconnu le caractère du récit mosaïque de la création : Eichorn, Herder, Kurtz. — Preuves du caractère historique du premier chapitre de la Genèse. — Ce chapitre n'est point l'exposé d'un système de philosophie, ni le début d'une épopée, ni un récit prophétique ; il est essentiellement véridique, historique, dans son ensemble et sa substance ; il n'a pas néanmoins et ne pouvait avoir dans la forme et dans la méthode l'exactitude ni la rigueur d'un exposé scientifique. — Les cosmogonies des anciens peuples renferment des éléments qui leur sont communs avec la cosmogonie mosaïque. — Antiquité du globe. — Les six jours de la création forment six périodes de temps indéterminé.

---

### I

Pour procéder avec méthode, la question que nous examinerons d'abord est celle-ci : Quel est le caractère du premier chapitre de la Genèse? Faut-il le considérer comme un récit historique, ou bien comme une théorie spéculative du Cosmos, comme une explication fournie à la fois par la théologie, la science du temps, et la philosophie ? Est-ce une légende poétique ou un mythe ?

Toutes ces opinions ont été soutenues dans l'Allemagne protestante : et aujourd'hui diversement modifiées, elles partagent encore les esprits. Le rationalisme européen s'est emparé des plus radicales d'entre elles ; il les reproduit avec des variantes infinies.

Exposons les thèmes anciens d'où émanent les mobiles fantaisies contemporaines.

Eichorn, dans son *Histoire primitive*, éditée par Gabler, a prétendu que le récit de la création n'était que l'exposition épique de la croyance d'après laquelle Dieu est le principe de toutes choses. C'est, dit-il, un tableau, et non le récit d'un historien ; on y trouve le dessin et la couleur d'un pinceau qui se joue, et non le trait sévère et profond du burin de l'histoire.

Selon Herder, le récit mosaïque n'est pas même l'exposition d'un dogme ; il n'a ni cette solennité, ni cette importance ; le premier chapitre de la Genèse est une poétique rêverie, comparable à la description de l'Aurore, chez les poëtes. Semblable à l'Aurore, Jéhovah est représenté vivifiant la nature, éveillant les animaux comme endormis dans leurs germes, répandant sur les fleurs la rosée et la douce lumière matinale. Dieu et le monde, dit-il, flottent dans le demi-jour du crépuscule.

Redslob voit dans le premier chapitre de la Genèse un apologue, une hypothèse cosmogonique mise en scène sur un théâtre grandiose.

Kurtz croit y reconnaître des visions prophétiques accordées à Moïse, visions dans lesquelles il faut savoir distinguer la vérité objective de l'impression subjective.

Godwin appelle Moïse un Newton hébreu prématuré, s'essayant avant le temps à indiquer la raison des grands faits de la nature.

Laissons les vaines images, les théories sommaires, et étudions froidement les faits à la lumière de la critique et du bon sens.

*Le récit de la création est historique.*

1° Une théorie théologico-philosophique placée à la première page de la Genèse ne serait-elle pas contraire au génie de la Bible tout entière ? La Bible, prenons-y garde, n'a point la prétention philosophique des Pouranas. On a dit et assez répété de notre temps que les races avaient chacune leur génie ; on a tout voulu expliquer par les races : les littératures aussi bien que les religions. A quelles rêveries ne s'est-on pas laissé entraîner quand on a opposé la race sémitique à la race âryenne ? De quels caractères spécifiques ne l'a-t-on pas dotée ? Parce qu'Israël voyagea peu, on l'a déclaré race sédentaire ; parce qu'Israël a eu la mission de conserver les éléments de la religion révélée, on a dit de lui, par amour gratuit de la classification : race essentiellement religieuse ; parce que, reproduisant les révélations positives de Dieu, il ne s'est pas abandonné aux systèmes : race dénuée du génie philosophique ; parce que ses livres sont simples, sa phrase sans circonlocution : race d'un style pauvre. Par quel abus de langage et par quel vice de méthode fait-on ici remonter à la race des faits mal constatés qui, d'ailleurs, correspondaient simplement aux conditions dans lesquelles ont vécu les Israélites ? On voulait jadis expliquer tout par le climat ; aujourd'hui l'on veut tout expliquer par les races. Laissons de côté ces exagérations, dont l'Institut fit un jour bonne justice. (*Procès-verbaux des séances de l'Académie des inscriptions et belles-lettres. Discussion entre M. Renan et ses savants collègues*, 1860.) Constatons simplement que les spéculations philosophiques ne sont point dans les habitudes des écrivains sacrés de la Bible, et que le premier chapitre de la Genèse ne ressemble pas plus à une philosophie que n'importe quel récit des *Rois* ou des *Paralipomènes*. Il faut avouer, si l'on veut être raisonnable, que l'exposé de l'œuvre des six jours ne ressemble point à un chapitre de philosophie. Il présente des faits, non des théories.

2° La Genèse *n'est point* non plus une *épopée*. Quelle différence n'observe-t-on pas entre la Bible et un poëme du genre du Mahabarata, entre les chapitres de la Genèse et les chants d'Homère! Ici, on prétend saisir l'imagination par des tableaux chargés d'aimables couleurs, par des énumérations, des descriptions, des images, enfin par des intrigues combinées avec art et dénouées par l'imprévu, le tragique, etc. Là, au contraire, l'écrivain sacré n'a d'autre but que de montrer les conditions historiques de la vie, l'origine et la destinée humaine, les voies de la justice, de la vertu et du salut final. La création est le premier dogme que la religion enseigne, le premier titre de gloire pour les hommes, la première raison de leur dépendance de Dieu, le principe générateur du culte, de l'adoration et de l'amour divin, le fondement du souverain domaine du Créateur sur la créature.

3° Rien n'indique un récit *prophétique*. L'auteur ne voit rien ἐν πνεύματι. Point de formules poétiques comme celle-ci : « Voici la vision de Moïse; » ou bien : « J'ouvris les yeux, et je vis. »

Tout est net, précis, ordonné, classé; on ne saisit aucun mouvement de cette surprise, ni de cet étonnement qui accompagnent les communications de Dieu. Moïse a écrit le premier chapitre de la Genèse avec ce sens rassis de l'historien qui raconte ce qu'il sait depuis longtemps et ce que les traditions lui ont appris.

Le premier chapitre de la Genèse est l'introduction d'un livre essentiellement historique. La substance du livre est historique, le commencement l'est aussi. Dieu fait du sabbat de la création la base du sabbat hebdomadaire. Un commandement précis, obligatoire, ne repose pas sur une vague poésie, un récit en l'air, sur une vision obscure. C'est sur le récit du second chapitre de la Genèse que Jésus-Christ base la loi de l'unité du mariage, et c'est d'après les faits rapportés qu'il condamne le divorce.

Aujourd'hui l'on n'ose plus autant qu'autrefois transformer le premier chapitre de la Genèse en une spéculation purement philosophique ni en un chant poétique. On se montre plus sobre d'hypothèses ; mais on prétend que le récit biblique n'impose point une foi obligatoire même au chrétien.

On dit que Dieu n'a pas voulu révéler des faits de l'ordre physique, et qu'il a donné à l'homme des facultés pour les découvrir, les classer, les réduire en lois et en systèmes. Cela est vrai pour les faits qui se rapportent à la science pure ; mais il y a des faits qui sont à la fois de l'ordre physique et de l'ordre religieux. Tel est celui-ci : Dieu créa le ciel et la terre. Ajoutons que la théorie qui soustrait absolument au domaine de la foi les faits que la raison, l'observation peuvent découvrir, n'est pas admissible.

Comment distinguer toujours ce que nous pouvons et ce que nous ne pouvons pas découvrir par nos propres facultés ? Les Allemands prétendent tout découvrir par la raison : l'essence de l'absolu et du relatif, les rapports du fini et de l'infini; les déistes et les rationalistes se flattent d'établir, à l'aide de la raison pure, toutes les obligations morales et religieuses.

On a dit : Les erreurs de la Bible en astronomie et en géologie importeraient peu. — Mais, si la Bible commençait par un exposé erroné des vérités physiques, ne serait-il pas à craindre que l'induction ne nous menât à douter des vérités morales ? Si l'erreur est à la première page de la Bible, quelles garanties aurons-nous pour le reste du livre ?

L'hypothèse d'un livre inspiré dans lequel la vérité morale serait encadrée dans le récit de faits controuvés, soulève les plus grandes difficultés et elle ne nous paraît point propre à ramener au dogme de l'inspiration les esprits rebelles. — Est-ce à dire, néanmoins, qu'il faille prendre chacun des mots de la Genèse dans un sens scientifique ? Faut-il nécessairement admettre que l'histoire mosaïque de la création offre une classification complète et rigoureusement méthodique des êtres créés ; que Moïse n'a rien omis, rien interverti dans le récit ? Non : ce serait tomber dans une autre exagération. La Bible emploie le langage ordinaire, les expressions populaires, qui représentent souvent les choses telles qu'elles apparaissent aux yeux, et non telles que la science les définit. Qui voudra incriminer comme absolument fausses les expressions suivantes : *lever et coucher du soleil, voûte du ciel, firmament, ciel, océan supérieur*, etc.? La Bible parle le langage de son temps, et elle expose dans ce langage l'histoire primitive. Elle ne connaît ni classification rigoureuse, ni nomenclature absolue, ni méthode scientifique naturelle ou artificielle. La vénérable antiquité ne subissait point les exigences d'aujourd'hui. Souvent même la Bible rapporte dans leur forme ingénue des récits entiers, dans lesquels se reflètent les croyances naïves des peuples orientaux; et, en ce cas, il importe de ne pas confondre la vérité que l'auteur en veut faire ressortir avec le texte et les citations qu'il emprunte sans les définir, sans se les approprier autrement qu'à titre de rapporteur. Mettre en lumière toutes ces choses, analyser les éléments d'un texte, tel est le travail subtil et délicat de l'exégète catholique, guidé dans sa tâche par l'Église, gardienne et interprète des textes sacrés.

Ce qui prouve, enfin, que le récit mosaïque n'est point une vaine poésie, ni une théorie, ni même une révélation particulière faite seulement à l'auteur du Pentateuque, c'est que presque toutes les cosmogonies des peuples anciens renferment des éléments qui leur sont communs avec la cosmogonie mosaïque. Je me propose de le démontrer brièvement.

En rapprochant les cosmogonies païennes du récit de la Genèse, on est sans doute frappé des immenses différences qui les séparent. Autant Moïse est simple, élevé, éloigné des exagérations ridicules, autant les cosmogonies des anciens peuples sont, en beaucoup de points, extravagantes et remplies de choses impossibles. Néanmoins, l'observateur attentif le découvre bientôt, toutes renferment des faits qui se rapportent à la Bible.

Commençons par la cosmogonie étrusque, que nous trouvons dans Suidas. Cet auteur, qui vivait vers le x° siècle de notre ère, ne nous offre qu'une indigeste compilation d'auteurs anciens. Quelque imparfaite que soit cette compilation lexicographique par le peu de critique qui y préside, néanmoins elle est importante à raison des fragments précieux d'ouvrages perdus qu'elle contient.

D'après un livre étrusque, Suidas nous apprend (art. Τυρρηνία) que l'antique peuple d'Étrurie admettait que la Divinité avait créé le monde en six périodes dont chacune avait été de mille ans : dans le premier millénaire furent créés le ciel et la terre ; dans le second, le firmament ; dans le troisième, la mer et les eaux de la terre ; dans le quatrième, le soleil, la lune et les étoiles ; dans le cinquième les animaux aquatiques, les oiseaux et les *animaux des continents*; dans le sixième, l'homme.

La première différence que l'on remarque entre cette cosmogonie et celle de Moïse consiste en ce que le *jour* de Moïse est appelé *millénaire;* la deuxième est l'omission de la création de la lumière ; la troisième différence est que les animaux des continents sont, selon les Étrusques, créés au cinquième et non au sixième jour.

D'après le Zend-Avesta, Ormuzd crée le monde avec l'aide des Amschaspands dans l'ordre suivant, savoir : le ciel, les eaux, la terre, les arbres, les animaux et les hommes. L'Avesta reconnaît de même six périodes.

La seule différence consiste en ce que les jours ne se suivent pas immédiatement, et que chaque jour est terminé par une grande fête. (Voyez Burnouf, *Yaçna*, p. 294-334.)

La cosmogonie babylonienne, telle que l'a reproduite Bérose, et la cosmogonie phénicienne de Sanchionaton, malgré la fantaisie dont elles portent les traces, conservent avec le premier chapitre de la Genèse des traits de similitude incontestables. Il fut un temps, dit la cosmogonie babylonienne, dans lequel tout était eau et ténèbres : σκότος καὶ ὕδωρ. — D'après la cosmogonie phénicienne, le premier couple humain fut créé par le souffle divin, *Kolpia*, et son épouse *Baau*, c'est-à-dire la matière ténébreuse.

Ou bien il faut supposer que ces cosmogonies proviennent d'une tradition primitive conservée par ces peuples, ou bien que ceux-ci l'ont empruntée à une nation étrangère. Les Phéniciens, les Babyloniens et les Étrusques ont-ils emprunté à la Bible les éléments de leurs cosmogonies? Le fait est peu vraisemblable. Les Phéniciens, surtout, n'auraient pas consenti à emprunter quoi que ce soit au Mosaïsme, avec lequel ils étaient, sous le rapport religieux, dans un antagonisme constant. Il est plutôt à supposer que les uns et les autres ont suivi une tradition primordiale. En tout cas, il est clair que tous ces peuples ont cru revendiquer un récit substantiellement historique et traditionnel chez eux.

Quand le livre de la loi de Manou et l'épopée du Mahabarata racontent que le Dieu, qui est à lui-même son principe, créa premièrement l'eau et la féconda, et que le produit de la fécondation devint un œuf, au sein duquel se plaça Brahma pour s'y dilater, peut-on voir là autre chose que la traduction fantastique de cette parole de l'Écriture : *l'esprit de Dieu* couvait *la surface des eaux, Rouha Elohim meharephet hal pene hammaïm*?

Cette légende de l'œuf du monde se trouve non-seulement chez les Indiens, mais aussi chez les Chinois et les Japonais, chez les Perses et les autres peuples. Même au delà du détroit de Behring, en Amérique, apparaît la légende d'un oiseau qui couve l'œuf du monde (Delitzsch, *Genesis*).

On rencontre la semaine de sept jours dans toute l'Asie, et particulièrement chez les Babyloniens. Elle est connue chez les Chinois, les Indiens et les Arabes. Les Égyptiens, il est vrai, comptaient par décade ; mais, eux aussi, connaissaient notre division élémentaire du temps, et Dion Cassius (*liv.* XXXVII, *ch.* xvii) assure que cette base des calendriers romains et les noms des planètes appliqués aux jours par les Romains sont empruntés à l'Egypte. La semaine des sept jours, dit Tuch, a pour origine une donnée primordiale qui se trouve partout, du Gange jusqu'au Nil. Les légendes des peuples orientaux ne s'expliquent que par un fond commun appartenant à l'histoire du genre humain ; mais on reconnaît, en même temps, que cette donnée primordiale a été convertie en légende.

Il s'agit de distinguer l'une de l'autre.

Où est l'histoire ? où est la légende ?

La légende se traduit par la fantaisie de l'arbitraire.

La légende, c'est le récit du livre de Manou. La semence des eaux primitives devint un œuf d'or, dans lequel Brahma reposa une année entière, jusqu'à ce que, partageant cet œuf, il fit de la partie supérieure le ciel et de la partie inférieure la terre.

La légende, c'est la cosmogonie babylonienne, d'après laquelle Beel coupe en deux son épouse

Ομώραχα, d'une moitié en fait le ciel, et de l'autre la terre ; puis se coupe à lui-même la tête. Les dieux pétrissent ensemble les gouttes de sang et la poussière terrestre et forment des hommes.

La légende, c'est cette conception égyptienne d'après laquelle le créateur Kneph façonna sur le tour d'un potier les membres d'Osiris.

Comparez à ces fables le récit biblique, et vous admirerez comment celui-ci dans toutes ses parties porte l'empreinte de la vérité historique. Le récit tout entier est sobre, net, clair et conforme à la raison. Sans doute, l'histoire de la Genèse respire la plus haute poésie, elle a des traits magnifiques, des paroles sublimes ; mais on n'y entrevoit ni système philosophique, ni fantaisie de poëte, ni mythe obscur, ni fables puériles. C'est à ce récit, si grand et si simple, qu'il faut ramener les exagérations des autres cosmogonies.

Cette connaissance de l'œuvre des six jours a été révélée à l'homme alors que, créé adulte et jouissant dans l'état d'innocence des communications divines, il apprit de la bouche même de Dieu les vérités morales et religieuses qui importaient à sa vie et le secret de ses éternelles destinées. L'homme n'aurait point trouvé seul, et tous les peuples n'eussent point spontanément admis le sabbat et la division de la semaine en sept jours, selon l'ordre des créations. Nous croyons que l'humanité naissante a reçu les communications divines, lesquelles, fidèlement conservées par un peuple choisi, ne se retrouvent qu'imparfaitement gardées dans la mémoire des autres peuples.

Terminons ces considérations générales. Commençons à examiner le récit de la Genèse dans son texte. Ne craignons pas de le confronter avec les résultats les plus certains des sciences.

## II

Une première question se présente : c'est celle de l'antiquité de notre globe terrestre.

La science donne à notre globe une très-haute antiquité.

L'enveloppe solide est très-mince relativement au rayon terrestre, qui représente 6,000 kilomètres (1,500 lieues); elle est aussi mince que le serait une feuille de papier sur un globe artificiel qui aurait un mètre de diamètre, et les plus hautes montagnes sont comparables aux aspérités qui existent sur une écorce d'orange. Malgré sa minceur relative, la croûte du globe peut encore avoir de 20 à 40 kilomètres de profondeur. Le géologue qui entr'ouvre les entrailles de la terre, aperçoit au-dessus des terrains plutoniens, c'est-à-dire au-dessus des roches qui doivent leur origine à l'action du feu, une série de stratifications pouvant avoir, en certains endroits, plusieurs milliers de mètres. Il divise ces strafications en terrains primaires, secondaires, tertiaires, quaternaires et modernes. On compte au moins seize de ces grandes stratifications. Les géologues affirment que ces stratifications se sont formées au sein des eaux, et qu'il a fallu pour cela des milliers d'années. MM. Darwin et Agassis, qui ont étudié les madrépores, le premier, dans les mers du grand Océan Pacifique, l'autre, dans les mers d'Amérique, admettent qu'il a fallu des centaines de mille ans pour la formation des immenses bancs madréporiques sur lesquels reposent des îles entières et des parties de continents.

Si nous étudions la formation des terrains récents ou en voie d'accroissement, les dépôts de détritus dans la mer, ceux des lacs, les alluvions des rivières, la formation de la tourbe et des marais tourbeux, celle des dépôts organiques et des marnes coquillières, nous sommes induit à admettre que le globe peut compter plusieurs centaines de mille ans d'existence.

Le lecteur se convaincra plus tard avec nous que l'apparition de l'homme à la surface de la terre est récente: mais nous ne prétendons point que la formation de notre globe le soit aussi. Ce sont deux questions qu'il importe de ne pas confondre; et, pour notre part, nous ne voulons point combattre, nous sommes, au contraire, très-disposé à admettre l'hypothèse de la grande et très-grande antiquité du globe.

Mais le récit de la Bible ne contredit-il pas sur ce point les conclusions admises presque unanimement par tous les géologues ?

Non : le premier verset de la Genèse laisse ici à la théorie la plus grande latitude. Si la géologie demande pour le ciel et la terre des myriades de mille ans, le premier verset de la Bible lui donne toute liberté ; car il ne contient que ces mots : « Au commencement Dieu créa le ciel et la terre. »

Comment faut-il interpréter cette locution : *Au commencement* ? Plusieurs philologues ont remarqué que le mot Rechith, *commencement*, est dans le texte hébreu sans article : בראשית, et ils en ont conclu que la création du ciel et de la terre avait eu lieu dans un passé indéterminé ; non *dans le commencement* de la vie de l'homme, *dans le commencement* de la vie des plantes, de la succession des jours et des nuits, mais *dans un commencement* plus éloigné : ἐν ἀρχῇ, selon les Septante ; *Be kadmin*, selon les Chaldéens ; *Berichit*, selon la version syriaque. La conservation de ce mot sans article, malgré la tentation naturelle qu'ont dû éprouver les copistes d'en ajouter un, montre l'antiquité de la version. Plusieurs commentateurs sont même allés trop loin sous ce rapport, en rapprochant cette locution des premiers mots de saint Jean : *In principio*, ἐν ἀρχῇ. Tholuck traduit les premiers mots de la Genèse : *au sein de son éternité*. Il explique ce qu'il entend par *éternité* : *æternitas à parte ante*, c'est-à-dire, *avant l'existence du temps*. Onkelos admet la même opinion.

L'expression hébraïque est donc essentiellement indéfinie, et peut comporter, si l'on veut, des millions d'années, aussi bien que des milliers, c'est-à-dire tout le temps que les géologues voudront supposer à l'antiquité de la terre.

Sans doute, Dieu eût pu créer le monde tel qu'il est, non-seulement en six jours de vingt-quatre heures, mais en un seul instant : la question est de savoir si Dieu l'a voulu et s'il l'a fait. La nature et la grâce nous montrent à la fois que Dieu se plaît à agir par degrés et à n'aller au but que par des progrès lents et quelquefois insensibles. Dieu annonça la Rédemption dans le Paradis terrestre, et quatre mille ans au moins s'écoulèrent jusqu'au jour de la venue du Messie promis. Le Christ veut que toute la terre reçoive l'enseignement de l'Evangile ; et, cependant, il a fallu des siècles pour que même son nom parvînt aux peuples de l'Amérique et de l'Océanie. « Dieu est patient, » dit saint Augustin, « parce qu'il est éternel. »

Le fait de la naissance, de la croissance de presque tous les êtres, montre cette même loi du progrès de la nature marchant pas à pas vers son but. Dieu, ce nous semble, n'a point voulu agir autrement dans la formation du globe que nous habitons. La création a duré six jours, mais ces six jours sont les périodes d'un temps indéterminé. En effet, les trois premiers jours n'étaient mesurés ni par le coucher ni par le lever du soleil, qui n'existait pas encore. Le premier jour consiste dans une période de lumière et de ténèbres ; mais combien de temps a duré la lumière ? combien de temps ont subsisté les ténèbres ? Voilà ce que la Bible ne dit pas.

Dieu sépara la lumière et les ténèbres ; il appela la lumière *jour*, et les ténèbres *nuit*.

Dieu laissait ainsi le monde pendant des intervalles plus ou moins longs sous l'action des causes qu'il avait créées, et ces intervalles pouvaient être des siècles. Tout le monde sait que la Bible appelle *jour* une époque. *Dans ce jour* veut dire souvent *à cette époque*. Jésus-Christ a appelé la vie un *jour* lorsqu'il a dit : « Je dois faire l'œuvre de Celui qui m'a envoyé tandis qu'il est *jour* ; la *nuit* vient, etc. » Il y eut un premier jour, il y en eut un second, il y en eut un troisième : intervalles indéterminés qui distinguent le divin progrès de la formation du monde.

La Bible elle-même, suivant plusieurs commentateurs, prend soin de distinguer les jours de la création des jours ordinaires. En effet, les jours des Hébreux sont compris dans l'intervalle d'un soir à un soir. Le premier jour de la création, au contraire, commence avec la lumière, ensuite le soir eut lieu, puis vint le matin, ce qui fit un jour. Le premier jour finit avec le commencement de l'aurore du deuxième jour. Voici le texte hébreu : ויהי ארב ייח בקר יום אחך, *Va iehi hereb va iehi boker iom ehad.*

Si le premier jour avait commencé avec le soir, la Bible n'appellerait pas *un jour* le temps où Dieu créa la lumière ; le premier jour serait le second du récit de la Genèse. On voit par là que les jours de la création ne sont point les jours ordinaires des Hébreux. Les jours génésiaques furent mesurés par la durée indéfinie de la lumière et par celle des ténèbres qui suivirent. Les jours solaires ne servirent de chronomètres qu'après la création.

Si les six jours de la création doivent être mesurés par la longueur du septième, par le repos de Dieu, ces jours doivent être des périodes de temps indéfinies. Il est dit au chapitre II : « Et Dieu se reposa le septième jour après tout ce qu'il avait fait ; » il n'est plus fait mention du soir ni du matin. Le jour du repos du Seigneur dure encore, suivant les paroles de saint Paul (*ép. aux Hébr.*), expliquées et interprétées par les Pères : « Craignez, » dit saint Paul, « de ne pas entrer dans le *repos* de Dieu. » — « Le *repos* de Dieu, » dit-il plus loin, « est celui dans lequel entra Dieu après la création » (chap. IV) ; et ce *repos* continue toujours. Le septième jour de la création est le *sabbat de Dieu* ; les jours qui le précèdent sont aussi les *jours de Dieu*, des jours merveilleux qui ne doivent pas être comparés à nos courtes et froides journées dont Job dit avec mélancolie : *Breves dies hominis sunt*. Saint Cyprien donnait aux jours de la création une durée de sept mille ans. Saint Augustin, sans vouloir déterminer ces jours, reconnaissait qu'ils exprimaient des périodes dont il est impossible de fixer l'étendue. Saint Basile, Pierre Lombard, dont saint Thomas seul a pu dépasser la gloire au moyen âge, étaient de cette opinion.

## CHAPITRE II

**Premier, deuxième et quatrième jour.**

---

**SOMMAIRE :**

La création mosaïque échappe au Panthéisme, au Dualisme. — Le *tohu-bohu*. — La lumière existant avant le soleil. — Le soleil, la lune et les étoiles au quatrième jour. — Système de Laplace. — Expérience de M. Plateau. — La Genèse fait-elle du firmament une voûte solide et compacte ?

---

### I

Il n'y a pas longtemps que la science renonce à scruter le secret de l'origine des choses, écartant un problème qui, en dépit du parti pris d'aujourd'hui, s'imposera fatalement demain. D'où vient le monde et d'où puis-je venir moi-même ? Tout ce qui se reproduit en se répétant se compte ; tout ce qui se compte, augmente ou diminue et aboutit à un premier et à un dernier terme. Le nombre procède fatalement de l'unité. Cette unité, d'où vient-elle ? Le germe a-t-il précédé la plante ? Alors d'où vient-il ? La plante a-t-elle produit le germe? Alors qui lui a donné l'existence? En vain l'orgueil du savant poussé à bout se retranchera dans son incompétence, le genre humain voudra savoir d'où il vient, afin de connaître où il va ; et le problème de la création s'imposera toujours. Abordons-le donc franchement aujourd'hui. Ajourner ou esquiver une question de cette importance n'est pas sagesse.

Comment, dans le cours des âges, a-t-on résolu cette formidable question? — Trois doctrines s'offrent à nous : la doctrine panthéiste, la doctrine dualiste et la doctrine chrétienne. Suivant qu'on adopte l'une ou l'autre de ces doctrines, on se place dans un ordre différent de conceptions, on épouse une philosophie, on adopte une religion.

L'Inde, autant que nous pouvons le savoir, est la première partie du panthéisme. Les Indous déclarent que tout émane de Brahma. A l'origine des choses, Brahma résidait dans un œuf éclatant comme l'or : de cet œuf sortit le monde tout entier. Selon une autre image, Brahma est l'araignée éternelle qui tire de son sein le fil indéfini avec lequel il tissera la trame de la création. C'est encore un soleil immense d'où jaillissent les créatures en myriades d'étincelles. Enfin, Brahma est un océan à la surface duquel apparaissent et s'évanouissent les vagues de l'existence ; les êtres sont, suivant le mélancolique langage de l'Inde, l'écume légère, les bulles fragiles, les flots fugitifs et gémissants de cette mer sans rivages. Mais, de même que tout sort de Brahma, tout rentre dans Brahma : les dieux, les génies, les astres, les hommes, les animaux, les plantes. Les émanations plus pures précèdent les émanations moins pures. La création se développe et va du plus parfait au moins parfait, dans une marche absolument contraire à celle qui est indiquée par Moïse. D'abord, le Brahmane sort de la bouche de Brahma, ensuite le Kchatrya de son bras, puis le Vaïshya de la cuisse, et le Soudra sortira du pied. Le monde indien descend de degrés en degrés jusqu'aux ténèbres et à la corruption. Quand Brahma veille, le monde vit; quand il dort, le monde s'évanouit. L'activité divine est tout, l'homme et la nature ne sont rien.

Tel est le système de la création indienne; deux mots la résument : émanation et panthéisme.

A côté de l'Inde se dressait comme une antithèse le dualisme persan. Ormuzd (Ahourmazda) est l'auteur de tout ce qui est bon, des Fervers, des Amschaspands et des Iseds : c'est le roi des bons génies. Ahrimane (Agramaynus) est le père de tout ce qui est mal, des Devas, des mauvais génies. L'un produit les animaux et les végétaux purs; l'autre, les animaux et les végétaux impurs. En un mot, tous les êtres dérivent de deux principes éternellement ennemis; et les êtres bons sont souillés au seul contact des êtres mauvais.

L'Avesta représente ce dualisme en action dès le premier chapitre du Vendidad.

Les philosophes grecs furent presque tous dualistes, en ce sens du moins qu'ils admirent deux principes coéternels. Les deux plus illustres d'entre eux reconnurent un principe divin et une matière éternelle. Il est vrai qu'ils ne présentent pas ces deux principes à l'état d'antagonisme comme en Perse. Entre Dieu, l'intelligence éternelle, et la matière éternelle, il n'y a point de lutte; il y a plutôt harmonie; mais l'un et l'autre sont éternels. Le néoplatonisme n'échappa à la doctrine de l'éternité de la matière que pour tomber dans un panthéisme qni rappelle à plusieurs égards celui de l'Inde.

Il est inutile de dire quelles seraient les conséquences du dogme de l'émanation panthéiste et du principe dualiste : dans le premier, l'homme avec sa liberté, avec sa responsabilité, son individualité, disparait; dans le second, l'Être infini, Dieu, est réellement éliminé : car deux principes éternels se bornent et se limitent fatalement. Le panthéisme est logiquement absurde : la même substance est finie et infinie, Créateur et créature. Ce système fait reposer la loi et sa sanction sur de vaines abstractions. Le dualisme, à son tour, aboutit au fatalisme : l'homme subit nécessairement le mal ; il en est immanquablement souillé ; sa volonté est impuissante : or fatalité et irresponsabilité morale sont deux termes qui s'appellent.

A côté de ces deux systèmes, qui mènent aux abîmes, se place la doctrine chrétienne. Le christianisme échappe à cette terrible alternative : seul il laisse à Dieu son entière souveraineté, à l'homme son individualité et sa responsabilité morale ; seul il reconnaît au Créateur et à la créature les caractères qui leur conviennent : le caractère de l'absolu, essentiel à Dieu ; et le caractère du relatif et du subordonné, apanage de l'homme. La doctrine chrétienne, si solennellement affirmée par saint Augustin, par tous les Pères et par saint Thomas, est devenue la grande philosophie spiritualiste des temps modernes, illustrée par Descartes, Malebranche et Leibnitz. Elle s'impose aux esprits ; elle fait la gloire de la civilisation chrétienne.

Laquelle de ces trois doctrines se trouve dans la Bible ? La doctrine de l'émanation, la doctrine du dualisme ne s'y rencontrent nulle part : à aucune page de nos livres sacrés, nous ne voyons la substance de Dieu s'écouler, pour ainsi dire, dans l'espace et dans le temps, devenir nature, plante, animal ou homme ; nulle part aussi nous ne voyons un principe étranger à Dieu en antagonisme nécessaire avec lui. Le Satan de l'Eden est un ange déchu : créé par Dieu et élevé au sommet de la gloire ; libre, grand par l'intelligence dont l'Eternel l'a doté, il se révolte contre son auteur : le courroux de Dieu le précipite dans l'abîme infernal. Il demeure mauvais, mais il n'était point né mauvais ; et il servira, dans le plan divin, à ménager des combats à la vertu, à faire naître le mérite et à rendre la liberté digne de la couronne décernée à la victoire.

La matière, à son tour, n'est point un principe éternel, opposé ou étranger à Dieu. Au commencement Dieu créa toute matière, et la matière éthérée ou céleste, et la matière terrestre : *In principio creavit Deus cœlum et terram* (Gen. I, 1).

On a beaucoup discuté sur le sens du mot ברא, BARA, traduit en grec par ἐποίησε, et en latin par *creavit :* les uns ont vu dans ce verbe une preuve évidente de la création *ex nihilo ;* les autres, au contraire, n'y ont trouvé que l'expression vague d'une énergie modelant, *informant* la matière. La doctrine de la création *ex nihilo* ne repose pas heureusement sur un mot. Toutefois, nous donnerons ici quelques explications.

Il y a quatre mots dans l'Ancien Testament qui se rapportent à la production des choses : ברא, BARA, *creare, formare ;* צשח, HAZA, *facere ;* ילד, *generare.* Les deux derniers mots expriment la production dont l'homme est le principe ; mais ברא, *creavit,* indique un acte essentiellement divin, l'opération d'une causalité absolue ;

il n'est appliqué ni aux anges ni aux hommes : Dieu seul est appelé בוא, BORÉ, *Creator*.

La Bible n'emploie BARA que pour exprimer la production de ce qui n'a jamais existé (Num. xvi, 30; Jer. xxxi, 22). La racine du mot, il est vrai, exprime l'idée de *séparer, couper, diviser*, et répond parfaitement au mot *effingere*; mais, selon Gésénius, l'usage y attache l'idée d'une production première et d'un acte divin. C'est surtout au contexte qu'il faut demander le sens du mot ברא, BARA, *creavit*. Comment Elohim produisit-il les êtres qui composent l'univers? Par sa parole : *Dixit et facta sunt; mandavit, et creata sunt* (Ps. xxxii, 9; cxlviii, 5). La tradition juive, représentée par Onkelos et Aben-Esra, s'accorde avec la tradition chrétienne sur le sens des paroles initiales de la Genèse. Dieu, dès le commencement, tira du néant la matière qui devait servir à former le ciel et la terre. Le premier verset exprime nettement que ni le monde ni la matière dont il est composé ne sont éternels, et n'existent par eux-mêmes. Nulle part dans la Bible on ne rencontre un élément quelconque de la création ne relevant pas de Dieu. Le Dieu de la Bible a tout fait, et tout lui appartient; il a donné à tout ce qui existe l'existence et établi avec poids et mesure les grandes lois qui régissent l'univers.

Ce serait contredire la doctrine générale de la

Bible que de supposer dans l'œuvre divine des six jours des traces de dualisme.

On a voulu considérer le premier verset de la Genèse comme un sommaire de la création, comme le titre du premier chapitre. Cette hypothèse n'ôterait rien à la valeur des raisons et des faits que nous avons exposés. En tout cas, elle ne nous paraît pas fondée. Le second verset se rapporte au premier, comme une suite dans un récit : il commence par la conjonction *et*. Si le premier verset était le titre du chapitre, on y lirait : Voici la création du ciel et de la terre; comme au verset 4, du IIe chapitre : *Istæ sunt generationes cœli et terræ, quando creata sunt.* — Nous lisons, au contraire : « Au commencement Dieu créa le ciel et la terre; et la terre était vide et désolée.... » On sent que le récit commence dès le premier verset; le second est la continuation de la narration qui débute.

Il n'existe pas l'ombre d'un doute pour nous sur la réalité du dogme biblique de la création *ex nihilo*.

Nous n'avons pas besoin de montrer que cette création n'est point contraire à l'axiome parfaitement vrai des anciens : *Ex nihilo nihil fit*. Cet axiome est ici sans application. Le néant n'intervient point dans la Bible comme énergie, comme principe, comme facteur; le seul principe actif et fécond par lui-même, c'est Dieu, c'est sa puissance et son énergie infinies.

Ce fait du dogme de la création formulé dans le premier verset de la Bible est d'une importance immense. La Genèse toute seule, parmi les livres sacrés ou philosophiques de l'antiquité, se tient également loin et du panthéisme et du dualisme. La Bible établit clairement, dès le premier verset de la Genèse, ce dogme que la raison humaine n'eût point inventé et qui est la base de la théodicée chrétienne.

## II

Continuons l'examen du récit mosaïque : suivons pas à pas l'historien sacré. Descendons des hauteurs de la philosophie à l'étude de la nature. Les hommes, au temps de Moïse, ignoraient si complétement les secrets du monde physique que si la Genèse n'échoue pas dans l'exposition cosmogonique qu'elle a entreprise, il faut reconnaître là une assistance divine. A ce point de vue, les plus petits détails peuvent acquérir une immense importance.

— Que faut-il entendre par l'expression *cœlum et terram* du premier verset ?

— Faut-il n'y reconnaître que la matière première avec laquelle Dieu va bientôt composer l'univers ?

L'idée de matière première est sans doute renfermée dans l'expression si compréhensive *cœlum et terram;* mais le sens de ces mots est plus étendu. *Cœlum et terram* seraient des expressions très-impropres pour signifier l'informe matière. En effet, on ne peut donner à ces mots d'autre sens que celui qu'ils ont dans l'Ancien Testament. Si on recherche ce que la Bible entend par *les cieux et la terre,* on sera amené à penser qu'ils expriment, par anticipation, la terre, les espaces célestes, et de plus toutes les sphères visibles et invisibles, tous les mondes, tous les soleils et les étoiles qui peuplent l'univers.

Ce n'est point un fait nouveau que cette interprétation des *cieux* du premier verset de la Genèse. Les Juifs et les saints Pères admettent d'autres cieux que ceux du monde visible, à savoir ces cieux où Elie fut enlevé, les cieux où était placé le trône de Dieu, les *cieux des cieux,* ainsi que l'Ecriture les appelle, *cœlum cœli, cœli cœlorum.* (Ps. LXVII, 34; CXIII, 16; III Reg. VIII, 27; Ps. CXLVIII, 4; Eccl. XVI, 18.)

Job assure que ces cieux existaient avant la terre et le firmament présents (Job, XXXVIII, 7): « Quand les étoiles du matin chantaient en chœur et tressaillaient de joie. » Les cieux expriment dans l'Ecriture tantôt les anges, et tantôt les corps célestes. De longs siècles avant l'homme, existaient les cieux, ces étoiles mystérieuses du matin dont parle Job, les demeures glorieuses des anges, d'où ils contemplèrent avec admiration la création tout entière et le monde que nous habitons.

Ne laissons point dans l'ombre ces interprétations des Pères, ces traditions bibliques : elles sont précieuses à plus d'un titre. Une erreur fort commune, même chez les gens instruits, consiste à supposer que la Bible, contrairement aux systèmes astronomiques, fait de la terre, non-seulement le centre de notre système planétaire, mais encore celui de l'univers entier. Disons qu'il n'en est rien. La Bible est aussi étrangère au système de Ptolémée qu'à celui de Copernic. Les commentateurs prêtent aisément aux auteurs leurs propres conceptions et le moyen âge n'y a pas manqué. Notre chétive planète n'est point considérée par Moïse comme le centre du monde. La Bible nous fait entendre ou nous enseigne expressément qu'il y a d'autres cieux encore que ceux qui se rattachent à notre système solaire. Ce ne sont point les astronomes modernes qui ont eu le privilége de cette découverte : les Pères l'enseignaient fort au long dans leurs ouvrages.

Quant au mot *terram*, il exprime la terre dans tous les états qu'elle a traversés. Le docteur Buckland et les partisans jadis nombreux de son système de géologie supposaient que beaucoup de créations, celles en particulier dont les débris forment la paléontologie, avaient précédé le tohubohu dont parle Moïse. Cette interprétation se rapportait à l'hypothèse des cataclysmes, des bouleversements successifs, dont abusaient alors les géologues. Il est plus naturel de croire que Moïse parle d'abord de la terre telle qu'elle existait avant les diverses flores et les diverses faunes de la paléontologie.

D'un seul mot le texte sacré en fait un tableau aussi saisissant pour l'imagination que vrai dans sa sublime horreur. La terre *vide, désolée, enveloppée de ténèbres, couverte d'eau*, représente précisément l'état dans lequel les géologues l'ont supposée au moment du premier refroidissement de la croûte terrestre et avant les premières stratifications. Lorsque notre globe, à l'état de fusion, commença à se refroidir, la terre dut être à la fois enveloppée de vapeurs et couverte d'eau.

La terre, croit-on généralement aujourd'hui, a été d'abord un globe de matière liquéfiée par une forte chaleur et tournant sur son axe, accomplissant une évolution autour du soleil. Personne ne peut dire combien de temps a duré cet état de la terre; mais alors les eaux qui couvrent maintenant la surface du globe, beaucoup de corps, aujourd'hui solides et alors gazeux, formaient par l'effet de la chaleur, une valeur épaisse, et enveloppaient notre planète d'impénétrables et d'immenses brouillards. La diminution de la chaleur a dû déterminer la formation d'une croûte solide autour de la masse liquide. Il se passa alors, dans des proportions immenses, un fait cosmique dont plusieurs phénomènes vulgaires peuvent fournir l'image, *si parva licet componere magnis*. Nous citerons la formation de la croûte que l'on observe sur les bains de métal en fusion dans nos hauts-fourneaux, dès que l'on cesse d'entretenir le feu ; la coagulation de l'eau sur les étangs, lorsque la température extérieure s'abaisse jusqu'à celle de la glace.

Le refroidissement permit aux eaux et aux corps sublimés de se condenser et de descendre ; et la surface de la terre dut être couverte d'eau. Il y eut alors comme une lutte entre les eaux refroidies et la chaleur encore très-élevée du globe. L'enveloppe terrestre, trop mince, se brisait par l'action du bouillonnement intérieur de la masse liquéfiée qui, dans ses profondeurs, n'avait pas encore éprouvé de refroidissement ; et l'on eût pu voir la croûte à peine formée du globe tantôt s'affaisser en éclatant, et tantôt se relever brusquement ou par degrés. La matière interne, incandescente et fluide, s'ouvrait un large passage à travers les énormes crevasses béantes, et se déversait au sein des eaux frémissantes et des dépôts bourbeux qu'elles formaient.

Voilà bien le tableau le plus horriblement saisissant que l'imagination puisse rêver ! il est tout entier dans un mot de la Genèse : *tohu-bohu!* La terre enveloppée de brouillards, couverte d'eau, livrée à la lutte des éléments, présentait vraiment, au milieu de craquements épouvantables, une inénarrable confusion.

La Vulgate offre une traduction très-faible de l'intraduisible tohu-bohu du texte hébreu : *Terra autem erat inanis et vacua, et tenebræ erant super faciem abyssi.* La lutte horrible des éléments n'est pas exprimée, on le voit, dans la version latine.

Mais déjà au sein de ces ténèbres et de ces eaux immenses, au milieu de ce combat des éléments, se formaient au-dessus des terrains dits *plutoniens* les premiers rudiments du globe, les cristaux et les roches stratifiés. Les germes de la vie commençaient à s'y agiter. Comment et pourquoi ? — Moïse nous l'apprend : *Spiritus Dei ferebatur super aquas;* l'esprit de Dieu *couvait* les eaux. Le travail mystérieux de l'Esprit créateur, principe de toute vie, selon l'expression du Psalmiste (Ps. CIII, 30), nous est représenté par la figure de l'incubation.

Il est des traducteurs qui, par une pusillanime interprétation des textes, ont converti cette belle et profonde image : *Spiritus Dei ferebatur super aquas,* en une idée triviale et dont on cherche vainement la justification ; ils ont traduit : « Le *vent* agitait la surface des eaux. » Cette traduction doit être absolument rejetée. Le *vent* n'a rien à faire ici. *Spiritus Dei*, Rouha Elohim, n'exprime point un agent physique ; et le verbe rahaph ne veut dire ici, à la forme où il est employé, que *couver*. L'univers est matière et vie : la Genèse, après avoir parlé des éléments physiques, indique, comme nous l'avons dit, en employant l'image hardie de l'incubation, l'opération du Créateur préparant déjà les germes des êtres vivants.

Qui niera que la Bible jusqu'ici ne nous ait offert un récit plein de vérité et de grandeur ?

Passons aux versets 3, 4 et 5.

« Et Dieu dit : Que la lumière soit, et la lumière fut. Et Dieu vit que la lumière était bonne, et Dieu sépara la lumière des ténèbres; et Dieu appela la lumière *jour* et les ténèbres *nuit*. Le soir vint et le matin vint : ce fut le premier jour. »

On a élevé bien des difficultés contre ce verset. Déjà Celse trouvait étrange que Moïse parlât de jour avant l'existence du soleil. Ce que Celse trouvait étrange, Voltaire le déclarait plaisant. « Comment, disait le Philosophe de Ferney, Dieu a-t-il pu créer la lumière avant le soleil, l'effet avant la cause, la conséquence avant le principe ? Inclinons-nous devant le surnaturel. » A son tour, Strauss trouve absurde, non-seulement la lumière avant le soleil, mais encore la distinction du jour et de la nuit, et surtout l'existence des plantes.

Jusqu'à présent les savants n'ont pu former, il est vrai, que des hypothèses sur la nature et les causes de la lumière ; mais, loin de contredire le récit de Moïse, ces hypothèses l'expliquent d'une manière très-satisfaisante. Le fait est d'autant plus remarquable, que les hypothèses en question ont été émises de nos jours par des hommes exclusivement adonnés à la science, et qui, étrangers aux récits de la Genèse, ne songeaient pas plus à les combattre qu'à les défendre. Il importe pour atteindre le but de notre travail d'exposer ces hypothèses et de saisir cette occasion de convaincre le lecteur que le récit de Moïse n'a absolument rien à redouter de la science la plus élevée et la plus considérée : on peut rapprocher sans crainte la Genèse scientifique de la Genèse sacrée.

Le savant Laplace a émis une théorie sur la formation de notre système solaire qui a été accueillie avec beaucoup de faveur. Humboldt, dans son grand ouvrage le *Cosmos*, la regarde comme à peu près certaine, ou du moins très-probable, Nos savants français la considèrent, à leur tour, comme une conjecture fort plausible; c'est, en un mot, une théorie acceptée. Eh bien! il serait impossible d'imaginer rien qui expliquât mieux le récit de Moïse.

Exposons dans son ensemble, mais rapidement, en quoi consiste cette théorie, dont, à tort ou à raison, l'on fait honneur à Laplace.

Ce savant suppose que tout notre système solaire était primitivement une masse de matière nébuleuse, laquelle, d'après les lois de la gravitation, avait pris la forme d'une immense sphère. Cette sphère reçut du *dehors* (1) une *impulsion* qui lui imprima un mouvement de rotation sur elle-même de l'ouest à l'est. Par suite de ce mouvement rotatoire, ce globe immense s'aplatit aux pôles et se gonfla dans la région de l'équateur. La force centrifuge tendait à accumuler de plus en plus la matière vaporeuse à l'équateur de la grande sphère nébuleuse, et, d'un autre côté, la condensation de la masse totale et la force centripète tendaient à faire refluer le reste de la matière vers le centre. Il résulta de cette double action en sens contraire qu'une portion de la masse nébuleuse se détacha de la masse totale, et forma, vers l'équateur, un anneau semblable à celui de Saturne, anneau tout à fait séparé, mais tournant d'un même mouvement avec la masse totale. Cet anneau n'était pas également dense dans toutes ses parties, et, par suite de cette inégalité de densité, il se rompit en plusieurs endroits. Ces fragments, à leur tour, prirent la forme sphérique, et furent soumis à la loi de la gravitation ; ils formèrent des planètes tournant sur leur axe de l'ouest

---

(1) Cette manière de parler n'exclut pas l'action toute-puissante de Dieu, qui régit les causes secondes, et dont il daigne se servir pour l'accomplissement de ses éternels desseins.

à l'est autour de la grande nébuleuse d'où elles étaient sorties. Ce phénomène put se renouveler plusieurs fois et donner naissance à toutes les planètes qui composent notre système solaire. A leur tour, les planètes formèrent, de la même manière, d'autres sphéroïdes. Ces sphéroïdes plus petits tournèrent autour des planètes et devinrent leurs lunes.

Cette théorie, il faut l'avouer, a sa vraisemblance. M. Plateau a cherché à la justifier par une expérience fort ingénieuse que nous voulons décrire. Le professeur de l'Université de Liége est parvenu à obtenir une masse fluide isolée, dans laquelle les molécules obéissent librement et à l'attraction mutuelle qu'elles exercent les unes sur les autres et aux forces externes, sans que l'action de la pesanteur contrarie le jeu de ces forces. A cet effet, il a introduit dans un mélange d'eau et d'alcool une certaine quantité d'huile d'olive. Ce dernier liquide, moins dense que l'eau, aurait surnagé au-dessus de l'eau pure ; et plus dense que l'acool, il serait tombé au fond d'un vase contenant de l'alcool seulement : mais, si l'on mixtionne de l'eau et de l'alcool dans des proportions convenables, on obtient un mélange dont la densité est précisément égale à celle de l'huile, et dans lequel, par conséquent, ce dernier liquide, soustrait à l'action de la pesanteur, reste en équilibre. En versant dans le mélange, ainsi préparé, une certaine quantité d'huile, on remarque d'abord que les molécules d'huile, en se réunissant, constituent une petite masse flottante suspendue dans le liquide alcoolique et affectant la forme d'une sphère parfaite. Si l'on introduit dans l'intérieur de la sphère un fil de fer muni d'un petit disque de même métal, et préalablement mouillé d'huile et qu'on donne au fil métallique un mouvement de rotation, ce mouvement se communique de proche en proche à toutes les molécules de la sphère, et l'on obtient les phénomènes d'une sphère fluide isolée en rotation. On voit alors la sphère *s'aplatir à ses pôles et se renfler à l'équateur*, tant que la vitesse de rotation est peu considérable. Lorsque cette vitesse devient plus grande, la sphère liquide s'aplatit d'abord de plus en plus, puis se creuse en dessus et en dessous autour de l'axe de rotation en s'étendant toujours dans le sens de l'axe horizontal, et enfin, une partie de l'huile abandonnant le disque *se transforme en un anneau parfaitement régulier*. M. Plateau est même parvenu à obtenir ainsi une masse sphérique centrale avec un anneau complétement isolé, et rappelant tout à fait le système de Saturne. En variant les détails de l'expérience, il a vu le premier anneau se partager en plusieurs masses isolées, dont chacune prenait aussitôt la forme sphérique. Une et même plusieurs de ces sphères obéissaient, au moment de leur formation, à un *mouvement de rotation* sur elles-mêmes qui était toujours dirigé dans le même sens que celui de l'anneau. Elles continuaient d'ailleurs de circuler quelque temps autour du disque, entraînées par le mouvement que celui-ci avait communiqué à la liqueur alcoolique, et présentaient ainsi le curieux spectacle de planètes tournant à la fois sur elles-mêmes et dans leur orbite. Enfin, dans ces conditions, outre trois ou quatre grosses sphères dans lesquelles se partage l'anneau, il s'en produit presque toujours une ou deux très-petites, qui peuvent être comparées à des satellites. (Voyez Pfaff, pag. 38. *Vertiges of the natural history of Creation*, pag. 11-14.)

Suivant cette théorie, non-seulement la terre, mais toutes les planètes de notre système existeraient avant le soleil, considéré dans sa condition présente : car, comme les planètes ne sont pas des corps lumineux par eux-mêmes, il faut supposer que la matière première de la grande nébuleuse dont les restes ont plus tard formé le soleil, n'était point alors lumineuse par elle-même. Le soleil n'a dû recevoir son atmosphère lumineuse qu'après avoir donné naissance à la dernière planète, et la terre a dû être éclairée par un autre moyen.

Quel a été ce moyen ? Nul ne le peut dire sûrement; mais les découvertes relatives à la chaleur, à la combustion, à l'électricité, au galvanisme, montrent que le fait de cette lumière était possible indépendamment du soleil. Aujourd'hui l'on regarde communément cet astre comme un corps opaque, n'ayant son éclat et ne projetant sa lumière que par l'atmosphère lumineuse dont il est entouré. L'intermittence des aurores boréales est comparée par Wagner à la succession des jours et des nuits, aux trois premiers jours de la création (1).

« Peut-être, dit Schubert, que les phénomènes de lumière polaire que nous nommons *aurores boréales* ne sont, au contraire, que de *tardifs crépuscules,* faibles restes de cette lumière vive et chaude que les forces électro-magnétiques de la terre produisirent, selon la Bible, aux premiers jours de la création, avec un degré d'intensité de calorique que ces forces affaiblies ont perdu. »

Nous ne voulons point assurer, sans doute, que la lumière des premiers jours fut celle des aurores boréales; nous voulons seulement montrer la possibilité d'une lumière autre que celle du soleil pendant les premières époques de la création. Les aurores boréales d'aujourd'hui ne donnent d'ailleurs qu'une idée imparfaite de la forte lumière et de la bienfaisante chaleur de la première époque.

Le système exposé écarterait les objections de

---

(1) Voir ces hypothèses dans l'*Astronomie* d'Arago, p. 56 et 57, et dans le *Cosmos* de Humboldt, t. III, p. 271.

Celse, de Voltaire et de Strauss. D'un autre côté, l'on affirme que les admirables découvertes de Kirchoff, sur la nature de la lumière électrique, prouvent que la terre a pu posséder une lumière propre.

Il y a plus ; d'après les théories en vogue aujourd'hui, la terre a pu être formée avant le soleil ; il est possible qu'elle ait eu sa lumière avant que le soleil eût la sienne.

Au premier jour, Dieu, selon la Bible, appelle la lumière. Si la lumière est la vibration et l'ondulation de l'éther comme on le pense assez généralement, Dieu mit alors ce corps en mouvement. Comment s'accomplit ce grand acte ? La science assurément ne peut le dire ; mais, du moins, le fait raconté par Moïse, n'a plus à redouter les objections des adversaires de la révélation.

Il ne nous est plus si difficile maintenant de nous représenter par une image sensible, la formation du soleil et des autres astres. En effet, la théorie de Laplace suppose que la terre a fait primitivement partie de la nébuleuse solaire ; et qu'une portion de cette nébuleuse qui renfermant les matériaux de la terre, s'en est détachée à une certaine époque, puis a formé en se condensant lentement notre globe. De l'atmosphère solaire se sont détachées progressivement de nouvelles portions, qui ont servi à former les autres planètes, jusqu'à ce qu'enfin l'atmosphère solaire ait été assez condensée pour réduire définitivement le soleil aux conditions présentes.

On le conçoit, d'après cela, le temps nécessaire pour amener la terre à l'état décrit au troisième jour, aura pu être beaucoup moindre que la durée nécessaire à l'atmosphère solaire pour se resserrer dans ses limites actuelles ; et, par conséquent, la formation de la terre aura précédé celle de l'astre du jour. On peut appliquer la même théorie à la formation complète de la lune : car notre satellite était lui-même, à l'origine, une portion détachée de la nébuleuse terrestre : la période de temps nécessaire à la lune pour arriver à son état actuel, a pu également être plus considérable que la période correspondante pour notre globe (1).

Ce fut en effet le quatrième jour seulement que le soleil, selon la Bible, devint le grand luminaire. « Et Dieu fit deux grands corps lumineux : l'un, plus grand, pour présider au jour ; l'autre, moins grand, pour présider à la nuit. Il fit aussi les étoiles. Et il les plaça dans le firmament du ciel, pour luire sur la terre. »

D'après la théorie que nous venons d'exposer, ce serait au quatrième jour que ces astres auraient reçu leur atmosphère lumineuse. Remarquons aussi que la Bible n'appelle pas le soleil *la lumière*

---

(1) WATERKEIN. *La Science et la Foi sur l'œuvre de la Création.*

mais *l'instrument de la lumière*; non pas HOR, mais MAHOR. Nous ne voulons point insister plus qu'il ne convient sur l'exactitude du langage biblique ; mais il est impossible d'imaginer un mot mieux en harmonie avec les théories d'aujourd'hui relatives à la lumière.

## III

Disons quelques mots d'une objection faite contre la véracité du récit de Moïse et relative au firmament. Elle s'étale dans un grand nombre de livres en circulation aujourd'hui ; des esprit légers et même des esprits graves y attachent tant d'importance, que c'est peut-être un devoir pour nous de ne point la passer sous silence.

Voltaire s'était moqué, avec un ton de triomphe, de la calotte de cristal posée au-dessus de la terre ; et bien d'autres, après lui, ont cité le firmament hébreu comme une preuve irrécusable de l'ignorance de l'auteur du Pentateuque. Gésénius, Winer, Knobel et, en particulier, les auteurs des *Essais et Revues* ont reproduit l'objection avec beaucoup d'assurance.

L'œuvre du second jour, disent-ils, a consisté, selon le Pentateuque, à élever une voûte solide au-dessus de laquelle Dieu aurait placé un océan d'eau. Les eaux furent divisées en deux parts : l'une fut versée dans l'immense bassin des mers ;

et l'autre, selon les auteurs cités, aurait roulé sur la voûte cristalline ou métallique appelée firmament. Pour prouver que tel était le système céleste de la Bible, on a invoqué l'autorité de Job, qui a parlé des *piliers* de cette *voûte* (xxvi, 11); on a produit un verset du II° livre des Rois (xxii, 8), qui en a mentionné les *fondements*; enfin l'on a revendiqué même le témoignage de la Genèse, qui a parlé des *ouvertures* ou des *fenêtres* (vii, 11). On a ajouté que le mot hébreu RAKIA exprime un corps solide aplati et étendu.

C'est, selon nous, le comble de la déraison, un moyen vulgaire de défigurer le récit de Moïse et la Bible tout entière, que de prendre à la lettre les métaphores dont le langage oriental a été de tout temps si prodigue. Pourquoi cette belle indignation en présence d'une figure commune à tout langage humain ? Il eût été bien difficile à Moïse d'exprimer pour ses contemporains l'idée du ciel sidéral sans se servir d'un mot accepté avant lui. Ne disons-nous pas nous-mêmes : les *vents du ciel*, la *calotte des cieux*?

Il n'est pas même vrai que Moïse ait comparé le firmament à une voûte, et à une voûte solide. D'abord, le mot *voûte* ne se trouve pas dans le Pentateuque. Le mot RAKIA signifie seulement une substance *étendue*, présentant une surface plane et mince, substance solide ou non solide, mais n'offrant point l'idée de *voûte*. Tout hébraïsant reconnaîtra que RAKIA n'a rien de commun avec l'idée d'une courbe, d'un dôme quelconque.

Mais du moins, dira-t-on, ce mot veut dire ici un corps solide. Non, RAKIA n'exprime point nécessairement l'idée d'un corps solide. Le *firmament* ou RAKIA est, selon l'Ecriture, synonyme des cieux : *Vocavitque Deus firmamentum, cœlum* (Gen. I, 8). Or, les cieux, selon la Bible, sont le lieu où *volent les oiseaux* (Deut. IV, 17). Les Proverbes parlent de la voie de l'aigle dans les cieux (XXX, 19). « L'oiseau dans les cieux connaît le temps qui lui a été assigné (Jer. VIII). » Si la Genèse entendait une voûte solide, elle dirait que les oiseaux volent *sous* le firmament ; elle dit le contraire : « Que les oiseaux volent *sur* le firmament. » Telle est l'expression du texte hébreu, infidèlement traduit par la Vulgate par *sub firmamento*; le texte hébreu est formel :

« Que les oiseaux du ciel volent sur la terre et *sur* le firmament : *super terram et super firmamentum.* »

La Bible emploie souvent l'expression *oiseaux du ciel* : cette expression se comprend parfaitement si le ciel est la plaine des airs ou de l'espace ; mais elle ne se comprendrait pas du tout si le ciel était un corps solide : *les oiseaux de la voûte solide*, n'est-ce pas là un assemblage de mots à peu près vide sens ? Les cieux, le firmament, c'est, dans la Bible, l'étendue comprise entre la terre et les astres.

Isaïe compare le ciel à une tente, à un *fin tissu* : דק — (corps inconsistant) *fin tissu*, (Is. xl, 22). Le mot YERIHAH, employé (Ps. ciii, 2) pour exprimer le ciel, signifie *voile flottant*, opposé à la rigidité du cristal et du métal. Le nom de *tente*, *fin tissu* jeté dans l'espace, l'idée de *voile léger*, excluent celle de voûte métallique ou cristalline. Les Hébreux traduisent encore le mot *cieux* par SCHEHAKIM : or, la racine שחק signifie *poussière*, *nuage*.

Mais, dit-on, Job compare le ciel à un *miroir d'acier fondu* (xxxvii, 18). Cette image poétique n'exprime évidemment qu'une seule chose, l'éclat brillant du ciel. Les Hébreux, dit-on encore, ne comprenaient pas comment l'eau pouvait se maintenir dans les airs sans être retenue par un récipient. — Job avait les mêmes idées que nous sur la pluie : *Ecce Deus magnus… qui aufert stillas pluviæ, et effundit imbres ad instar gurgitum* (xxxvi, 26-27). Debbora disait : « La terre a tremblé et les nuages ont distillé la pluie. » (Juges v, 4.) Dans le III<sup>e</sup> livre des Rois, Elisée voit un nuage s'élever de la terre et annoncer la pluie.

Les mots *océan supérieur* ont naturellement pour commentaire tous les textes que nous venons de citer. Le ciel est pour les Hébreux l'espace où volent les oiseaux, un voile flottant, une poussière légère, un nuage tantôt transparent, brillant comme un miroir, tantôt sombre comme la pluie : n'est-ce pas dire que le firmament n'est ni une voûte ni un corps assez solide pour supporter un océan ? Le ciel est pour les Hébreux ce qu'il est pour nous : l'air, l'atmosphère, l'espace infini. Ce qui le prouve, c'est que David Kimchi et les Juifs allemands et portugais ont traduit le mot RAKIA par *étendue : espandidura, estendimento : sea un estendimento en medio de las aguas.* (Cypriano de Valera.)

Vatable, s'appuyant sur eux, a traduit en latin : *Sit expansio in medio aquarum.*

Il faut remarquer que cette explication du firmament a précédé le système de Copernic, et n'a été inspirée ni par ce grand homme ni par Galilée. Si les Septante ont traduit par στερέωμα et saint Jérôme par *firmamentum*, c'était par condescendance à la manière de parler de leur temps : ils ne croyaient pas engager à la Bible en l'accommodant au langage ordinaire.

Nous serions vraiment confus d'avoir tant insisté sur une objection futile, si la critique nouvelle ne l'avait reproduite avec une sorte de bonne foi confiante, et si elle ne s'appuyait sur elle pour transformer le récit mosaïque en une légende comparable à celles de toutes les autres cosmogonies.

Résumons.

Nous avons établi dans ce chapitre cinq points :

1° La Genèse échappe au Panthéisme et au Dualisme : elle proclame que la création est l'œuvre de la toute-puissance de Dieu tirant tout du néant ;

2° La Genèse, en décrivant le *tohu-bohu* qui précède le premier jour, décrit un état de notre planète constaté par la science ;

3° La lumière a pu exister avant le soleil ;

4° Le soleil, la lune et les autres astres apparurent le quatrième jour, c'est-à-dire qu'ils ne reçurent leur atmosphère lumineuse qu'à cette époque ;

5° Le firmament ou le ciel n'a jamais été compris, même par les Hébreux, dans le sens d'une voûte solide, cristalline ou métallique, mais comme une substance légère, diaphane et brillante.

# CHAPITRE III

**Troisième jour. — La création des plantes.**

**SOMMAIRE :**

Les eaux couvrent uniformément le globe. — Les terres émergent : soulèvement et affaissement des montagnes. — Les plantes cellulaires, les herbes, les arbres. — La prédominance de la flore sur la faune est le caractère de cette époque géologique. — Un mot sur les *générations spontanées*. — La vie des plantes avant la création du soleil.

## I

Dans la création du troisième jour, nous observons deux opérations divines parfaitement distinctes, mais corrélatives.

1° Dieu rassemble en un même lieu les eaux inférieures, c'est-à-dire celles qui sont répandues à la surface du globe, et il réunit les eaux supérieures pour former les nuages suspendus au firmament.

2° Il commande à la terre d'émerger et de produire des plantes et des végétaux de toute espèce.

Cherchons d'abord à nous rendre un compte exact des textes.

La Vulgate et les Septante traduisent : *Congregentur aquæ, quæ sub cœlo sunt, in unum locum.* Mais le mot hébreu qui répond à *congregentur* de la Vulgate pourrait donner lieu à cette traduction plus littérale : « Que les eaux soient endiguées, retenues, emprisonnées. » (קוה, Kava, *alligare*.)

D'autre part, les commentateurs pensent avec Petau et Mazzochi que les mots *in unum locum*, de la Vulgate et de l'hébreu, ou ceux des Septante : εἰς συναγωγὴν μίαν, doivent s'entendre d'une manière distributive, et qu'ils expriment l'idée de l'écoulement de chaque masse d'eau dans son lieu propre et spécial, en sorte qu'il serait très-légitime de traduire le verset entier, en le paraphrasant, comme il suit : « Que les eaux s'écoulent pour n'occuper désormais que le lieu préparé pour elles. » Toute leur masse, suivant cette inspiration, dut donc s'écouler, soit dans des voies souterraines, soit dans le lit des ruisseaux, des rivières, des fleuves, soit dans le lit des mers.

Peut-être aussi pourrait-on penser avec saint Basile que, bien qu'il se formât plusieurs masses d'eau, Moïse parle seulement de la plus importante. Théodoret, Procope et Bède sont du même avis. La question ne présente d'ailleurs aucune difficulté.

Comment les eaux se retirèrent-elles et de quelle façon apparut la terre ?

L'ordre donné par Dieu à la terre d'apparaître, reçut-il son exécution en dehors des lois ordinaires qui régissent le monde, et donna-t-il lieu à un miracle dont l'effet fut instantané et subit ? Quelque facile que soit un tel miracle pour la toute-puissance de Dieu, il ne semble pas clairement et nécessairement énoncé par le texte sacré. Pourquoi l'exégète supposerait-il un miracle, quand les causes secondaires peuvent expliquer le fait ? *Non est ad primam causam recurrendum cum possunt effectus ad causas secundas reduci.* (SUAREZ, *de Angelis*, l. I, n° 8.) On peut croire que, pendant des siècles, les eaux avaient couvert la terre : leurs sédiments s'étaient déposés lentement en couches plus ou moins épaisses. Au troisième jour, sous l'influence des causes naturelles, que Dieu tenait dans sa main régulatrice, ces couches furent soulevées en certains endroits et elles émergèrent à l'ordre et par la volonté du créateur. Les eaux, en s'écoulant, dessinèrent des continents et des îles propres à la végétation. Cette explication ne nous paraît pas opposée aux paroles du livre sacré. En l'adoptant, nous nous conformons à la pensée de Suarez, et nous disons avec lui : *Hæc sententia est magis philosophica et rationi conformis ; cui magis inhærendum est quando Scriptura non cogit* (SUAREZ, *de Opere sex dierum*, lib. II, c. VII).

L'interprétation que nous proposons est confirmée par les faits observés. Rappelons-nous que, suivant une théorie généralement acceptée, la terre fut d'abord à l'état de nébuleuse, et que, par la condensation des molécules, elle devint globe incandescent. Comment, d'après les lois de la matière, devait se comporter ce globe de feu roulant au milieu de l'espace?

Les expériences et les calculs les plus rigoureux ont démontré que la température de l'espace planétaire est d'environ 60° centigrades au-dessous de zéro. On comprend avec quelle rapidité une température aussi basse dut absorber la différence de calorique de notre globe incandescent. Notre planète fut donc soumise à un refroidissement qui s'exerça tout d'abord à sa surface et ne put se communiquer qu'à la longue et progressivement à la masse intérieure. C'est ainsi que le plomb fondu se durcit et se fige d'abord à la surface, en restant liquide au dedans; qu'un boulet rouge lancé dans l'air noircit à l'extérieur et semble avoir perdu promptement sa chaleur, tandis qu'il est en feu dans sa masse centrale. Tout porte à croire que la terre incandescente, roulant au milieu de la matière éthérée, dut se figer bientôt à la surface. Il se forma sur son noyau encore liquide une croûte destinée à devenir de plus en plus consistante.

La diminution graduelle de la chaleur permit aux différentes molécules minérales de se rapprocher, de cristalliser; et cette cristallisation, si visible dans les granites, les syénites, les porphyres, etc., a dû donner naissance à toutes les roches des terrains granitiques et porphyriques qui formèrent la première enveloppe solide.

Les siècles s'écoulèrent : la croûte solide s'épaissit; les vapeurs aqueuses qui enveloppaient d'abord le globe incandescent, se précipitèrent à sa surface quand elle fut refroidie, et séjournèrent à l'état liquide sur la terre.

Mais le refroidissement successif et continu contracta et brisa l'enveloppe terrestre; il se produisit sur certains points des plissements et des fissures qui livrèrent passage aux matières en ébullition. C'est à ces influences intérieures que sont dus des affaissements et des soulèvements d'abord peu considérables, il est vrai, mais qui suffirent à produire les déchirures et les ondulations que nous rencontrons dans le sol.

Tout le monde connaît les belles découvertes de M. Elie de Beaumont sur les soulèvements du globe et les couches sédimentaires postérieures, redressées, inclinées ou tourmentées de mille manières. Ces découvertes ne viennent-elles pas fortement appuyer la justesse de la théorie que nous exposons? Pour ne parler que de notre pays, on peut expliquer aisément par là la formation du plateau granitique central de la France. Au milieu d'une succession de terrains postérieurs qui forment sa ceinture, il semble être une île immense émergée du sein des flots.

Ces premiers bouleversements amenèrent un déplacement des eaux; des courants s'établirent, et les agents érosifs combinés, mordant les roches primitives, entraînèrent les détritus pour les déposer au sein des mers en couches sédimentaires quelquefois très-considérables. Ce furent d'abord des grès micacés, puis des grès quartzeux, que les effets d'une grande chaleur, le poids d'une immense atmosphère et les phénomènes chimiques transformèrent en gneiss et en micaschistes.

Cette époque de métamorphisme et de terrains azoïques constitue la première période des terrains stratifiés ou sédimentaires, qui, par l'influence de la chaleur centrale ou d'autres agents, prirent une texture cristalline, tout en conservant l'apparence de sédiments.

Les dislocations qui se faisaient dans l'écorce solide du globe étaient nombreuses, et la matière éruptive se répandait entre les roches de première consolidation et même au-dessus des premières roches sédimentaires, comme nous voyons les laves se déposer sur les roches stratifiées. Quelquefois les fissures laissèrent échapper des gaz de différentes natures et des substances métalliques vaporisées. Or, une grande partie de ces fissures dut se remplir de bas en haut, soit par la matière en fusion elle-même, soit par la condensation d'émanations minérales qui vinrent successivement en tapisser les parois. Telle est, selon les savants, l'origine des filons d'oxyde de cuivre, d'étain, de fer, de plomb, etc., que l'on rencontre fréquemment dans les terrains anciens. Ici se termine la période azoïtique ou la première partie du troisième jour, ou plutôt de la troisième période indiquée par la Genèse.

L'auteur inspiré nous dit que la terre était couverte d'eaux et qu'à la parole de Dieu il s'opéra un immense déplacement. En effet, les strates des sédiments qui s'étaient disposés horizontalement dans les eaux, furent alors élevées et inclinées dans une direction oblique, et quelquefois même verticale ; et, selon l'expression pittoresque de Cuvier, ces premières montagnes formèrent le squelette de la terre. « Dieu cria à l'*aride :* Sois *terre ;* et à l'assemblage des eaux : Sois *mer.* » Les terres furent donc soulevées du sein des eaux, qui s'écoulèrent ensuite dans leurs réservoirs : *Congregentur aquæ... in unum locum ;* et l'*aride* offrit une surface solide : *et appareat arida.*

Le Psalmiste confirmerait-il ici notre explication des paroles de Moïse ? Dans la pensée du poëte inspiré, il existait au sein des eaux, vaste linceul mobile, de petits monticules ; et, à la voix de Dieu, ces monticules s'élevèrent, les montagnes surgirent et les champs s'abaissèrent. *Abyssus, sicut vestimentum, amictus ejus : super montes stabant aquæ; ab increpatione tua fugient.... Ascendunt montes et descendunt campi in locum quem fundasti eis.* (Ps. CIII, 7-9.)

Ce serait trop de témérité, sans doute, de chercher dans ces paroles la consécration de la belle théorie des soulèvements et des affaissements. L'accord, toutefois, semble complet sur ce point, entre la science et la révélation.

II

Le complément du troisième jour ou de la troisième opération de la puissance créatrice nous montre la production des êtres du règne végétal, qui doivent servir à embellir la terre. Cette production eut lieu avant l'apparition du soleil, de la lune et des étoiles, ces « fleurs du ciel, » selon la magnifique expression de saint Basile (1).

« Dieu dit ensuite : Que la terre se couvre de verdure, de plantes produisant de la semence, d'arbres fruitiers portant du fruit selon leur espèce, et dans lesquels se trouve leur semence; et il fut ainsi. »

Les végétaux sont, d'après Moïse, les premiers êtres qui embellirent les terres émergées; il en

---

(1) *Cœlum acceperat flores stellarum.* S. BASILE, *Hexam.* hom. VII.

distingue trois ordres : le gazon, les plantes fourragères et les arbres. Le mot DESCHEH, דשא (*germen*), désigne en effet les plantes les plus simples du règne végétal; le mot HESEB, עשב (*herba*), les végétaux non ligneux; enfin par le mot HETS, עץ (*arbor*), Moïse, dans une sorte de classification, nomme en dernier lieu les arbres, végétaux plus solides et plus compliqués que les plantes cellulaires et les herbes. La cosmogonie biblique procède du simple au composé, du moins parfait au plus parfait.

Ces trois mots : DESCHEH, HESEB, HETS, désignent trois degrés dans l'organisation végétale : les plantes cellulaires, les herbes, et enfin les arbres. Ce sont trois termes exprimant un progrès que les géologues constatent dans la nature, comme nous allons le voir.

La terre a été longtemps sans pouvoir ni porter ni nourrir aucun être organisé : la température était trop élevée. Quand la chaleur diminua et descendit au-dessous de 80 et 90 degrés, la vie prit possession du globe : on y vit apparaître des végétaux dont l'organisation était peu compliquée. Les lits de graphite et d'anthracite, matières charbonneuses contenues dans les strates géologiques les plus anciennes, semblent être les seuls vestiges des premiers végétaux. Les terrains siluriens, formés aux dépens des roches azoïques et métamorphiques, se présentent à nos investigations sous forme de schistes cristallins, de phyllades, avec des grawakes phylladifères, des psammites, des grès divers, des calcaires magnésiens, des quartzites, etc. Les terrains dévoniens, qui leur succédèrent, sont, en général, des grès colorés en rouge par l'oxyde de fer, des schistes rougeâtres, des psammites, des schistes bitumeux, des schistes calcarifères, etc. Ces deux couches siluriennes et dévoniennes abondent en fossiles végétaux. Les espèces les plus communes sont : *Fucoïdes Harlani, F. heteraphylus, Lycopodites imbricatus, Sigillaria venosa, Sphenopteris tenuifolia, Lepidodendron carinatum*, des Agames cellulaires et des Fucoïdes, analogues à nos fucus.

Au-dessus du dévonien l'on rencontre le terrain carbonifère, ainsi appelé parce qu'il est formé de dépôts considérables de houille ou charbon de terre. Il est gris, bleuâtre ou noirâtre, et cette couleur paraît due à des matières charbonneuses ou bitumineuses; mais il est surtout remarquable par la présence de la houille en couches plus ou moins puissantes. Cette roche, d'un noir foncé, luisante, terne ou compacte, offrant quelquefois une irisation très-prononcée, occasionnée par des oxydations métalliques, provient de l'ensevelissement et de la décomposition sur place d'une immense quantité de végétaux.

Ce terrain contient plus de cinq cents espèces

de plantes fossiles, parmi lesquelles on distingue deux cent cinquante espèces de Fougères. Les plus importantes de ces plantes sont : *Pecopteris lonchitica, Sphænopteris crenata, Nevropteris heterophylla, Odontopteris Schlotheimi, Lepidodendron Stembergi, Calamites cannæformis, Sigillaria lævigata*, etc.

L'ordre de succession des végétaux fossiles est digne d'observation : ce sont, dans les couches les plus inférieures, des plantes complétement cellulaires, dont les traces sont parfaitement accusées. L'organisation devient ensuite plus compliquée : nous trouvons des herbes et même des arbustes. Dans le terrain houiller, ce sont des plantes d'une végétation luxuriante, des fougères aborescentes. La signification des trois mots dont se sert Moïse pour désigner les végétaux, trouve donc sa justification dans la nature.

Mais la présence simultanée des végétaux et des animaux marins dans les plus anciennes couches fossilifères ne vient-elle point contredire le récit biblique? Les terrains siluriens et dévoniens offrent des Zoophites, des Mollusques, des Crustacés d'une organisation singulière appelés Trilobites; le terrain houiller renferme en outre un assez grand nombre d'animaux, des Ichthyolithes ou dents de poissons appartenant à l'ordre des Placoïdes, plusieurs reptiles, des Crinoïdes et des Mollusques.

Nous répondrons qu'immédiatement au-dessus du groupe azoïque et à la base des dépôts siluriens on constate la présence d'amas de végétaux carbonisés, dans lesquels on ne rencontre aucun débris d'animaux. Mais en trouverait-on, que cela ne détruirait en rien la véracité de la narration mosaïque.

1° Moïse raconte seulement les grands faits de la création : il relate l'apparition successive des plantes, des poissons, des reptiles, des oiseaux et des mammifères. Tous les petits êtres d'un ordre inférieur qui pullulaient au sein des mers primitives disparaissent dans la narration de l'auteur inspiré : car, pour les peuples auxquels Moïse s'adressait, ces êtres n'avaient aucune importance. Depuis quelques siècles seulement, et surtout à notre époque, on a commencé à faire de ces êtres une étude méthodique et sérieuse. Moïse ne pouvait et ne devait pas s'en occuper. Il ne faut point s'étonner qu'aucun mot de la Genèse ne nous en fasse soupçonner l'existence. Moïse a pour but unique de nous montrer la classe d'êtres prédominante aux diverses époques, et qui, par son importance et son utilité spéciale pour les animaux et pour l'homme, devait attirer son attention. Or le fait culminant de la troisième époque, si l'on se place à ce point de vue, est l'apparition des plantes.

2° Parce que l'auteur inspiré nous dit que Dieu ordonna à la terre de produire des plantes, des herbes et des arbres de toute espèce, il n'exclut pas la création de ces êtres inférieurs au fond des mers. Il semble rationnel que Dieu, en ornant la terre d'un immense tapis de verdure, ait peuplé aussi les mers d'êtres dont l'organisation particulière devait s'harmoniser parfaitement avec la haute température des eaux. Les terres et les mers furent créées le même jour, et établies en même temps dans leurs conditions spéciales.

Les reptiles et les poissons, dit-on encore, se trouvent dans les couches supérieures du terrain dévonien et dans le groupe carbonifère. On peut répondre que l'on n'y a rencontré qu'une seule fois une espèce unique de reptile, et qu'un fait isolé ne permet pas de tirer une conséquence générale. Les quelques espèces de poissons que contiennent les terrains carbonifères, surtout au-dessus des amas de houille, ne détruisent en rien la prédominance incontestable des plantes. Ces poissons, quand on les compare aux espèces actuelles, sont de fort petite dimension et ont, en général, une conformation toute particulière. D'ailleurs, le mot dont se sert Moïse pour expliquer la création du cinquième jour, ne signifie pas proprement *poissons*, mais surtout *reptiles et monstres marins*. On comprend comment l'auteur sacré passe sous silence les poissons de petite espèce qui se trouvent dans le terrain houiller.

Enfin, si ces raisons ne suffisent pas pour convaincre certains esprits, on peut dire que rien ne s'oppose à ce que l'on circonscrive l'opération du troisième jour à la production et à l'apparition des plantes qui ont servi à former les amas de graphite et d'anthracite à la base des terrains siluriens et dévoniens. L'opération divine du troisième jour s'arrêterait au dépôt houiller, en retranchant la partie supérieure ou le calcaire anthraxifère ; et il faudrait rapporter l'apparition des poissons, objet de la création du cinquième jour, à la formation de ce calcaire.

Nous ne serions pas éloigné nous-même d'adopter cette opinion, si les terrains anciens et carbonifères étaient suffisamment connus. Quoi qu'il en soit, la Genèse a parlé et devait parler d'abord des plantes, puisque tout prouve qu'elles durent apparaître en premier lieu sur le globe.

Voici les paroles de plusieurs savants à ce sujet.

M. Gaudichaud, dans les comptes rendus de l'Académie des Sciences, s'exprime ainsi :

« Dieu ayant créé le monde, voulut le féconder de sa main puissante, et dispersa des germes innombrables de végétaux et d'animaux qui peuplèrent la terre et les eaux, des sommités des plus hautes montagnes jusqu'aux plus grandes profondeurs de la mer. Tous les génies des temps anciens et des temps modernes s'accordent à penser que les végétaux précédèrent les animaux, et que la terre fut couverte des premiers avant l'apparition des seconds. Cela, d'ailleurs, nous a été transmis par la théologie, d'âge en âge dans l'histoire des sept époques ou divins jours de la création. Les philosophes de notre temps, en prouvant, les uns, que l'homme n'a pas laissé de vestiges dans les plus anciens terrains, et les autres que les végétaux les plus simples ont précédé les plus composés, ont aujourd'hui donné la sanction de la science aux grandes époques créatrices du premier âge. Chaque siècle amène ses progrès, et chaque progrès de l'esprit humain est une preuve nouvelle en faveur de l'éternelle vérité (1). »

« Il semble résulter des ingénieuses recherches de M. Adolphe Brongniart, dit M. Ampère, qu'à une époque reculée l'atmosphère contenait beaucoup plus d'acide carbonique qu'elle n'en contient aujourd'hui. Elle était impropre à la respiration des animaux, mais très-favorable à la végétation : aussi la terre se couvrit-elle de plantes, qui trouvaient dans l'air bien plus riche en carbone une nourriture plus abondante que de nos jours, d'où résultait un développement bien plus considérable, que favorisait en outre un plus haut degré de température.

« C'est ainsi que s'explique l'antériorité de la création des végétaux relativement à celle des

---

(1) *Comptes rendus de l'Académie*, 1842, tome I$^{er}$, p. 94.

animaux, et la taille gigantesque des premiers. Nous trouvons, en effet, à l'état fossile des végétaux analogues à nos lycopodes et à nos mousses rampantes, mais qui atteignent deux cents et jusqu'à trois cents pieds de longueur.

« La première création était toute composée de plantes acotylédones. A une époque postérieure vinrent s'y mêler des Conifères et des Cycadées; puis parurent les plantes monocotylédones, et enfin les dicotylédones, que l'on peut regarder comme plus parfaites et mieux organisées pour résister au froid.

« Cependant les débris des forêts s'accumulaient sur le sol, s'y décomposaient, et l'hydrogène carboné qui provenait de cette décomposition, se répandait dans l'atmosphère. Là, il était décomposé par les explosions d'électricité alors plus fréquentes en raison de la grande élévation de température. Un monument de cette époque nous est offert par les houilles, immenses débris des végétaux carbonisés (1). »

Enfin, un géologue célèbre, M. Marcel de Serres, écrivait sur le même sujet :

« D'après Moïse comme d'après les faits, les végétaux ont été les premiers êtres qui ont embelli les terres à découvert... Les plantes ont dû nécessairement apparaître avant les animaux,

---

(1) Ampère, *Théorie de la terre.*

puisque, d'après M. Dumas (*Statistique chimique des corps organisés*), les animaux prennent aux végétaux les aliments nécessaires à leur alimentation. D'un autre côté, les premiers restituent au règne végétal, par l'intermédiaire de l'air et du sol, les principes au moyen desquels ils se développent avec une vigueur d'autant plus grande, que leurs forces assimilatrices sont plus actives.»

Bornons là les citations et constatons que les représentants les plus éminents de la science sont d'accord pour admettre l'apparition des plantes avant celle des grands vertébrés, poissons, reptiles, oiseaux et mammifères. C'est bien là ce que, de son côté, affirme Moïse.

Arrêtons un instant notre regard, en terminant l'histoire du troisième jour, sur le spectacle qu'offrait alors le globe : une idée juste du monde naissant nous disposera à mieux saisir le récit sacré au point où nous le reprendrons.

Les inégalités de l'écorce minérale allaient toujours croissant. Des groupes d'îles se changeaient en grandes terres, sans cependant former de véritables continents. D'une part, la répartition à peu près partout uniforme des eaux polaires et équatoriales ; de l'autre, la température encore élevée du globe, maintenue par la puissance du feu central, faisaient régner une chaleur humide extrêmement favorable au développement des végétaux. L'acide carbonique était en excès dans l'atmosphère, et les volcans, alors fort nombreux répandaient dans l'air d'abondants produits ammoniacaux. Aussi les terres se couvrent d'épaisses forêts, d'arbres d'organisation simple, mais de taille colossale, tels que les gigantesques Fougères, les Lépidodendrons, les Calamites, croissant jusque dans les régions polaires, où l'on retrouve leurs débris fossilisés. C'est l'enfouissement de ces forêts sous de nouvelles couches sédimentaires qui deviendra le principe de la houille, élément si précieux de nos richesses industrielles d'aujourd'hui.

La rareté, à cette époque, d'animaux à respiration aérienne, n'a pas été sans influence sur le développement de la première végétation. La présence de tant d'êtres dont l'unique occupation est de dévorer et de mutiler les végétaux en eût arrêté les progrès : car, au milieu de circonstances, d'ailleurs favorables, les plantes trouvaient à peine dans un sol peu profond de quoi s'alimenter.

Partout régnaient le silence et la paix ; la nature ne connaissait pas d'autre voix encore que celle des vents et des orages, ni d'autre principe de mouvement que les forces électro-chimiques et le déchaînement des tempêtes.

## III

Après avoir montré l'effet puissant de cette féconde parole : *Germinet terra herbam virentem...*

*et lignum*, etc., est-il nécessaire de dire que l'on n'en doit point induire le phénomène supposé des générations spontanées? Cette locution : *germinet terra*, n'indique rien autre chose, si ce n'est qu'au commandement de Dieu les plantes apparurent sur la terre; elle n'implique pas une vertu par laquelle la terre, en l'absence des graines, produirait d'elle-même, en certains cas, les végétaux, même les plus simples d'entre eux. Des expériences, rigoureusement faites, ont détruit les inductions que des naturalistes, trop hâtés, formaient à l'occasion de faits mal observés. La science se borne à constater, d'une part, qu'il y eut une époque où les végétaux n'existaient pas sur notre globe, et, d'autre part, que cette époque fut suivie d'une ère où ils se développèrent d'une manière luxuriante; rien de plus. Si l'on ne veut pas admettre un effet sans cause, il faut chercher dans l'ordre du Tout-Puissant la raison première de l'apparition de la vie et des végétaux. L'homme observe les faits et détermine, dans une certaine mesure, ce qui regarde la succession, le mode d'existence des diverses familles du règne végétal. Mais, si l'on demande au savant comment se formèrent sur le globe les premières plantes, les premiers animaux : par quel intermédiaire le commandement divin eut son exécution, le savant reste muet. Il dira, si l'on veut, la formation des globes célestes, des mers, des montagnes ; et, devant une petite plante, une graine, une fleur, son orgueil est contraint à s'humilier !

Un célèbre géologue (1), recherchant les lois qui présidèrent à la création et à l'extinction des espèces, n'a rien trouvé de plus explicatif à cet égard, ni de plus satisfaisant que ce vers du poëte: *Natura in fece et poi ruppe la stampa.* Qu'est cette nature? qu'est ce moule? On peut répondre : *Verba et voces, prætereaque nihil.* L'hypothèse de Darwin, plaçant le point de départ des végétaux et des animaux dans la cellule ovulaire, prototype de tout être organisé, n'a d'autre avantage que de reculer la difficulté d'expliquer la création sans l'intervention divine. D'où vient cet embryon rudimentaire? Comment rendre compte, sans Dieu, de son origine et de son caractère indéfiniment *transmutable?*

Cette cellule est plus mystérieuse et plus incroyable, mille fois, que la création divine à laquelle on la substitue.

Strauss disait : Il y a trois choses impossibles : l'existence de la terre avant le soleil autour duquel elle gravite ; l'existence de la lumière avant le soleil qui la produit ; l'existence des plantes avant le soleil qui les échauffe et les vivifie.

Nous avons montré que la première de ces trois impossibilités disparaît devant la théorie de La-

---

(1) Lyell.

place. Le soleil n'est devenu ce qu'il est qu'après la formation des planètes : alors seulement il a eu son atmosphère lumineuse. La seconde impossibilité tombe en présence de la faveur croissante de la théorie des ondulations lumineuses et de l'abandon du système d'émission de la lumière. Si la lumière est le résultat des vibrations de l'éther, et si l'éther peut être mis en mouvement par diverses causes, le soleil n'est plus le moyen unique de production de la lumière. Les études faites sur la combustion, la chaleur, l'électricité, démontrent abondamment qu'il existe de nombreux agents lumineux dans la nature. Les aurores boréales, si resplendissantes qu'elles permettaient à M. de Humboldt de lire à leur clarté, ne sont-elles point, ainsi que le pensait Schubert, un reste de la lumière des premiers jours? Enfin, puisque l'existence de la terre et de la lumière est possible en l'absence du soleil, et que, d'autre part, la chaleur accompagne toujours les phénomènes lumineux, il est clair que la possibilité de la végétation, avant l'existence du soleil, est un corollaire des deux premières théories.

Enfin, à ceux qui soutiennent, d'une manière absolue, que la lumière solaire est nécessaire à la germination, nous pourrions dire que le récit mosaïque des faits du troisième jour n'exclut pas, nécessairement, toute influence de la lumière du soleil. Moïse exclut seulement l'apparition immédiaté et ostensible du grand luminaire. Le soleil et les autres astres pouvaient très-bien être en voie de formation, mais ils demeuraient obscurcis par une atmosphère épaisse, qui les dérobait et les faisait disparaître, sans cependant détruire complétement l'action de leur lumière. Dans cette hypothèse, les rayons du soleil, quoique voilés, devaient tomber sur la terre. Les rayons directs ne sont nullement nécessaires pour faire germer les plantes. Dans les pays où la face du soleil est toujours voilée, les plantes sont-elles donc absentes? Les herbes et les arbres existent au milieu de ces forêts épaisses où jamais ne pénètrent directement les rayons de l'astre lumineux. Pour que les phénomènes de la végétation puissent avoir lieu, selon Berzélius, il faut : 1° que la graine soit en contact avec un corps humide qui puisse lui fournir de l'eau ; 2° que la température soit supérieure à 0° ; 3° que la graine soit en contact avec l'air. L'action trop immédiate des rayons solaires est souvent nuisible à la germination.

Il se pourrait, enfin, que la lumière ne fût pas aussi indispensable à la végétation qu'on le suppose généralement. Sans doute le carbone entre pour une grande partie dans les principes constitutifs des végétaux, et ceux-ci ne s'assimilent pas l'acide carbonique sans un agent intermédiaire qui le décompose. La physiologie botanique établit que la décomposition de cet acide et, conséquemment, l'accroissement du végétal par l'absorption du carbone sont dus à l'action de la lumière. Cependant des expériences multipliées ont prouvé que ce dégagement de l'oxygène était loin de dépendre seulement de la lumière. Il n'est pas même démontré que l'oxygène, dégagé à la lumière, provienne de la décomposition de l'acide carbonique. Il n'est pas prouvé davantage que le dégagement de cet oxygène contribue, au moins d'une manière indispensable, à l'accroissement des plantes. Nous ne pouvons qu'indiquer ces propositions. Les deux dernières reposent sur les belles expériences de M. Dutrochet.

Ainsi, sans avoir besoin de recourir au miracle, toujours possible pour Dieu, et en nous servant seulement des données présentes fournies par la science, nous pouvons, sans effort, justifier pleinement la Bible; et ce qui devient ridicule, ce n'est plus la Bible, qui a devancé en ce point les résultats de la science, c'est l'assurance avec laquelle les ennemis de la religion ont si longtemps affirmé ce qu'ils ignoraient. Si, dans un si grave sujet, il pouvait y avoir aujourd'hui des rieurs, les rieurs devraient être pour nous. Mais, en réfléchissant que les affirmations solennelles de Voltaire et de Strauss ont été à l'égard de tant d'âmes la cause de la perte de la foi, la cause de la privation des consolations et des espérances que procure la religion au milieu des tristesses et des désenchantements de la vie, notre âme est saisie de douleur, et la pensée de la passion aveugle des uns et des malheurs des autres affecte notre cœur de prêtre. Que d'hommes ont cessé d'être chrétiens en lisant Strauss et Voltaire ! Que d'âmes ont perdu leur voie, ces âmes pour lesquelles, suivant le touchant langage de saint Paul, le Christ a donné sa vie !

Ne prêtons pas une oreille trop crédule et trop confiante à ceux qui, au nom d'une science dont ils sont les représentants infidèles, attaquent une religion que la science, à la fin, confirme toujours.

# CHAPITRE IV

**Cinquième jour. — Création des monstres marins, des poissons, des reptiles et des oiseaux.**

SOMMAIRE :

Explication du texte sacré. Les animaux marins, les amphibies, les poissons, les oiseaux aquatiques. — Confirmation du texte biblique par la géologie. — Terrains permiens, triasiques, jurassiques, crétacés : leurs fossiles. — Les mammifères didelphes. — Sauriens monstrueux. — Empreintes laissées par les oiseaux échassiers contemporains des grands reptiles. — Ptérodactyles. — L'Iguanodon. — Résumé du cinquième jour.

---

Nous avons vu précédemment comment le Créateur a séparé les eaux d'avec la terre. Selon l'expression des Livres sacrés, la terre *est apparue, a surgi* du sein des eaux : expression très-conforme aux opinions des géologues sur les affaissements et les soulèvements des montagnes. La création des plantes coïncide avec cette période géologique où l'observation constate, en effet, la prédominance des végétaux à la surface des terres émergées. Ce furent d'abord, comme nous l'avons dit, les plantes cellulaires, puis les Cryptogames acrogènes, et enfin, les Phanérogames monocotylédones et gymnospermes (1). Une végétation plus grandiose que celle des autres époques géologiques et des temps actuels, caractérise cette période où Moïse a justement placé la création des plantes.

Étudions maintenant les opérations du cinquième jour ou de la cinquième période.

« Dieu dit : « Qu'ils se multiplient dans les
« eaux, les reptiles à l'âme vivante ; et que les
« volatiles volent au-dessus de la terre, sur la
« face de l'étendue des cieux. Dieu créa donc les
« monstres marins et tous les animaux qui ont
« vie, et les animaux qui rampent dans les eaux,
« selon leur espèce, et tous les volatiles, selon
« leur espèce : et Dieu vit que cela était bon. »

En cherchant d'abord à interpréter littéralement le texte sacré, nous remarquerons que l'hébreu et les deux versions de la Bible, les Septante et la Vulgate, sont ici parfaitement d'accord, et nous parlent d'animaux rampant dans l'eau, de grands monstres marins (THANINIM), de

---

(1) Les premières appartenaient à deux familles qui se sont perpétuées jusqu'à nos jours : les Palmiers et les Cannées ; et ces familles étaient accompagnées de genres jusqu'à présent indéterminés. Les gymnospermes paraissent avoir été primitivement bornés aux conifères du genre des Pins. La flore du groupe carbonifère, plus perfectionnée que celle des terrains précédents, était caractérisée par des Fougères, des Lycopodes et des Prêles.

poissons, de reptiles aquatiques (1). Le mot hébreu התנינם, ATHANINIM, signifie à la fois *les poissons* et *les reptiles*(2) : il se rapporte parfaitement aux poissons de grande dimension et aux monstrueux sauriens, etc.

« Ce mot, dont il n'existe aucun dérivé connu, dit M. Marcel de Serres, a été appliqué à tort aux cétacés, par cela seulement que ces animaux, les plus grands de la création actuelle, habitent les bassins des mers.

« Si quelques interprètes de la Bible ont traduit ainsi : *Creavitque Deus cete grandia*, c'est que, frappés de la grandeur des baleines et des mammifères marins, ils ont cru devoir rapporter l'expression ATHANINIM plutôt aux cétacés, qu'ils connaissaient, qu'à des poissons ou à des reptiles ignorés. Toutefois, après avoir parlé des grands poissons, Moïse nomme les animaux rampants qui vivent dans l'eau ; ce qui ne peut s'entendre que des reptiles. »

Ne pourrait-on pas dire aussi que les interprètes en question regardant les cétacés comme de véritables poissons, ont pour cette raison traduit par le mot *baleines* l'expression *thaninim*.

D'autre part les Hébreux confondaient les pois-

---

(1) Ce n'est qu'au sixième jour qu'apparaîtront les reptiles terrestres.

(2) תנין, THANIN, selon Génésius, a pour premier sens *serpens magnus, bellua marina*.

sons avec les reptiles aquatiques, ainsi que le prouve le psaume CIII, 25, où il est dit : *Hoc mare magnum.... illic reptilia* (1).

Remarquons que l'auteur inspiré se sert ici du mot BARA, *creavit*, *créa*, terme omis dans le récit de la production des plantes. Les auteurs en ont donné deux raisons assez plausibles : 1° Dieu voulut distinguer les animaux des plantes. Les animaux ne sont pas uniquement formés de la matière constitutive des corps organisés inférieurs : ils possèdent un principe de plus, ce qu'on est convenu d'appeler *âme des bêtes*; et Dieu dut tirer du néant ce principe animal invisible et intangible que ne pouvait procurer la matière (2); 2° le législateur des Hébreux ne négligeait aucun moyen d'éloigner son peuple de l'idolâtrie des peuples voisins. Les Égyptiens rendaient aux animaux les honneurs divins, et les Hébreux n'avaient que trop de tendance à imiter ces superstitions. En parlant de la création et de l'origine des animaux, Moïse voulut sans doute déclarer d'une manière plus claire et plus formelle qu'ils

---

(1) Voir l'ouvrage d'Agassiz, *Recherches sur les poissons fossiles*.

(2) Les plantes sont composées d'hydrogène, d'oxygène et de carbone. Ces corps existaient déjà avant la création des plantes.

Les animaux sont composés des mêmes éléments, auxquels on doit ajouter l'azote; mais ils ont de plus un principe de vie qui leur est propre, et qui, suivant le langage de l'école, les *informe*.

étaient tous l'œuvre de Dieu, et positivement créés par lui.

Dieu bénit les animaux qu'il avait créés au cinquième jour et leur dit : « Croissez et multipliez. » Cette bénédiction et ces paroles seront répétées au sixième jour pour les mammifères et pour l'homme. Dieu n'a pas donné sa bénédiction aux plantes ; il ne leur a pas adressé les mêmes paroles, et la raison en paraît toute naturelle. Les végétaux, il est vrai, doivent croître et multiplier sur la terre ; mais la plante est privée de connaissance et d'instinct, elle ne peut d'elle-même veiller à sa conservation ou coopérer par une activité volontaire à la reproduction et à la propagation de son espèce : elle est vouée à l'action fatale des lois physiques. L'animal, au contraire, est régi par des lois différentes : bien qu'il ne connaisse pas son Créateur et qu'il soit privé de la raison, il a cependant l'instinct et certaines facultés psychiques qui le conduisent et le guident dans la satisfaction de ses appétits.

Les anciens commentateurs ont émis des opinions assez singulières sur la création des oiseaux. Nous nous reprocherions de les passer tout à fait sous silence.

« L'opinion la plus commune, dit Pianciani (1), fait naître les oiseaux, non du limon, mais de l'eau. » L'explication de cette opinion peut se trouver

(1) *Cosmogonia naturale comparata con Genesi*, del P. Giovan.-Battista Pianciani. — Rome, 1862, p. 407.

dans le texte latin de la Vulgate qui a traduit le verset 20 : *Producant aquæ.... volatile super terram.* Mais pourquoi saint Jérôme a-t-il adopté cette traduction? Il est à croire qu'il suivait une ancienne tradition juive. La Synagogue, en effet, divisait les oiseaux en deux classes : les oiseaux de terre et les oiseaux aquatiques. La substance corporelle de chacune de ces classes d'oiseaux aurait été tirée de l'élément qu'ils habitent : les oiseaux aquatiques seraient nés de la mer ; les oiseaux terrestres, de la terre. L'Église a toujours fait une distinction entre la chair des uns et la chair des autres et elles diffèrent en effet. On justifie cette opinion en ce qui touche les oiseaux terrestres, par ces paroles de la Genèse, II, 19 : *Formatis igitur, Dominus Deus, de humo cunctis animantibus terræ, et universis volatilibus cœli.* Selon l'opinion de plusieurs commentateurs, Moïse semblerait indiquer que les oiseaux terrestres ont été créés du limon avec les mammifères terrestres, au sixième jour. L'écrivain sacré ne comprendrait donc dans l'opération du cinquième que les êtres qui vivent dans les eaux ou affectionnent l'élément humide. Des opinions de ce genre auraient en elles-mêmes peu d'importance, si elles ne servaient à justifier par la tradition l'opinion qui restreint la création du cinquième jour aux oiseaux aquatiques, opinion que nous inclinerions à adopter comme plus conforme aux observations géologiques, n'était le texte hébreu qui ne nous paraît pas exclure la création des oiseaux terrestres au cinquième jour. Nous ne répugnons cependant point à penser qu'il est principalement question, au v. 20, des oiseaux aquatiques.

## II

Nous avons conduit notre étude de la constitution du globe jusqu'au terrain carbonifère, dans lequel les végétaux prédominent. Nous avons vu que c'est à cette époque surtout que s'appliquent les paroles de Moïse relatives à la création des plantes. Au-dessus de ce terrain apparaît une succession de couches nouvelles. Ce sont ces couches qui renferment les traces de la création du cinquième jour. Nous allons les étudier.

On donne le nom de terrain *permien* à un ensemble de stratifications que la plupart des géologues partagent en deux étages : 1° les *Pséphites*, composés de sables ou de grès rouges pourprés ou jaunes, avec des arkoses à grains fins et des conglomérats remplis de galets roulés, de quartz, de jaspe, de porphyre. Cet étage ne renferme que peu de fossiles. 2° Le *Zechstein*, composé de roches de calcaire magnésien, argilifère et bitumineux. Les fossiles, sans être très-nombreux en espèces, se rencontrent cependant assez souvent dans cet étage : on y trouve des Bryozoaires, des Mollusques, de très-belles espèces de Poissons, des *Paleoniscus*, etc., etc.; des dents de Sauriens, des genres *Palæosaurus*, *Thecodontosaurus*, *Protorosaurus*, etc. En général, les Reptiles sont déjà assez nombreux.

La flore permienne est riche en végétaux; mais elle n'est qu'un reste ou une transformation de la flore carboniférienne (1).

La grande importance de la période permienne est certainement l'apparition des Reptiles, dont les genres et les espèces augmenteront à mesure que nous remonterons dans la série des couches.

En quittant le terrain permien, nous arrivons à la grande période secondaire des géologues : elle se compose des puissantes et nombreuses assises des terrains triasiques, jurassiques et crétacés; et ce fait suppose que la période du cinquième jour fut très-longue.

Nous n'étudierons pas chacune des couches qui forment l'ensemble de ces terrains (2); nous nous contenterons de rappeler la succession des êtres organisés.

(1) On a découvert jusqu'ici au moins soixante espèces de plantes fossiles, parmi lesquelles nous citerons : *Walchia piniformis* Sternb, *Calamites gigas* Brong, *Sphænopteris erosa* Morris, *Nevropteris salicifolia* Fisch, *Lepidodendron elongatum* Brong, *Annularia floribunda* Sternb.

(2) Les deux étages du Trias présentent des grès de couleurs très-variées : ce sont les grès bigarrés; un calcaire compacte, grisâtre, jaunâtre ou bleuâtre, le *Muschelkalk*; enfin des argiles irisées, mélangées de végétaux et de quelques minces couches

Au milieu d'un grand nombre de plantes, telles que les cryptogames acrogènes, des dicotylédones, des gymnospermes et quelques monocotylédones, on voit apparaître, à cette époque, des Tortues, les premiers Lézards crocodiliens, et de gigantesques Labyrinthodons, animaux carnassiers, voisins des Grenouilles, et comme elles à pieds très-courts. Les Oiseaux laissent aussi sur le limon des rivages une multitude d'empreintes de leurs pas ; et ce sont les seules preuves visibles de leur existence.

L'un d'eux devait avoir une taille double de celle de l'autruche. Une ligne médiane, creusée parfois dans le limon entre les pas, indiquerait pour quelques-uns une longue queue vertébrée (1).

L'étage du Muschelkalk est très-riche en reptiles : les genres *Thecodontosaurus*, *Palæosaurus*, *Cladiodon*, *Labyrinthodon*, *Dracosaurus*, *Conchyo-*

---

de grès. Ce qui rend surtout remarquable ce dernier étage, ce sont des amas de gypse anhydre et hydraté, de la dolomie, et des couches très-épaisses et très-considérables de sel gemme, dont l'emploi est si utile à l'homme.

(1) La découverte de l'*Archeopteris* dans le calcaire lithographique de Bavière nous présente cette singulière conformation primitive d'un oiseau dont la queue est composée de vingt vertèbres. Les poissons anciens offrent avec cet oiseau une curieuse analogie : leur queue est *hétérocerque*, c'est-à-dire que la colonne vertébrale se prolonge jusqu'à l'extrémité du lobe supérieur, comme dans l'Esturgeon. A partir de l'époque jurassique les poissons ont une queue *homocerque*, c'est-à-dire entièrement fibreuse et bilobée.

*saurus*, *Simosaurus*, *Pistosaurus*, quelques *Ichthyosaurus* et *Plesiosaurus*, dont le maximum de développement aura lieu plus tard ; des Tortues des genres *Trionix* et *Chelonia;* parmi les poissons, des *Leicacanthus*, *Ceratodus*, *Hytodus*, *Colombodus*, *Gyrodus*, *Saurichthys*, etc., abondent dans ce terrain.

Cette longue énumération des principaux genres ne nous indique-t-elle pas que nous sommes vraiment entrés dans la période des reptiles? Les argiles irisées contiennent des reptiles des genres *Phytosaurus*, *Capitosaurus* et *Metopias;* et, parmi les poissons, les genres *Sphærodus* et *Picnodus*.

Il est une particularité que nous devons néanmoins signaler, parce qu'elle peut prêter matière à des objections contre le récit biblique.

Dans les couches triasiques supérieures apparaissent déjà les premiers mammifères, ou quadrupèdes nourrissant leurs petits de leur lait. Mais que sont ces mammifères? Tout le monde conviendra qu'ils n'ont qu'une chétive importance. Ce sont de petits insectivores et des marsupiaux qui occupent le dernier échelon de leur classe. L'Australie seule nous en offre, aujourd'hui, des types encore vivants : ce sont des mammifères didelphes, c'est-à-dire qu'ils naissent imparfaits et acquièrent leur dernier degré de développement après leur naissance.

Nous avons entendu objecter contre le récit de Moïse, l'apparition de ces animaux dans les terrains triasiques et plus tard dans les schistes de Stonesfield. Moïse, dit-on, ne fait apparaître les mammifères terrestres qu'au sixième jour ; et voilà que la géologie découvre des mammifères dans les terrains les plus anciens, à la même époque que les premiers reptiles.

Ne nous laissons pas égarer par cette objection. Nous ne nous lasserons pas de le dire, Moïse, dans le récit des diverses créations, ne parle que de la prédominance des espèces à chaque époque. Quelques espèces de mammifères d'un ordre inférieur, très-petites, sans aucune importance, ne peuvent détruire la loi générale. En lisant la Bible nous nous plaçons malheureusement trop souvent au point de vue exclusif des classifications scientifiques. Comme naturalistes, nous notons, avec raison, les moindres des mammifères ; mais il faut bien remarquer que Moïse écrivait pour les Hébreux, et ceux-ci n'avaient pas nos classifications exactes, rigoureuses : ils parlaient d'après les apparences et rangeaient parmi les reptiles des êtres que, dans les temps modernes, nous avons justement placés parmi les mammifères. En effet, un auteur nous apprend que les Hébreux confondaient dans un même groupe les insectes avec les reptiles, et qu'ils donnaient ce dernier nom à certains quadrupèdes, tels que les rats, les taupes, les belettes, les hérissons et d'autres animaux semblables (1).

L'apparition de ces petits mammifères didelphes, de la grosseur d'une taupe, ne doit donc et ne peut en rien infirmer le récit de Moïse (2).

Au-dessus du terrain triasique se trouve la grande série des terrains jurassiques, ainsi appelés parce qu'ils jouent un rôle important dans la constitution géologique du Jura. Cette série se compose de roches calcaires, de grès, d'argiles, de marnes, etc. Les calcaires sont très-souvent oolithiques (ᾠόν, œuf; λίθος, pierre); ce qui a fait quelquefois donner à ce groupe le nom de forma-

---

(1) *Hebræi reptilibus adscribunt omnia insecta, puta, mures, talpas, mustelas, hericios et si quæ alia sunt hujus generis.* (BOCHARTUS, Hierozoicon I, lib. I, c. IX.)

(2) La question de l'identité des débris organiques de Stouesfield avec les marsupiaux a été l'objet des plus savantes recherches, et celles-ci ont conduit à reconnaître que ces débris avaient réellement appartenu à des didelphes voisins des Sarigues. Ces animaux sont en quelque sorte les embryons permanents des mammifères, du moins quant à l'infériorité relative de leur cerveau et de leur système nerveux : aussi la forme et le faible développement de leur moelle épinière et de leur encéphale sont-ils en harmonie avec l'imperfection de leur instinct, de leurs organes vocaux et de leur système reproducteur.

Cette imperfection assigne à ces animaux une place intermédiaire entre les espèces ovipares et vivipares; elle en a fait, pour ainsi dire, un anneau qui unit la classe des marsupiaux à celle des reptiles : car le cerveau des didelphes n'offre pas la trace des circonvolutions qui sont en si grand nombre chez les mammifères monodelphes.

tion oolithique. En effet, la texture d'un grand nombre de roches ressemble à une agrégation de petits grains ronds concrétionnés, qui ont l'apparence d'œufs de poisson. En raison de son importance, on a divisé cette série en plusieurs groupes principaux : 1° le terrain jurassique inférieur qui comprend le lias, l'oolithe inférieure et la grande oolithe ; 2° le terrain jurassique supérieur, qui se subdivise aussi en plusieurs étages, tels que les argiles de Dives ou Oxford Clay ; les calcaires coralliens, le calcaire du Barrois, qui renferme le Kimmeridge-Clay ; et le calcaire de Portland ; enfin les calcaires d'eau douce de Purbeck.

Le terrain crétacé, le dernier qui se soit déposé avant l'apparition des mammifères proprement dits, termine la formation secondaire des géologues. Il comprend l'ensemble de toutes les couches qui ont été déposées entre le terrain jurassique et le terrain tertiaire. C'est une formation très-puissante, que l'on a aussi divisée en terrain crétacé inférieur et terrain crétacé supérieur.

Le terrain crétacé inférieur comprend : 1° l'argile de Weald et les sables d'Hastings ; c'est une formation d'eau douce ainsi décrite et caractérisée : couches alternatives de calcaire, de sables ferrugineux, d'argiles et de lignites avec coquilles d'eau douce ; 2° la formation néocomienne, ou calcaires bleus, jaunes ; calcaires oolithiques, ferrugineux ; calcaires marneux, alternant avec des argiles grises ou de couleur bigarrée et des sables ; 3° enfin, le gault, ou assises argilo-glauconieuses, comprenant des couches de sable et de grès plus ou moins grossiers et verdâtres.

Le terrain crétacé supérieur renferme exclusivement des calcaires et a fait donner le nom à tout le groupe : il comprend toutes les différentes couches de calcaires crayeux, la craie glauconieuse, la craie marneuse et la craie blanche proprement dite.

L'époque jurassique et l'époque crétacée sont surtout remarquables par le prodigieux développement de la classe des Reptiles sauriens ou lézards. Ils règnent en dominateurs à la fois sur la terre, dans les mers et dans les airs. Aux formes les plus étranges, ils joignent des proportions gigantesques.

Vers la fin de la période triasique, il existe un calcaire qui sert d'intermédiaire entre le trias et le terrain jurassique, et dont la faune est très-riche. On y rencontre surtout et pour la première fois des Ammonites, qui atteindront dans les couches jurassiques le maximum de leur développement, et dont les différentes espèces serviront à caractériser chacune des assises.

Dans le lias apparaissent des reptiles qui, par leur nombre et leur grosseur, formeront le trait caractéristique des débris organiques de ce terrain, bien qu'ils se continuent dans toute la série jurassique; ce sont : l'*Ichthyosaurus*, le *Plesiosaurus*, et plus tard le *Pterodactyle;* des tortues gigantesques du genre *Testudo;* les *Mistriosaurus, Macrospondylus, Pelagosaurus, Teleosaurus, Megalosaurus, Gnathosaurus, Pleurosaurus, Geosaurus, Pliosaurus*, etc.

Avec la faune oxfordienne se montrent pour la première fois des Insectes hémiptères, hyménoptères et lépidoptères.

Les plantes ont singulièrement diminué en nombre et en espèces pendant toute la série jurassique; elles sont d'ailleurs encore aujourd'hui peu connues.

Dans la formation crétacée, le nombre des reptiles diminue aussi : toutes les espèces des terrains jurassiques disparaissent et d'autres leur succèdent. Les principaux genres sont : les *Hylæosaurus, Iguanodon, Raphiosaurus, Mosasaurus*, etc.; et à tous ces sauriens jurassiques et crétacés, se joint une assez grande quantité de poissons de genres différents, selon les couches où on les rencontre.

Nous donnerons quelques détails sur la conformation de certains sauriens monstrueux. Le lecteur nous permettra ces notions, qui serviront à éclaircir la narration de l'auteur inspiré.

L'*Ichthyosaurus*, dont la longueur dépassait dix

mètres, offrait des caractères communs à différentes classes d'animaux : ce reptile avait un museau de marsouin, les dents du crocodile, la tête d'un lézard, les vertèbres d'un poisson, le sacrum de l'ornithorynque et les nageoires d'une baleine. Son corps monstrueux se terminait par une queue allongée, d'une force prodigieuse; sa tête, dont la longueur dépassait deux mètres, portait deux yeux énormes, entourés de pièces osseuses analogues à celles de plusieurs espèces d'oiseaux et de reptiles. Par leur rétraction, ces pièces augmentaient la convexité de la partie antérieure de l'œil et la transformaient en microscope; reprenant leur position naturelle, elles en faisaient un télescope : l'*Ichthyosaurus* pouvait ainsi découvrir sa proie de près et de loin, dans l'obscurité de la nuit et dans les abîmes des mers. Une pareille organisation favorisait singulièrement les habitudes voraces de ces reptiles, et les cent quatre-vingts dents coniques et acérées dont étaient garnies les mâchoires de plusieurs d'entre eux font comprendre avec quelle facilité ils expédiaient leurs victimes.

Un reptile non moins extraordinaire, qui, au dire de Cuvier, mérite mieux encore le nom de monstre, vivait à la même époque : c'est le *Plesiosaurus*. Il joignait à une tête de lézard les dents d'un crocodile et un cou d'une longueur énorme, semblable au corps d'un serpent; puis, outre ces anomalies, cet animal avait le tronc et la queue à peu près semblables à ces mêmes parties du quadrupède ordinaire; enfin il réunissait les côtes d'un caméléon aux nageoires d'une baleine.

Le *Telæosaurus* se rapprochait davantage du crocodile; mais son corps était recouvert d'une armure plus solide que celle des crocodiles actuels : car elle se composait de plaques plus grandes, disposées de manière que le bord de chaque écusson recouvrait la base du suivant. Les mœurs du *Telæosaurus* étaient analogues à celles des Gavials, et, comme ceux-ci, ils étaient aquatiques et vivaient de poissons. Ils semblaient même spécialement organisés pour la natation, et les gisements où on les retrouve en fourniraient une preuve, si leurs vertèbres biconcaves, qui sont de nos jours l'apanage des poissons, le nombre plus grand de leurs côtes et leur armure plus forte ne suffisaient point à justifier cette manière de voir. Les différentes espèces de *Telæosaurus* ont été recueillies dans le lias et dans un grand nombre de couches de la série jurassique.

On a observé dans diverses contrées, au contact des couches de certains terrains, des traces qui ressemblent à celles que laissent les oiseaux en marchant sur le sable ou sur la terre argileuse mouillée. Quelques-unes de ces empreintes, faites probablement par des animaux qui ont marché sur des roches non encore durcies, ont paru assez évidentes pour qu'on ait cru pouvoir en déduire l'existence des oiseaux à des époques où ils ne sont connus par aucun autre indice.

Parmi ces traces, les plus remarquables sont celles qui ont été observées sur le grès rouge de Massachussets, et qui ont été décrites par le professeur Hitchcock. Ce naturaliste en a découvert en abondance dans cinq endroits différents de la vallée du Connecticut, sur des couches de grès rouge inclinées à l'est de 5° environ et élevées à près de cent pieds au-dessus des eaux actuelles. On les trouve lorsque les couches supérieures ont été enlevées par le travail de l'homme ou par l'action des eaux.

Ces empreintes ressemblent à des pas d'oiseaux, parce qu'elles sont en général composées de trois impressions, comme celles que feraient les trois doigts d'un oiseau, la médiane étant plus longue. Les doigts qui les ont formées étaient terminés par des ongles; quelquefois on voit un pouce en arrière, plus rarement en avant, et une partie de ces empreintes n'en offre point de trace. Le géologue américain fait observer en outre que ces empreintes sont évidemment les vestiges d'un animal à deux pieds : car, dans les cas où l'on voit clairement que l'animal a marché, on ne trouve jamais plus d'une rangée à la suite l'une de l'autre.

M. Hitchcock dit encore que la longueur de ces

enjambées, comparée à la longueur du pied, doit faire présumer que la plupart de ces animaux avaient de longues jambes et étaient par conséquent des échassiers; ce que rend d'ailleurs probable leur présence sur une terre humide. Ne pouvant, d'après leurs traces, rapporter ces oiseaux à leurs genres actuels, le savant naturaliste leur a donné le nom générique d'Ornitichnites et en a reconnu sept espèces différentes.

« L'existence des oiseaux à l'époque secondaire, » ajoute-t-il, « est incontestablement démontrée par des ossements qui ne peuvent laisser aucun doute. Parmi les faits les plus certains, je citerai les suivants. M. H. V. Meyer a décrit un oiseau trouvé dans les schistes calcaires de Glaris, qui appartiennent au terrain néocomien. Cet oiseau, parfaitement caractérisé, avait la taille d'une alouette et les caractères généraux des passereaux. L'Angleterre renfermait aussi quelques débris d'oiseaux. Lord Enniskillen a trouvé [près de Maidstone quelques os, et en particulier un humérus de la dimension de celui d'un Albatros, qui indiquent probablement une espèce perdue dans la famille des palmipèdes.

« M. Mantell a fait connaître les os d'un oiseau échassier plus grand que le Héron, trouvé dans la formation wealdienne de la forêt de Tilgate. Il n'est donc plus permis de douter que les oiseaux n'aient vécu dans nos continents pendant l'époque secondaire, et qu'ils n'aient été par conséquent contemporains des grands reptiles (1). »

Or, la Bible place précisément la première apparition des oiseaux à cette cinquième époque. Par le mot *oiseau* nous devons entendre les animaux ailés : c'est le seul sens du mot, עוֹף, OPH, employé dans l'hébreu; et ce mot est un nom collectif, qui embrasse les animaux ailés ou les volatiles en général.

Les débris des oiseaux proprement dits et tels que nous les caractérisons de nos jours sont, il est vrai, peu abondants dans les anciennes couches de la terre; mais, si nous prenons le mot OPH dans le sens d'animaux ailés, il nous sera permis de joindre à cette classe les Ptérodactyles, qui ressemblent de loin, par leur conformation, à une chauve-souris. La parole de Moïse trouvera alors une application plus large.

Si les oiseaux proprement dits ne se rencontrent pas aussi communément au sein des couches anciennes, cela dépend probablement de la fragilité de leur squelette, dont la décomposition a été plus rapide et plus complète; peut-être aussi ont-ils pu échapper plus facilement aux causes de destruction et d'enfouissement qui ont fait périr en si grand nombre et les animaux terrestres et

---

(1) PICTET, *Traité élémentaire de Paléontologie*, tome I, p. 340.
— Paris, 1844.

les animaux aquatiques. Cependant les traces et les restes d'oiseaux que l'on trouve au sein des couches secondaires ne permettent pas de douter que nous sommes bien à l'époque géologique de la création et de l'existence simultanée des reptiles et des oiseaux.

Moïse associe ces deux classes d'êtres, que l'imagination placerait volontiers aux antipodes de la création ; et cependant ils ont plus d'un rapport. Il exista alors un animal réunissant à lui seul les deux genres : nous voulons parler des *Ptérodactyles*, auxquels on a donné le nom de reptiles volants. Le lecteur nous permettra de les décrire.

La forme de leur tête et la longueur de leur cou, analogues à celles des oiseaux, tendaient à les rapprocher des volatiles, ainsi que leurs ailes, semblables à celles des Chauves-souris. D'un autre côté, leur queue et leur corps, analogues à ceux des mammifères, semblaient indiquer de nombreux rapports avec ces derniers. En comparant les Ptérodactyles aux oiseaux et aux mammifères dont ils se rapprochaient le plus, Cuvier a démontré que ces animaux étaient des reptiles doués de la faculté de voir la nuit, et de saisir au vol les insectes dont ils faisaient leur nourriture.

Les caractères que nous avons indiqués montrent que les Ptérodactyles ont dû vivre à peu près à la manière des Chauves-souris. La forme des dents et la grandeur de la mâchoire indiquent des animaux carnassiers, mais pas très-forts. Les petites espèces ont dû être insectivores; les grandes ont pu saisir des poissons ou de petits reptiles. La grandeur des yeux dénote des animaux nocturnes. Les pieds postérieurs étaient assez forts pour que ces animaux pussent faire une station analogue à celle des oiseaux, et se percher sur les arbres. Les griffes de leurs pieds et les doigts courts de leurs mains leur donnaient la facilité de grimper le long des troncs et des branches. On connaît plusieurs espèces de ces animaux : les plus grandes ont été comparées pour la taille au Cormoran, et les plus petites à la Bécassine. Leurs restes se rencontrent dans toute la série des terrains jurassiques.

Maintenant que nous connaissons les caractères et les mœurs de ces animaux, serait-il téméraire de voir en eux une partie des animaux ailés que Moïse a désignés sous le nom d'OPH?

Les êtres, dans la nature, s'unissent et se confondent par des transitions curieuses à observer : ainsi, parmi les reptiles de la période crétacée, nous avons cité l'*Iguanodon* et le *Mosasaurus*.

L'*Iguanodon* est remarquable par sa taille gigantesque aussi bien que par les caractères d'une transition du reptile au mammifère et du crocodile au lézard. Le squelette de l'*Iguanodon* est lourd et fort; ses pattes sont bien plus grandes à proportion que chez la plupart des reptiles actuels ; la queue est plus courte que dans l'Iguane, et ses vertèbres ont des apophyses moins développées. La longueur de l'*Iguanodon* Mantelli, la seule espèce trouvée dans les terrains wealdiens et dans les grès verts, est de 70 pieds, et sa circonférence de 14 1/2. Sa grande taille le rendait probablement capable de monter aux arbres comme les Iguanes de nos jours. Son régime a dû être herbivore et peut-être aussi carnivore.

Le *Mosasaurus* a été trouvé dans la craie supérieure, craie blanche de Meudon et la craie de Maëstricht. Ses ossements furent considérés dans l'origine comme ayant appartenu à un cétacé, puis à un crocodile. Adrien Camper et, après lui, Cuvier montrèrent que les caractères de la dentition et du squelette prouvaient évidemment que le *Mosasaurus* avait des infinités plus marquées avec les monitors et les iguaniens qu'avec aucun autre genre de reptile. Mais cet ancien habitant des mers dépassait singulièrement pour la taille ses analogues actuels : car il a dû avoir 25 pieds de longueur, tandis que les iguaniens atteignent à peine 5 pieds.

Le *Mosasaurus* devait être d'une voracité extraordinaire, si l'on en juge par le nombre prodigieux de ses dents et le volume de ses mâchoires. Il avait peu de caractères communs avec le crocodile ; et, s'il se rapprochait des iguanes, c'était seulement par le système dentaire. L'*Ichthyo-*

*saurus* et le *Plésiosaurus* furent les tyrans de l'Océan ; et il faut en dire autant du *Mosasaurus* à l'époque de la craie : d'ailleurs, il conservait dans l'ensemble de ses caractères quelque chose d'analogue à ces deux genres. Ses pattes étaient formées par quatre larges rames, qui lui permettaient de s'élever au-dessus de la surface des eaux, comme le font les baleines à l'aide du point d'appui qu'elles trouvent dans leur queue horizontale.

Résumons en quelques mots cette longue étude.

« Au cinquième jour, » dit Moïse, « Dieu créa les monstres marins qui nagent dans les eaux et les animaux ailés qui volent sur la terre, à la face du firmament. » Nous avons interrogé la géologie et nous avons vu apparaître dans les couches les plus anciennes, dans celles qui se sont déposées immédiatement après la période carbonifère : 1° les premiers reptiles marins et les premiers poissons proprement dits, plus ou moins perfectionnés, suivant les couches géologiques, et, dans la période crétacée, des reptiles amphibies, dont la vie se passait dans les eaux ou sur les terres émergées ; 2° nous avons constaté dans ces mêmes couches la présence d'animaux ailés, à respiration aérienne, des oiseaux proprement dits et des Ptérodactyles que nous avons pu, sans témérité, ranger dans la catégorie des animaux ailés.

Nous trouvons donc encore l'accord le plus complet entre Moïse et les découvertes de la science. Bien que nous n'ayons cité qu'un nombre relativement restreint d'espèces, nos conclusions n'en sont pas moins certaines, et le récit de Moïse quant aux créations du cinquième jour est justifié.

# CHAPITRE V.

### Sixième jour (1ʳᵉ partie). — Création des animaux terrestres.

#### SOMMAIRE :

Explication du texte sacré. — Détermination et exposé des caractères de la période géologique à laquelle correspond le commencement du sixième jour. — Terrain tertiaire; terrain quaternaire. — Mammifères. — Pendant cette période l'observation constate le progrès continu de la ressemblance des espèces fossiles avec les espèces vivantes. — Le progrès qu'accuse Moïse dans l'histoire de la création est confirmé par la géologie. — La distribution des végétaux et des animaux dans tous les terrains de même formation concorde avec les faits bibliques. — L'unité du plan et les rapports des créations successives entre elles sont constatés par la géologie et confirment aussi le récit de Moïse. — Comment les êtres fossiles ont pu être compris dans le récit de Moïse et se rattachent à l'homme.

---

I

Nous avons assisté au magnifique spectacle de la formation de notre globe : les fondements de la terre sont consolidés ; les créations ont apparu ; le sol est couvert de plantes et d'arbres.

Les forêts vierges de l'Amérique, où la hache du bûcheron n'a pas encore passé, peuvent seules donner une idée de ce qu'a été la gigantesque et plantureuse végétation du premier âge de la terre.

Dans les mers et les fleuves fourmillent des myriades d'êtres, reptiles, poissons, monstres bizarres ; et, sur les bords des eaux, se promènent les grands échassiers et les palmipèdes.

Mais la création s'enrichira encore. La terre ne possède pas tous les animaux qui doivent l'habiter ; surtout elle n'a pas encore de maître, de dominateur et de roi :

« Dieu dit : « Que la terre produise des amimaux « vivants, chacun selon son espèce, des animaux « domestiques, des reptiles (rémès) et des bêtes « sauvages. » Et il en fut ainsi..... Et Dieu vit que cela était bon. Et Dieu dit encore : « Faisons « l'homme à notre image et ressemblance, et qu'il « domine sur les poissons de la mer, sur les « oiseaux du ciel, sur les reptiles qui rampent sur « la terre. » Et Dieu fit l'homme, et il le fit à l'image de Dieu, et il les fit mâle et femelle. »

Telle est l'œuvre du sixième jour, qui terminera toutes les opérations du Créateur.

Nous ne traiterons dans ce chapitre que de l'apparition des animaux terrestres, et principalement des mammifères ; la création de l'homme sera l'objet des chapitres suivants.

Si nous cherchons d'abord le sens exact du texte sacré qui doit nous occuper, nous ferons observer que le mot רמש, RÉMÈS, *reptilia*, exprime des reptiles différents de ceux que nous avons vus apparaître dans les eaux au cinquième jour : il s'agit ici des reptiles terrestres, et le terme hébreu n'a point d'autre sens. Le mot בהמה, BEHEMA, signifie *bestia major*. Employé dans un sens déterminatif et opposé comme ici au mot חיה, CHAIA, le substantif BEHEMA signifie *animal domestique*, et saint Jérôme le traduit avec raison par *jumentum* : CHAIA désigne ici un *animal sauvage*. D'autres traducteurs entendent par le premier mot les herbivores, et par le second les carnassiers. Selon saint Thomas la Bible appelle *bêtes de somme* et *troupeaux* (*jumenta et pecora*) les animaux domestiques qui servent l'homme d'une façon quelconque ; par *bêtes* elle entend ordinairement les animaux féroces : les ours, les lions ; et par *reptiles*, les animaux qui n'ont point de pieds pour se soulever de terre, comme les serpents, ou qui en ont de si courts, qu'ils ne peuvent que raser le sol à la manière des lézards (1).

Il est certain que l'auteur sacré a distingué les différentes espèces d'animaux créés au sixième

---

(1) Remarquons que saint Thomas ne parle pas comme un naturaliste du xix⁰ siècle : les connaissances humaines ne permettaient pas alors une classification rigoureuse. Comme Aristote, il décrit les êtres vivants suivant les caractères extérieurs. Pour comprendre Moïse et juger ce qu'il dit de la création, il ne faut point non plus le séparer de son époque. Il traduit dans le langage et suivant la manière de voir de son temps les phases diverses de la création. Si l'espèce de classification qu'il emploie n'est ni rigoureuse ni complète, du moins elle ne contredit aucun fait de la science la plus avouée. De même que Moïse carac-

jour, et qu'il veut les comprendre moralement tous dans les termes populaires qu'il emploie.

Étudions maintenant l'époque géologique qui correspond au commencement du sixième jour.

Nous avons montré la succession des terrains et le développement des créations dans les périodes paléozoïques, jurassiques et crétacées : nous arrivons donc au groupe que les géologues appellent terrain *tertiaire*. Il comprend l'ensemble de toutes les couches déposées entre le groupe crétacé et le terrain *quaternaire*. Dans les périodes précédentes nous avons constaté la présence des plantes, des mollusques, des poissons, des reptiles aux proportions gigantesques, et des sauriens, dont les formes et les dimensions étonnent l'imagination. L'époque de la formation tertiaire nous apparaît avec un caractère différent. Ce qui frappe d'abord l'observateur, c'est le nombre et la variété des mammifères, remarquables par leurs proportions et par leurs formes : les *Coryphodon*, les *Palæotherium*, les *Anoplotherium*, les *Lophiodon*, les *Megatherium*. Les mammifères qui appartiennent au terrain tertiaire ont pour la plupart une grande analogie avec ceux du monde moderne, et beaucoup d'entre eux rentrent dans des

térise une période géologique par son trait principal, il détermine les animaux par un seul caractère saillant : celui qui frappait le plus les yeux. Il ne s'agissait pas pour son dessein d'être complet, et rigoureusement exact, mais d'être compris de tous.

genres encore existants. Cette ressemblance augmente à mesure que l'on remonte dans la série des formations, et que l'on se rapproche davantage de la période récente.

Le même fait se produit parmi les reptiles : ceux que l'on trouve enfouis dans les dépôts tertiaires sont souvent congénères de ceux qui vivent actuellement, ou bien ils forment des genres qui sont peu différents ; et l'on constate que les espèces gigantesques de cette classe, dont les débris abondent dans les couches secondaires, avaient cessé d'exister, comme pour faire place aux générations de reptiles créées par la puissance de cette parole du sixième jour : *Producat terra reptilia*.

Toutefois, hâtons-nous de le dire avec sincérité, ni les mammifères ni les autres vertébrés dont on observe les ossements dans les gisements tertiaires, n'appartiennent à des espèces aujourd'hui existantes : beaucoup d'entre eux rentrent dans des genres qui ne sont point conservés ; quelques-uns diffèrent, comme famille, des animaux de la même classe et vivant aujourd'hui ; il en est même qui forment des ordres à part, comme les *Toxodon* et les *Zeuglodon*, fossiles propres à l'Amérique.

Mais en reconnaissant ce fait, sur lequel nous ferons nos observations à la fin de ce chapitre, nous affirmons, sans crainte d'être contredit, que c'est *spécialement* dans les terrains tertiaires que les mammifères analogues aux nôtres apparaissent *pour la première fois d'une manière continue*. On avait bien trouvé, comme nous l'avons dit dans le chapitre précédent, dans deux couches différentes de la série triasique et de la série jurassique, de petits mammifères ; mais ces didelphes, ces animaux sans importance, chétifs, d'un ordre inférieur, se sont présentés comme accidentellement et ne pouvaient compter pour rien dans un récit comme celui de Moïse. La Genèse ne relate que les prands faits de la création ; elle trace de grandes lignes, esquisse d'immenses contours.

Tandis que la période tertiaire offre le développement complet de toute la série des mammifères, tandis que l'importance de cette classe d'animaux s'accroît, les innombrables mollusques céphalopodes secondaires se sont éteints et se trouvent en partie remplacés *par des genres nouveaux*, avec continuation des genres anciens. C'est, pour une part, la confirmation de cette parole : *Producat terra reptilia*.

« Depuis le commencement des terrains tertiaires jusqu'à nos jours, » dit M. Deshayes, « la création des êtres ne s'est point arrêtée ; de nouvelles formes ont été ajoutées aux anciennes, et le nombre des espèces appartenant à cette période l'emporte de beaucoup sur celui de toutes les périodes qui l'ont précédée; et, si l'on veut prendre la nature actuelle pour la séparer des terrains tertiaires, on y observe un bien plus grand nombre d'êtres que dans aucun des anciens terrains connus.

« Ainsi se manifeste d'une manière évidente la progression continue dans la succession des êtres organisés : peu abondants relativement dans les couches inférieures, ils croissent en nombre dans ces couches à mesure qu'elles sont plus récentes, et à une organisation relativement plus simple s'ajoutent des types organiques de plus en plus compliqués jusqu'à l'homme.

« Il est un fait d'une grande importance, qui frappe l'observateur lorsqu'il examine cette admirable succession des êtres dans l'espace et dans le temps. Les premières faunes créées n'ont point subsisté depuis leur apparition jusqu'à nos jours ; elles se sont rapidement éteintes pour ne reparaitre jamais. Elles ont vu se mélanger à elles des êtres nouveaux, qui remontent dans les couches les plus récentes et ont été à leur tour le produit d'une nouvelle création; de sorte qu'après une certaine durée, toutes les premières espèces ont disparu et ont été remplacées par d'autres parfaitement distinctes des premières. C'est ainsi que, de proche en proche, se rattachent les unes aux autres les couches d'une même grande période, dont on reconnaît l'ensemble par la nature des êtres qui ont été créés pendant sa durée (1). »

L'ensemble de la période tertiaire a un trait particulier qui le distingue : l'importance croissante des Mammifères. Ce sont les mammifères, en effet, qui caractérisent surtout chacune des trois divisions principales du terrain tertiaire Le terrain tertiaire inférieur ou *éocène* est caractérisé dans sa partie inférieure par le *Coryphodon*, dans sa partie moyenne par le *Lophiodon*, et dans sa partie supérieure par le *Palæotherium*, l'*Anoplotherium*, etc. ; le terrain tertiaire moyen ou *miocène* est caractérisé par le *Dinotherium giganteum*, le *Rhinoceros leptorhinus* et le *Mastodon giganteum*; le terrain tertiaire supérieur ou *pliocène* est caractérisé par l'*Elephas meridionalis*, le *Rhinoceros* et le *Mastodon angustidens*.

Lors de leur première apparition, les mammifères monodelphes ont formé des faunes dans lesquelles les divers types sont répartis un peu différemment de ceux d'aujourd'hui : les herbivores et surtout les pachydermes sont les plus abondants, et les carnassiers paraissent avoir été bien plus rares, soit en espèces, soit en individus; les ruminants ont apparu dans les périodes suivantes, et n'ont pas tardé à devenir nombreux

---

(1) DESHAYES, *Description des animaux sans vertèbres.* Introd., p. 39.

avec la fin de l'époque tertiaire. Dans la période diluvienne, les proportions changèrent : les pachydermes diminuèrent beaucoup et les carnassiers offrirent, au contraire, une faune remarquable par le nombre des espèces et par leur taille.

Justifions par des faits ces propositions générales.

## II

L'Éocène est formé par la succession des terrains qui reposent directement sur la craie, tels que les sables blancs et marnes à Physes de Rilly-la-Montagne, les sables marins inférieurs et supérieurs du Soissonnais, séparés par des argiles, toute la série des calcaires grossiers et les sables de Beauchamp. C'est dans les sables inférieurs du Soissonnais que l'on a découvert les plus anciens mammifères, l'*Arctocyon primævus*. Cet animal doit être rangé parmi les carnassiers. Blainville le rapproche de l'ours ; il était presque de la grosseur du loup, et son humérus, remarquable par le développement de la crête deltoïdienne, fait supposer qu'il était aquatique. Cependant, M. Laurillard est porté à croire que cette singulière espèce était carnivore et appartenait à un genre de didelphes. Elle fut trouvée à La Fère (Aisne).

Les lignites, ou le terrain d'argile plastique, contiennent deux genres de mammifères parfaitement caractérisés : le *Coryphodon* pachyderme, voisins des Lophiodons, et le *Palæonictis*, sorte de carnivore. Le *Coryphodon* était de la taille du Rhinocéros de Sumatra. M. Hébert en a formé deux espèces : le *Coryphodon Eocenus* et le *Coryphodon Oweni*. Le *Palæonictis* était de la taille du Glouton. On serait porté à le rattacher aussi aux didelphes carnivores, et en particulier aux Sacrophyles. Si ces deux espèces supposées carnivores, l'*Arctocyon primævus* et le *Palæonictis gigantea*, appartenaient vraiment, comme on le pense, à la série des didelphes, ce serait une preuve de la perfection progressive des animaux.

Les espèces qui ont apparu dans les périodes de l'éocène moyen et de l'éocène supérieur, sont beaucoup plus nombreuses. Les pachydermes dominent dans la série des calcaires grossiers, et parmi eux les Lophiodons, animaux voisins des Tapirs, et dont on connaît une douzaine d'espèces : ces animaux, considérés comme une tribu des pachydermes herbivores, caractérisent l'éocène moyen. Les pachynolopes, dont les débris sont mêlés à ceux des Lophiodons, les *Hyracotherium*, petits pachydermes en apparence voisins des Chéropotames; un Dichobune proprement dit, un autre omnivore plus voisin des véritables *Anoploterium*, et une petite espèce de la famille des sangliers, ont été trouvés dans ce terrain. On a recueilli aussi avec ces espèces trois mammifères carnivores, de taille différente : l'un pouvait être à peu près fort comme le Lion ; l'autre de la taille du Blaireau, et le troisième moins grand encore. Un singe (*Macacus Æocenus Owen*) a été découvert dans le London-clay du comté de Suffolk en Angleterre, et avec lui deux espèces qui se rapprochent du genre sanglier : *Hyracotherium leporinum* et *Hyracotherium caniculum*.

On sait quelle innombrable quantité d'ossements renferment certains calcaires lacustres répandus sur une grande partie de la France. A Paris même, les amas gypseux ensevelirent dans leurs couches successives une masse prodigieuse de débris d'animaux : et ces débris organiques appartiennent non-seulement à des mammifères, mais encore à des reptiles, à des batraciens et à des poissons. Les plâtrières de Paris ont fourni un grande variété d'espèces de mammifères. On sait le brillant parti qu'en sut tirer Cuvier pour les progrès de la science : nous citerons parmi ces espèces les *Palæotherium*, les *Paloplotherium*, les *Anoplotherium*, et les *Xiphodon*.

Les *Palæotherium* se rapprochent des Tapirs, qu'ils ont précédés : leur ouverture nasale est grande et donnait probablement insertion à une courte trompe. Quelques espèces, comme le

*Palæotherium magnum*, pouvaient arriver à la taille du cheval.

Les *Paloplotherium* ont été contemporains des vrais *Palæotherium* et en diffèrent peu.

Les *Anoplotherium* étaient aussi de la famille des pachydermes. Cuvier a pensé, d'après la forme de la queue, qu'ils pouvaient être des animaux aquatiques à la manière des Loutres, ou peut-être à la manière des Hippopotames. D'ailleurs, l'*Anoplotherium* est le seul ongulé connu chez lequel cet organe ait un développement aussi court.

Les débris de ces animaux, ainsi que ceux des Chéropotames, des *Hyænodon*, des Chéroptères et des Rongeurs, n'ont encore été rencontrés que dans les terrains de formation d'eau douce, et jamais dans les dépôts marins. Cette remarque est importante pour constater que ces animaux existaient sur les terres émergées. Leurs ossements ont été entraînés dans les étangs, les marais et les fleuves d'eau douce, sur les bords desquels ils vivaient. Pendant la succession des dépôts éocènes, les faunes ont été différentes, mais elles présentent les mêmes caractères généraux.

Après l'extinction de la faune éocène, une partie du continent sur lequel elle avait vécu, avait continué à s'élever au-dessus des eaux marines, tandis qu'en d'autres points le sol du même continent s'était affaissé. La mer rentra dans les golfes laissés autour des grands plateaux, partout où ces affaissements purent lui donner accès. Les dépôts connus des géologues sous les noms de Molasse, de calcaire moellon, de faluns, etc., qui forment la période miocène, ont reçu avec les ossements des animaux marins les débris d'un certain nombre d'espèces terrestres. Ainsi, l'on reconnaît parmi eux des pachydermes proboscidiens, des genres Mastodonte et *Dinotherium*, des Rhinocéros et plusieurs ruminants qui appartiennent à des genres encore existants. Presque tous les pachydermes omnivores de même formation sont intermédiaires, par leur organisation, aux ruminants proprement dits et aux pachydermes actuels des genres *Sus* et Hippopotame : tels sont les *Anthracotherium*, les *Chalicotherium*, les *Cainotherium* proprement dits : trois genres curieux d'ongulés qui rappellent en même temps les Cheropotames, les *Anoplotherium* et les Hyegules, sans se confondre avec eux ni avec aucun de ceux qui en ont été contemporains. On rencontre aussi des rongeurs fossiles, des insectivores véritables et des carnivores, qui rentrent principalement dans la famille des Mustélidés et dans celle des Viverridés ; plusieurs animaux comparables aux *Felis*, tels que des *Machairodus*, des Pseudélures, ou des espèces dont le caractère tient à la fois des gloutons et des chiens, tels que les *Amphicyon*. L'existence d'aucune espèce d'ours proprement dit n'a encore été constatée; mais on a trouvé des *Hyenarctos* qui appartiennent au genre des Ursidés. Parmi les mammifères marins on remarque surtout des Cétacés et certains Sirénides.

Tout le monde a entendu parler des importantes découvertes de M. Lartet, dans la colline de Sauson, dont l'étude est devenue classique. Le célèbre naturaliste a découvert de petits rongeurs, des carnassiers et quelques espèces de singes.

On le voit, à mesure que nous approchons des terrains modernes, le nombre des genres et des espèces augmente, et les individus se rapprochent beaucoup des espèces actuelles. La plus grande partie des genres a été conservée de nos jours; quelques-uns seulement ont disparu. Il en est de même, proportion gardée, des espèces dont quelques-unes existent encore; et cette circonstance ne s'est rencontrée dans aucune des couches de l'étage éocène.

En résumant les découvertes faites jusqu'ici dans le terrain miocène, nous arrivons à constater les résultats suivants : 1° On a rencontré deux espèces de singes (Primates), le *Dryopithecus Fontani* et le *Pliopithecus antiquus*, plusieurs espèces de Cheiroptères, douze espèces de rongeurs, parmi lesquelles les genres *Castor*, *Steneofiber*, *Sciurus*, *Mioxin*, etc.; les genres *Erinaceus*, *Sorex*, *Talpa*, etc.

2° Les Proboscidiens sont représentés par deux

espèces de Mastodontes et trois espèces de *Dinotherium*.

3° On distingue plusieurs espèces de Rhinocéros, beaucoup de Pachydermes des genres *Sus*, *Anthracotherium*, *Hipparion*, *Anchitherium*, etc.

4° Le genre *Bos* offre quatre Antilopes, deux Cerfs, trente espèces de carnivores, parmi lesquelles les genres *Hyænarctos*, *Amphicyon*, *Viverra*, *Felis*, *Hyænodon*, *Mustela*, etc.

5° On a découvert une espèce d'édentés et trois espèces de marsurpiaux ; un phoque, trois sérénides, dix cétacés, parmi lesquels le genre *Delphinus* et une baleine.

Quant à la Faune pliocène, elle se rapproche encore plus de la Faune actuelle : les singes y offrent deux genres nouveaux, le *Semnopithecus* et le *Macacus*. On y trouve le *Rhinoceros megarhinus*, ou probablement le *Rhinoceros leptorhinus ;* une espèce de tapir, une espèce d'ours, *Ursus minutus*, un vrai *Felis* et une *Loutre;* l'*Elephas meridionalis* et l'*Elephas antiquus* en font partie.

Avec les mammifères de l'époque tertiaire vivaient aussi des *reptiles* dont le perfectionnement suivit les mêmes lois. Un grand nombre d'espèces, appartenant à peu près à tous les genres, ont été découvertes.

C'est également à l'époque tertiaire, et d'abord dans les sables du Soissonnais et les argiles à lignites, qu'apparaissent pour la première fois de véritables crocodiles, des ophidiens émydes et des tryonix. On ne retrouve plus les formes bizarres des reptiles secondaires; et, à mesure que l'on remonte la série des terrains, les espèces se rapprochent davantage de la forme actuelle.

Ici se terminent toutes les créations du terrain tertiaire. Immédiatement au-dessus se trouve la série des terrains quaternaires, les plus modernes des dépôts géologiques. Ces dépôts contiennent un grand nombre d'espèces d'animaux analogues ou identiques aux espèces actuelles ; et c'est pendant cette période que l'homme a vécu.

Après cette étude rapide, mais sincère, des terrains anciens, le lecteur nous saura gré de résumer et de placer sous ses yeux les faits acquis à la discussion.

Moïse montre l'action créatrice s'élevant, par un progrès continu, du moins parfait au plus parfait, du simple au composé, des végétaux aux animaux, des règnes inférieurs aux règnes supérieurs. La géologie n'est à cet égard que le commentaire savant du naïf récit de l'historien sacré.

En effet, les naturalistes et les géologues ont tous remarqué un perfectionnement progressif dans la structure des êtres animés qui ont existé pendant chacune des formations. Ainsi les premières formations des terrains paléozoïques ne renferment, d'après les découvertes des géologues, que des végétaux carbonisés, des zoophytes, les plus simples des êtres créés, et avec eux des mollusques et des crustacés, qui seuls leur disputent l'empire des mers.

Dans les couches supérieures à ces formations apparaissent les premiers vertébrés; et ce sont encore les genres les plus simples, les poissons, que l'on retrouve dans le terrain carbonifère avec quelques restes de reptiles.

A l'époque jurassique et crétacée appartiennent les reptiles gigantesques, les *Ichthyosaurus*, les *Plesiosaurus*, les *Ptérodactyles*, dont les nombreux débris présentent une organisation plus complète et plus compliquée.

Enfin, ce n'est que vers l'époque tertiaire que l'on trouve d'une manière constante des animaux d'un ordre supérieur, les mammifères, qui se plaisent sur les terres sèches et émergées. (Les premiers mammifères ont été des pachydermes, race en quelque sorte aquatique, vivant ou dans le sein des eaux ou sur leurs bords.) Plus tard, se sont montrés des rongeurs, des ruminants, et enfin des carnassiers.

La même loi s'applique aux végétaux. La végétation, primitivement bornée aux agames dans les formations anciennes, a été enrichie plus tard des cryptogames semi-vasculaires, puis des plantes monocotylédones et gymnospermes.

D'autres espèces se montrèrent dans les périodes suivantes : au lieu des immenses Fougères arborescentes, ce furent des plantes dicotylédones variées et dans des proportions numériques à peu près égales à celles de la flore actuelle. Enfin, dans les formations géologiques les plus récentes, se trouvent des espèces analogues aux espèces vivantes.

Il est un autre fait très-digne d'attention, et qui confirme aussi largement, aussi évidemment, le récit de la Genèse. D'après Moïse, la diffusion des plantes et des animaux est universelle : les premières doivent se répandre partout où les conditions climatériques leur permettent de végéter; les seconds sont appelés à la vie pour peupler toute la terre habitable et pour se multiplier dans toutes les mers. En effet, nous lisons : *Germinet terra herbam virentem*, que la terre (tout entière) fasse germer les plantes..... *Producant aquæ reptile..... Aves multiplicentur super terram .. Producat terra animam virentem*. Le commandement de Dieu n'exclut aucune mer, aucun continent, de la participation aux richesses de la création. Si Moïse a raconté la vérité, on doit retrouver sur toute la terre, là où ils peuvent exister, les animaux et les végétaux d'une même époque.

Il ne doit point en être ainsi dans le système de M. Darwin, puisque selon ce savant l'espèce se forme d'une manière locale et par voie d'hérédité, et qu'un temps considérable est nécessaire aux évolutions du *transformisme*. — Qui a raison ici?

Il est une loi en géologie d'après laquelle la science justifie le récit mosaïque et condamne M. Darwin. Cette loi, c'est l'*uniformité de distribution des êtres organisés*. Dès les premières époques de l'apparition de la vie sur le globe, les contrées les plus diverses et les plus éloignées offraient, en même temps, les mêmes animaux et les mêmes végétaux; et, si l'on consulte les entrailles de la terre, partout on retrouve à ces mêmes époques, jusque dans les contrées polaires, des espèces semblables à celles qu'on rencontre au sein des mêmes couches dans les régions équatoriales.

Un troisième fait scientifique concorde encore merveilleusement avec la Bible. Le livre sacré nous montre le globe, les plantes, les animaux, formés d'après un même plan. Une même intelligence a évidemment présidé aux diverses créations. Même à travers une incommensurable durée, les formations diverses sont reliées entre elles. La diversité, par un côté, rentre dans l'unité. Il en serait autrement si la formation des animaux et des plantes était fortuite. Malgré l'uniformité des lois physiques, leur action pourrait, on le comprend, être combinée dans une proportion changeante, qui varierait à l'infini les phénomènes et donnerait naissance, non-seulement à des espèces bizarres, mais à des genres inconnus monstrueux, et détruirait, en principe, un développement normal et continu. Eh bien! malgré les siècles écoulés, malgré les différences climatériques et les changements immenses survenus à la surface du globe, les rapports de toutes les formations entre elles sont évidents. En effet, les anciennes créations diffèrent des nouvelles sans doute, mais non sous le rapport des genres : les espèces varient, les genres subsistent. Depuis la première apparition de la vie jusqu'aux terrains tertiaires récents, les genres ont persisté. Les genres sont plus compliqués, plus perfectionnés : voilà tout. Les fossiles sont à l'histoire de l'ancien monde ce que sont les médailles pour l'histoire des peuples. Ils s'offrent comme d'irrécusables témoins des changements qui ont eu lieu successivement dans l'organisation des végétaux et des animaux : ils sont les anneaux perdus qui rattachent les anciennes créations aux nouvelles. Personne ne peut contester leur autorité.

Enfin la Bible nous montre Dieu, pendant six jours, c'est-à-dire pendant six périodes indéterminées, préparant le globe à devenir la demeure de l'homme, et cette créature privilégiée arrivant la dernière. La géologie ne confirme-t-elle pas ce dernier fait?

Longtemps les espèces aquatiques ont dominé sur la scène des temps géologiques; les animaux marins, lors des premiers dépôts de sédiments, ont été à peu près les seuls êtres vivants; après eux ont paru les races fluviatiles, et plus tard les espèces terrestres, surtout celles dont les habitudes ont les plus grandes analogies avec les animaux qui habitent les eaux douces. Mais ce ne fut qu'après les créations successives des êtres organisés, lorsque la terre refroidie graduellement fut arrivée à l'état actuel, que l'homme enfin parut en maître, en conquérant, en dominateur.

Voilà les faits prouvés par la science, faits irréfragables, admis par tous les géologues instruits, qui ont étudié le grand livre de la nature.

Qu'on ne blâme point la confiance avec laquelle nous invoquons aujourd'hui la géologie. On a dit longtemps qu'elle était assise sur des bases fragiles. Ce temps n'est plus, selon nous. Comme à toutes les sciences, il lui a fallu de longues recherches pour se constituer. Mais la géologie peut aujourd'hui formuler et imposer ses lois fondamentales. Comme toute science physique vraiment et solidement fondée, elle s'appuie sur des faits incontestables, recueillis par l'observation la plus patiente, la plus sévère; elle est fondée sur les lois de la logique et du bon sens.

Nous avons exposé ces lois, mentionné ces faits avec sincérité, et nous n'avons trouvé nulle part de contradiction entre eux et la Bible. Loin de repousser la géologie, le moment est proche où l'apologiste chrétien, dans les combats incessants qu'il livre pour la vérité, lui donnera avec nous un nom mérité, celui d'auxiliaire et d'amie.

## III

En terminant ce chapitre, nous voulons répondre à une objection qui pourrait compromettre le système entier de conciliation que nous avons proposé entre la géologie et la Bible. Cette objection se rapporte à la corrélation que nous avons cherché à établir entre le récit mosaïque et l'apparition des plantes et des animaux fossiles dans les couches inférieures au terrain quaternaire. Pour y répondre, nous n'hésiterons point à rappeler plusieurs considérations que nous avons déjà établies.

Moïse, peut-on dire, n'a point eu la pensée de parler des plantes et des animaux dont les espèces, ensevelies dans les formations très-anciennes, étaient déjà perdues depuis longtemps à l'époque de la création de l'homme. L'écrivain sacré a parlé des plantes, des animaux contemporains de l'homme, créés pour lui, et non des flores et des faunes enfouies dans les sédiments déposés depuis de longs siècles par les mers. Voilà l'objection. Voici notre réponse.

Moïse, en racontant l'œuvre des six jours, avait en vue un grand objet : il voulait nous dévoiler l'ordre et la succession de toutes les créations, pour faire comprendre le soin d'une Providence attentive à préparer la demeure de l'homme. La Bible montre, en effet, comment Dieu a consolidé les fondements du globe, comment il l'éclaira, comment il aménagea les éléments divers, comment il disposa les richesses qui devaient servir au bienêtre de sa créature privilégiée. C'est ainsi que le Créateur plaça plus spécialement dans les terrains anciens tous les minéraux et les métaux qui contribueraient à développer l'industrie humaine : l'or, l'argent, le plomb, le fer, le calcaire, la silice et l'alumine. Par la décomposition de ces roches primitives, il formait un terrain propice au développement des plantes qu'il allait créer. Les plantes fossiles sont devenues une richesse pour nous. Les dépouilles calcaires des animaux entraient dans la composition des minéraux. Les révolutions du globe elles-mêmes préparaient la demeure de l'homme.

« Les œuvres du Créateur, » dit un géologue éminent (1), « révèlent au plus haut degré une suprême harmonie et une bonté infinie pour l'espèce humaine. Que serait devenu, en effet, l'homme sans ces événements extraordinaires qui ont façonné la surface du globe, ont mis à jour ses richesses internes, et surtout en ont révélé la constitution ?....

« Il n'y a peut-être pas un phénomène bien étudié qui ne conduise à cette notion de la Provi-

---

(1) Ed. Hébert, *Cours de la Sorbonne*, 1re année 1867-1868, 1er trimestre, page 10.

dence. Voyez le charbon de terre : c'est le résultat de la décomposition lente des matières végétales. Si la décomposition est plus avancée, c'est de l'*anhracite*, et cet anthracite se trouve en effet dans les couches plus anciennes que la houille; si elle l'est moins, c'est du *lignite;* moins encore, c'est de la *tourbe*. Le lignite et la tourbe se rencontrent dans les couches plus récentes...

« N'y a-t-il pas quelque chose de véritablement providentiel dans cette rencontre que la plus grande accumulation de végétaux dans les couches terrestres, que la matière première la plus abondante pour la production du combustible le plus nécessaire au développement de l'industrie et de la civilisation, aient été réunies précisément à une époque telle que, lorsque l'homme arrivera, il trouvera ce combustible dans l'état de préparation le plus convenable ? »

Ces observations sont justes, et l'on pourrait facilement citer d'autres faits encore. En remontant dans l'ordre des successions géologiques, nous découvrons dans les sables, dans les argiles, dans les calcaires, de nouveaux matériaux utiles, pouvant servir de témoignages de la sollicitude divine dont l'homme a été l'objet longtemps avant sa création.

Moïse pouvait-il taire ces bienfaits de Dieu? L'auteur sacré les renferme tous dans son récit sommaire.

En second lieu, chacune des grandes formations de terrains avait sans doute une faune et une flore distinctes de celles qui la précédèrent ou la suivirent, c'est-à-dire un ensemble d'êtres organisés qui lui étaient propres et qui n'ont vécu à aucune autre époque. Mais, si les espèces ont varié, les genres sont identiques : les genres des premières espèces géologiques sont encore ceux de la nôtre.

Dieu a opéré d'après un plan unique. Il entrait dans ses admirables desseins de commencer par peupler la terre d'animaux d'un ordre moins parfait, suffisants pour un temps, et de les remplacer, au moment prévu, par des créatures d'un ordre supérieur. Les plantes et les animaux primitifs durent, peut-être, longtemps servir exclusivement à enrichir le sol et à le préparer pour nous (1). Les créations successives deviennent plus compliquées et plus perfectionnées à mesure que l'on approche de l'époque actuelle; elles n'arrivent à leur entier développement qu'au moment où l'homme, le chef-d'œuvre des mains de Dieu, la créature parfaite créée à son image, le chef et le roi de la nature, va être introduit dans son magnifique domaine. N'y a-t-il pas une grandeur incom-

---

(1) Pour ne parler que des mollusques et des animaux à carapace, ils entrent pour beaucoup dans la production du calcaire dans les éléments sédimentaires et même dans les pierres qui servent à nos constructions.

parable dans cette activité créatrice, pour laquelle mille ans, comme dit saint Pierre, sont à peine un jour?

D'abord Dieu crée les plantes qui dominent pendant la période carbonifériennne : c'est la création spéciale du troisième jour, et c'est là un point essentiel sur lequel Moïse appelle notre attention. Dieu crée ensuite les monstres marins (reptiles et poissons) et les oiseaux, objet spécial de la création du cinquième jour. Si les premières plantes périssent par des causes physiques difficiles à déterminer, ou si elles ne suffisent plus, la puissance divine, des siècles après leur première apparition, en reproduit de nouvelles plus parfaites, appartenant à quelques genres anciens. Il les crée directement de nouveau, ou il perfectionne les espèces et les genres, quand ceux-ci avaient survécu. L'auteur sacré ne nous en parle pas, parce que cette nouvelle apparition des végétaux n'est plus que secondaire, l'objet principal du cinquième jour étant l'apparition des monstres marins et des oiseaux. Après la période crétacée, tous les animaux de cette époque disparaissent; mais Dieu, en créant les mammifères, reproduit ou conserve, en les modifiant, les espèces et la plupart des genres. La Genèse n'en parle pas : car l'objet principal de la création du sixième jour est la prédominance des mammifères sur tous les autres êtres. Enfin, quand tout est préparé pour recevoir l'homme; quand les vallées sont creusées, quand les cours des eaux sont à peu près complétement endigués, Dieu crée l'homme, et celui-ci se trouve entouré des espèces d'êtres organisés, plantes et animaux, qui lui sont indispensables ou même simplement utiles. Telle est la conception à laquelle nous ont conduits les faits géologiques et l'économie de la création. Moïse a raconté les faits à sa manière, très-naïvement, très-sommairement; mais, dans son récit compréhensif, il a tout renfermé.

Terminons ce chapitre par cette excellente pensée du savant géologue que nous avons déjà cité :

« Outre qu'elle confirme la Bible, ainsi envisagée, la nature est la meilleure démonstration de la Providence, en ce qu'elle est la plus sensible, la plus accessible à tous; elle en fournit des preuves dans le passé et dans le présent; elle ne peut que fortifier, par la déduction la plus logique, l'idée que cette même Providence présidera aux destinées futures de l'homme (1). »

(1) Hébert, *loco citato*.

# CHAPITRE VI

**Sixième jour (2ᵉ partie). — Création de l'homme.**

**SOMMAIRE :**

L'homme dans sa double substance spirituelle et corporelle. — L'image de Dieu. — L'homme antédiluvien. — L'homme de la période tertiaire et de la période quaternaire. — Les habitants des cavernes. — L'âge de l'humanité ne dépasse-t-il point le chiffre qui lui est ordinairement assigné par la chronologie ?

---

## I

S'il est un problème qui s'impose à l'esprit, c'est assurément celui qui a pour objet l'étude de l'homme et de sa nature. Il est sans doute intéressant de rechercher en quoi consiste la lumière, la chaleur, l'électricité ; mais ces choses nous sont extérieures et n'ont pour nous qu'une valeur bornée et relative. Que sommes-nous nous-mêmes ? L'homme a interrogé les poétiques légendes et s'est adressé tour à tour à la science et à la philosophie. Le mystère est demeuré voilé de ténèbres impénétrables. Le savant, en effet, connaît les phénomènes physiologiques et psychologiques ; mais il ne peut s'élever à une connaissance suffisante de la cause et du principe de ces phénomènes. L'incertitude à cet égard, il n'est plus permis d'en douter, subsistera tant que l'homme essayera, par ses propres forces, de trouver la solution d'un problème dont les révélations divines livrent seules le secret.

Ces pensées nous semblent servir d'introduction naturelle aux questions que nous devons traiter dans ce chapitre. Il s'agit d'exposer le sens et d'apprécier l'élévation de la vérité doctrinale du récit biblique de la création de l'homme. Nous verrons qu'en soulevant les voiles dont notre nature et notre origine sont enveloppées, ce récit ne contredit en rien les sciences d'observation.

Voici les paroles solennelles que la Genèse place dans la bouche de Dieu :

« Dieu dit : « Faisons l'homme à notre image « et ressemblance ; qu'il domine sur les poissons « de la mer, et sur les oiseaux du ciel, et sur les « animaux domestiques, et sur toute la terre, et « sur les reptiles rampant sur la terre... Dieu créa « donc l'homme à son image ; il le créa à l'image « de Dieu. » (*Gen.*, I, 26, et II, 7.)

Il serait superflu, après tant d'éloquents commentaires de ces magnifiques paroles, d'en faire ressortir tous les sens profonds. Contentons-nous donc des remarques nécessaires à l'objet de ce livre.

Quand Dieu a appelé à l'existence les animaux

et les autres êtres de la création, il a donné ses ordres dans les termes les plus brefs du souverain commandement : c'est la parole indiscutable et fière du maître absolu, qui s'adresse à la matière inerte et passivement obéissante. Mais s'agit-il de la création de l'homme ? Dieu semble se recueillir et délibérer avec lui-même, comme pour mettre en relief le caractère singulier et la grandeur sans égale de l'œuvre qui couronnera le travail des six jours ; *faisons l'homme à notre image!* L'Éternel va former avec liberté et avec amour une créature libre, raisonnable, aimante. Alors, selon Tertullien (1), ce n'est plus seulement la puissance qui agit, c'est surtout la bonté qui opère : *Bonitas finxit de limo.* C'est l'amour qui cherche l'amour : *amor quærens amorem.* Et voilà que nous trouvons au premier chapitre de la Genèse la révélation du caractère de la conduite de Dieu dans toute la suite de la religion, la raison de ses libéralités, de ses miséricordes, de la Loi et des Prophètes, de l'Évangile et de la Rédemption, à savoir : l'immense et mystérieux amour du Créateur pour l'humanité. C'est sur cet amour premier et gratuit qu'il veut fonder ses titres à la soumission volontaire de la part de l'homme, à l'hommage spontané, à l'adoration, au sacrifice, au dévouement, à l'amour.

(1) Tertull. *contra Marcionem.*

« Dieu créa l'homme à son image. » Ces paroles s'appliquent beaucoup moins au corps matériel, composé d'éléments grossiers, qu'à l'âme, dont la nature est spirituelle. Observons que dans le chapitre ii, il est très-positivement fait mention de la plus noble des deux essences qui composent l'homme, de l'âme. « Dieu forma le corps du limon de la terre, et il souffla sur la face humaine le souffle de vie. » Il y a donc dans l'homme deux substances bien distinctes : le limon et le souffle de vie. Ce *spiraculum vitæ* ne peut être évidemment que l'âme spirituelle, libre et raisonnable. Ces deux substances, de natures si opposées, Dieu les unit dans une seule personne humaine ; et ce chef-d'œuvre, le grand Artiste le signera, et sur cette merveille il imprimera son image. Voilà pourquoi ces vers, qui sont dans toutes les mémoires, seront éternellement beaux et éternellement vrais :

> *Pronaque cum spectent animalia cætera terram,*
> *Os homini sublime dedit, cælumque tueri*
> *Jussit, et erectos ad sidera tollere vultus.*
> *Sic modò quæ fuerat rudis et sine imagine tellus*
> *Induit ignotas hominum conversa figuras* (1).
>
> *Nonne vides hominum excelsos ad sidera vultus*
> *Sustulerit Deus ac sublimia finxerit ora* (2) ?

Voilà le reflet divin extérieur répandu sur le

---

(1) Ovid. *Metam.*
(2) Silius Italicus, XV, 84.

visage de l'homme ; quant à l'image intérieure, la muse païenne pouvait-elle la célébrer aussi heureusement dans ses vers ? Seul, le philosophe chrétien peut analyser et méditer l'excellence de l'âme et ces trois empreintes divines qui constituent la trinité des facultés dans l'unité individuelle du moi humain : l'intelligence, l'amour, la volonté libre !

L'Ecclésiaste a bien distingué ces deux essences dans l'homme en constatant leur destinée : *Revertatur pulvis in terram suam unde erat* : c'est le corps formé de la poussière de la terre ; *et spiritus redeat ad Deum, qui dedit illum* : voilà le souffle sorti des lèvres de Dieu ; voilà l'âme qui retourne à lui.

Il n'est fait que brièvement mention dans la Genèse, il est vrai, de l'âme spirituelle ; cependant nulle équivoque ici n'est possible ; et les expressions mêmes : « Faisons l'homme à notre image et à notre ressemblance, » ne sauraient exprimer autre chose que l'intelligence, la volonté, la liberté, attributs essentiels à Dieu et dont l'essence spirituelle seule est capable. S'il était ici question d'une vie animale, l'homme ne pourrait être déclaré purement et simplement *image de Dieu*. Ne serait-ce pas profaner ce mot si saint que de l'appliquer à l'être dénué de raison ? Or la raison constitue un ensemble de phénomènes intellectuels dont le principe est nécessairement simple, spirituel. Cette énergique expression, *image de Dieu*, nous élève aux sphères les plus hautes de la psychologie et de la théodicée.

A ces mots : « Faisons l'homme à notre image et à notre ressemblance, » le texte ajoute : « Et qu'il domine sur les poissons, les oiseaux, les quadrupèdes terrestres, et sur les reptiles, et sur toute la terre. »

Voilà l'homme investi par Dieu lui-même de la puissance du commandement et devenu par un nouvel attribut l'image et le représentant du Maître de l'univers : il reflétera le pouvoir souverain de Celui qui s'appelle le Tout-Puissant. Les animaux les plus forts et les mieux armés auront en lui un maître. Les uns, en effet, lui obéissent instinctivement ; les autres subissent son ascendant et éprouvent les terribles effets de sa domination.

Il ne faut pas espérer toutefois rencontrer dans l'histoire et sur le globe des traces de l'homme primitif tel qu'il sortit des mains du Créateur, brillant de jeunesse, de force et d'intelligence. Ces beaux jours d'innocence et de grandeur n'ont duré que juste assez de temps pour que le genre humain en conservât le douloureux souvenir. En se révoltant dans l'Eden contre l'Auteur de leur vie, nos premiers parents en ont bien vite changé les conditions. Si la géologie retrouve les restes de l'homme primitif, ce seront des restes de l'homme déchu ; ils ne pourront guère témoigner que des effets terribles d'un châtiment divin. Quand un ouragan a passé sur une contrée, il ravage tout sur son passage, et lorsqu'il a cessé, on va sur le lieu qu'il a désolé pour mesurer les pertes et calculer les ruines. Une grande tempête a passé sur l'humanité naissante ; et, en examinant le lieu du désastre, nous ne pouvons que constater les ruines, et relever des épaves et des débris.

Il est bien certain que la punition divine qui tomba sur l'homme au moment de la chute originelle le frappa à la fois dans son corps et dans son âme, et humilia celle-ci plus encore qu'elle amoindrit celui-là. La dégradation morale, comme la dégradation physique, fut l'expiation d'une inexcusable rébellion. Selon la parole du Créateur, l'homme mangea désormais et bien réellement son pain à la sueur de son front (*Gen.*, III, 19). Les fruits spontanés de la terre ne s'offrirent plus dans leur abondance, et il fallut que la famille disgraciée d'Adam pourvût elle-même et avec une extrême difficulté à sa nourriture, à sa demeure, à sa conservation, à son vêtement. Le premier homme, dans l'Eden, avait ignoré les arts nécessaires à notre laborieuse existence. Sa seule ressource était son intelligence, faculté obscurcie, mais ne différant point, dans son essence, du souffle divin primitif. L'humanité conserva jusque dans sa déchéance une ressemblance avec son Créateur.

Si sauvage, si grossier qu'il devint, l'homme put lentement, aidé par une Providence qui ne l'abandonna point, armé de son intelligence et poussé par la loi de la nécessité, reconquérir une partie des biens et des avantages naturels dont il fut primitivement doté. Le voyageur qui gravit péniblement une haute montagne découvre de nouveaux horizons à mesure qu'il monte la côte escarpée; le champ s'agrandit et s'illumine de plus en plus sous les rayons d'un soleil bienfaisant : ainsi l'humanité s'approche progressivement de la science, des arts, de la civilisation, de la vérité (1).

Rappelons des paroles éloquentes prononcées naguère au sein de nos assemblées politiques : elles résument d'une manière heureuse cette loi du progrès.

« Dieu, en faisant l'homme, ne l'a pas fait oisif et indifférent : il lui a ouvert une vaste carrière, mais une carrière profondément laborieuse. Un grand génie de l'antiquité, Pline l'Ancien, a décrit en termes amers la destinée de l'homme. « Tan-

---

(1) Nous ne parlons point ici, bien entendu, des vérités surnaturelles, placées par delà l'horizon de l'intelligence humaine : il est évident que l'homme ne peut s'y élever que par le secours de la révélation et non par ses propres forces, si bien dirigées qu'on le suppose.

« dis, » dit-il, « que la nature a jeté sur la terre les
« animaux pourvus de tout ce qui leur est néces-
« saire, vêtus, armés et guidés par un instinct sûr,
« marâtre plus que mère, elle a jeté l'homme
« *nudum in nuda humo*. La première sensation
« de l'homme est une douleur, son premier cri est
« un gémissement. Appelé à commander aux
« autres, il entre dans la vie en pleurant. »

« Eh bien ! Pline n'a vu que la moitié de la destinée de l'homme. Cet être dépourvu de tout, il prend aux animaux tout ce qui lui manque, et le voilà vêtu de pourpre et de soie. Jeté sur la terre, il se réfugie d'abord dans un rocher; il le creuse, il le taille, il crée les monuments souterrains de la Libye; puis, passionné pour la lumière, il édifie ces monuments de l'Égypte qui nous étonnent; ensuite il élève le Parthénon. Désarmé, il fouille dans les entrailles de la terre : il y trouve le fer; il s'en fait des armures. Ne se trouvant pas assez puissant, il s'arme du feu. Impatient de toutes limites, il s'élance sur les mers; il construit, pour braver les éléments, des édifices flottants plus grands que les temples. Il parcourt la terre recueillant des objets pour ses jouissances ou ses besoins. Il s'instruit : il découvre les lois qui l'unissent au reste du monde; il s'élève jusqu'aux secrets du Créateur. Il fait mieux que de s'instruire : il se dompte lui-même après avoir dompté la nature. Il devient le plus doux des êtres après en avoir été le plus violent et le plus féroce... Voilà ce que devient cet être, nu et barbare à l'origine. Noble parvenu de la création, qui a commencé par n'être rien et qui finit par être tout. »

Les débris divers retrouvés dans les couches supérieures terrestres témoignent de ce progrès de l'humanité; mais le point de départ, dans cette marche ascendante, nous montre l'extrême misère des premiers hommes après le péché. Les traces de l'industrie première et même les ossements humains que rencontre le géologue, indiquent, assure-t-on, une race primitive inférieure et même sauvage. Les ennemis du Christianisme célèbrent ces découvertes avec emphase. Nous croyons, nous, qu'on a transformé bien légèrement une preuve de la véracité de la Bible en objection contre elle. La révolte et la désobéissance de l'homme expliquent l'état misérable où il vécut d'abord, et les rigueurs auxquelles il fut soumis à l'âge où il habita les cavernes et les asiles lacustres prouvent, à quiconque croit à la bonté de Dieu, qu'un grand crime avait armé sa justice.

## II

Après ces préliminaires indispensables, envisageons les faces expérimentales de la question : mettons le récit de Moïse en présence des plus récentes découvertes.

1° L'homme a-t-il paru le dernier sur la terre ? La géologie vient-elle démentir la parole de l'auteur inspiré ?

Cette question est déjà résolue. Nous avons examiné toute la suite des formations géologiques; et, dans la série des terrains primaires, secondaires, dans les couches inférieures et moyennes du terrain tertiaire, nous n'avons jamais constaté la présence de l'homme : il n'existait donc pas à cette époque.

Il est évident que nous aurions découvert quelques traces de son passage, soit par des ossements qu'il aurait laissés dans ces formations, soit par des débris de sa sauvage industrie.

Mais n'insistons pas sur ce premier fait : il n'est nié par personne.

2° L'homme est-il contemporain, ainsi que le suppose la Bible, des animaux créés le sixième jour ?

Nous répondons qu'à partir de la fin de la période tertiaire et pendant la période quaternaire, nous trouvons, dans toutes les parties du monde, sous toutes les latitudes, dans les terrains de formation relativement récente, des silex taillés, même des ossements humains. Par conséquent nous pouvons fournir des preuves évidentes de la contemporanéité de l'homme et des animaux identiques ou analogues aux espèces vivantes.

Constatons ce fait qui sera désormais un élément intégrant de l'apologétique chrétienne. L'*homme fossile* comble une lacune, efface un *desideratum* longtemps cherché : exposons les circonstances et les détails historiques de cette découverte.

Il n'est presque personne qui n'ait entendu parler des fouilles faites dans le diluvium et dans les cavernes à ossements de la formation quaternaire. Tout le monde a visité l'admirable série de l'*Histoire du travail* dans les vitrines de l'Exposition universelle. Eh bien ! le récit de Moïse, quoique la science ne se soit pas proposé de le justifier, se trouve par là admirablement confirmé. Nous pouvons dire et prouver aujourd'hui que l'homme existait avant les dernières inondations générales que le globe a subies et qui se rattachent au déluge. Il y a peu d'années cependant, l'existence de l'homme antédiluvien paraissait un problème difficile. Des géologues sérieux, savants et consciencieux, l'avaient inutilement cherché : il en fallait moins pour que l'on affirmât hardiment que l'homme n'existait pas à l'époque quaternaire. Il existait en réalité : et bien des fois, sans le savoir, on avait marché sur ses restes et bouleversé ses traces. On le cherchait où il n'était pas; on ne le reconnaissait point là où on le rencontrait. Les géologues, il faut qu'ils en conviennent, ressemblaient fort aux juifs contemporains du Christ et cherchant le Messie. Un naturaliste persévérant, qui a lutté pendant vingt ans contre les moqueries, le doute, le sarcasme et la négation la plus complète, M. Boucher de Perthes, est arrivé enfin à mettre un terme à l'aveuglement et à faire triompher la vérité. Il avait, pendant vingt ans, recueilli, dans les sables des terrains diluviens d'Amiens, les débris de la grossière industrie de l'homme primitif, des hachettes en silex, des couteaux, des grattoirs, des armes de défense, un véritable arsenal appartenant à ce qu'on a nommé depuis l'*âge de pierre*. On souriait en présence de cette étrange collection. Il fallut la découverte de la mâchoire du moulin Quignon pour ouvrir les yeux et convertir les incrédules. Le patient et obstiné collectionneur, sans doute, se trompait en plusieurs points, mais néanmoins il avait réellement dans la main plus d'une précieuse relique de l'homme antédiluvien. Des recherches multipliées ont été faites depuis ; et ce n'est plus en un seul endroit, c'est dans mille localités qu'on rencontre les vestiges et même les ossements de l'homme primitif : en France, en Angleterre, en Allemagne, en Belgique, en Espagne, en Italie, en Grèce, en Russie, en Turquie, en Asie, en Amérique, enfin dans toutes les contrées du monde. Le fait est certain ; il est désormais incontestable.

Nous aurons, dans un avenir prochain, l'occasion de traiter plus en détail la question de l'homme antédiluvien. Nous examinerons sous toutes ses faces l'histoire du paradis terrestre; et, de plus, nous espérons prouver un jour l'accord du déluge mosaïque avec l'histoire et la géologie. Citons seulement aujourd'hui quelques faits qui établissent l'existence de l'homme dans les dernières couches de formation du globe.

A la séance du congrès paléo-anthropologique, tenu à Paris du 19 au 30 août 1867, M. l'abbé Bourgeois a donné lecture d'une note sur les silex taillés, trouvés dans les dépôts tertiaires de la commune de Thenay, près Pontlevoy (Loir-et-Cher). L'auteur rappelle d'abord que M. Desnoyers a découvert, en 1863, des ossements de Rhinocéros, d'Elephas meridionalis et d'Hippopotame, sur lesquels se voyaient des stries, des incisions très-nettes et régulièrement calculées, parfaitement analogues à celles qui ont été observées sur les ossements fossiles d'autres espèces plus nouvelles de mammifères. Ces ossements ont été rencontrés dans les sablonnières de Saint-Prest (Eure-et-Loir), appartenant incontestablement aux terrains pliocènes. Étaient-ils ensevelis dans des terrains absolument vierges et non remaniés ? L'existence de l'homme pliocène de Saint-Prest est-elle aussi certaine qu'on l'a dit ? Nous n'oserions, pour notre part, l'affirmer. Ce qui n'est pas douteux, c'est que M. Bourgeois, géologue distingué, d'accord en cela avec les hommes les plus compétents, est persuadé d'avoir découvert, dans un dépôt antérieur à la période quaternaire, des traces humaines (1).

On commence, assure-t-on, à trouver des silex travaillés dès la base du calcaire de Beauce (2). M. Bourgeois a signalé l'identité des types fondamentaux de ces silex et de ceux que l'on a rencontrés à la surface du sol. La forme dite de Saint-Acheul était absente de même qu'à Saint-Prest. Beaucoup de ces silex sont déformés par l'action du feu.

Si ces faits, encore nouveaux, étaient confirmés, il faudrait en conclure que l'homme existait sur la terre bien avant la période quaternaire. Ce qui est plus certain, c'est qu'en étudiant la for-

---

(1) *Comptes rendus de l'Académie des sciences*, 7 janvier 1866.
M. Bourgeois a déterminé l'ordre des couches successives du plateau de Ponthevoy ainsi qu'il suit : 1° alluvions quaternaires des plateaux avec limon, argile, graviers quartzeux et siliceux ; 2° faluns de Touraine, sable gris, coquilles marines et ossements de mammifères ; 3° sables fluviaux de l'Orléanais, avec ossements fossiles à la base : *Pliopithecus, Amphicyon giganteus, Dinotherium;* 4° calcaire de Beauce compacte, marneux à la partie inférieure (Rhinocéros à quatre doigts); 5° argile ou craie à silex.

(2) C'est la partie marneuse qui mesure environ 5 mètres d'épaisseur, savoir : au niveau supérieur, marne lacustre avec nodules de calcaire (sans silex taillés), 0$^m$80 ; argile verdâtre ou jaunâtre (principal gisement des silex travaillés), 0$^m$35 ; mélange de marne lacustre et d'argile à silex (quelques silex travaillés), et enfin argile à silex sans aucune trace d'industrie humaine.

mation quaternaire, on constate des stations humaines dans les cavernes d'ossements : on y recueille des restes abondants de l'industrie primitive, avec des ossements humains associés à des débris d'espèces animales dont les unes ont disparu, et dont les autres ont survécu à cette période. Le lecteur nous permettra de relater ici plusieurs faits importants, et de ne point exclure des détails encore peu connus.

Dans le département de l'Ariége se trouve la caverne de l'Herm, qui présente sur une assez grande étendue des ramifications divergeant dans tous les sens, tantôt s'élargissant, tantôt se rétrécissant. Les parois sont nues, hérissées de grandes protubérances et de circonvolutions irrégulières et anguleuses. On n'aperçoit nulle part aucune strie, aucune cannelure, aucune surface polie ou en ronde-bosse, indiquant qu'un cours d'eau de quelque importance ait jadis circulé dans ce souterrain. Le sol est recouvert à peu près partout d'une puissante couche de limon rougeâtre, sans cailloux roulés, surmonté lui-même sur plusieurs points d'un glacis stalagmitique très-dur et cristallin. L'entrée de la caverne, masquée par de gros blocs éboulés, se continue en une belle galerie présentant des stalactites. La galerie se divise en deux couloirs : celui de droite conduit dans une vaste salle entourée de grottes latérales ; la puissante couche de limon rouge est recouverte de la croûte stalagmitique ; le couloir de gauche est étroit, tortueux, et conduit presque horizontalement à un escarpement en surplomb qui domine une plus grande salle dont la voûte est formée de gros blocs qui menacent ruine. Le sol est très-incliné : sur les points les plus élevés, il présente de grands monceaux de limon à ossements ; dans les parties moyennement basses, ce même limon est caché sous un glacis stalagmitique assez épais, dont la surface est lisse et en pente régulière ; dans les parties les plus déclives, il y a trois alternances de limon et de stalagmites.

On trouva dans cette argile à ossements des dents humaines, une omoplate et des os du bras et du pied de l'homme. Ces restes de nos très-antiques aïeux sont mêlés à une foule d'ossements de l'Ours spelæus et quelques rares débris de l'Hyène et du Lion des cavernes, d'un Chien, d'un Loup et d'une espèce de Cerf. On a relevé sept crânes d'ours des cavernes, cinquante demi-mâchoires, plus de trois cents dents et tous les os du squelette de ces animaux. On a découvert, dans une mince couche de lehm, au-dessous d'une couche stalagmitique, parmi des dents d'hyène et d'ours, les dents humaines que nous avons mentionnées. Outre les restes humains, on a constaté des traces d'industrie : un couteau de silex triangulaire, un os creux de l'ours des cavernes transformé en un instrument tranchant, trois mâchoires inférieures de l'ours des cavernes percées d'un trou rond dans la branche montante pour pouvoir les suspendre, et un andouiller de cerf un peu appointi au sommet et grossièrement taillé à la base. Mais les armes les plus remarquables consistent en une vingtaine de demi-mâchoires inférieures de l'Ours spelæus, dont on a enlevé la branche montante et aminci le corps de façon à en faire un manche commode. La canine saillante forme ainsi un crochet pouvant servir, soit d'arme défensive, soit de houe pour remuer la terre. « Si nous n'avions trouvé, » disent MM. Rames Garrigou et Filhol, auteurs de la découverte, « qu'un seul de ces instruments, on pourrait nous objecter que cette disposition est purement accidentelle; mais lorsqu'on trouve vingt mâchoires dont le corps est façonné de la même manière, peut-on l'attribuer à un simple effet du hasard? On peut suivre le travail par lequel l'homme primitif est arrivé à leur donner cette forme : il est facile de compter sur chacun de ces vingt exemplaires les entailles et les coupures striées, faites avec le tranchant d'un outil de pierre mal aiguisée. »

L'absence de cailloux roulés et l'état de dépôt de lehm, qui contient beaucoup d'excréments de hyène, ainsi que çà et là des charbons et des traces de feu, semblent indiquer que la caverne de l'Herm a été alternativement habitée par des animaux et par l'homme; mais que, en tout cas, l'homme était contemporain des espèces éteintes des cavernes, puisqu'il s'est servi de leurs mâchoires pour en confectionner des armes et d'autres instruments (1).

Le docteur Falconer a trouvé dans la grotte de Maccagnone, en Sicile, des traces humaines consistant en cendres et en grossiers instruments de silex. Une brèche contenait des os de l'*Elephas antiquus*, de l'Hyène, d'un grand *Ursus*, d'un *Felis* (probablement *Felis spelæa*), et surtout un grand nombre d'ossements appartenant à l'*Hippopotamus*. Les *Ceneri impastate* (cendres empâtées) ou concrétions de cendres avaient rempli la caverne, et un grand morceau de *breccia*, conglomérat d'ossements, était cimenté au toit par une stalagmite; mais, par suite d'un changement dans le cours des eaux, la plus grande partie du dépôt avait disparu. La présence de l'Hippopotame prouve suffisamment que les conditions physiques du pays ont été différentes de ce qu'elles sont aujourd'hui.

M. Falconer pense que tous ces dépôts ont été accumulés jusqu'à la voûte par des matériaux apportés d'en haut à travers des crevasses formées dans le rocher, et que la couche supérieure de la brèche, consistant en coquilles, os brisés,

---

(1) CARL VOGT, *Leçons sur l'homme*, page 341.

objets siliceux, argile cuite, morceaux de charbon, coprolithes d'hyène, avait été cimentée par des infiltrations stalagmitiques. La présence d'une fragile hélice entière prouve que cet effet a été produit par la tranquille action de l'eau, et non par un agent tumultueux. Rien n'indique que ces différents objets ne soient pas contemporains. Subséquemment un grand changement physique altérant à la fois le cours de l'eau à la surface et la direction des sources souterraines, toutes les conditions précédemment existantes furent changées, et le contenu de la caverne s'écoula au dehors, sauf les parties fixées à la voûte, de ces *ejecta*, tas de « *ceneri impastate* » contenant des os fossiles au-dessous de l'ouverture de la caverne. Il est certain qu'une longue période a dû s'écouler depuis la formation de la brèche jusqu'à nous, comme le prouve l'extinction de l'hyène, du lion des cavernes et des autres espèces fossiles; mais il ne nous reste aucun indice qui nous permette de mesurer cette période. L'auteur ne doute pas que la caverne de Maccagnone n'ait été remplie pendant la période humaine : c'est alors qu'une couche épaisse d'ossements, de dents, de coquilles terrestres, de coprolithes d'hyène et d'objets humains s'est agglutinée à la voûte par l'infiltration d'eau chargée de chaux; c'est pendant la période humaine que le changement a eu lieu dans la configuration physique du district, et que le contenu de la caverne s'est écoulé, excepté les parties cimentées à la voûte et depuis revêtues d'une nouvelle couche de stalagmites (1).

Une des découvertes les plus curieuses et les plus décisives de l'ancienneté de l'homme et de sa contemporanéité avec les espèces perdues est celle qu'a faite M. Lartet dans la grotte d'Aurignac. Cette découverte acquiert un degré plus grand d'importance en raison du nom de son auteur. On sait avec quelle autorité M. Lartet peut se prononcer dans les questions qui traitent de l'homme primitif. La science qu'il possède en ces matières, la prudence et la réserve qu'il apporte dans ses jugements, et la conscience avec laquelle il rend compte de ses découvertes, ne permettent pas de douter un instant de sa parole.

« La découverte première de cette sépulture, dit M. Lartet (2), remonte à plusieurs années : elle est due à un ouvrier terrassier, J.-B. Bonnemaison, qui, en abattant, aux environs d'Aurignac (Haute-Garonne), un talus de terre meuble, amoncelée au pied d'un escarpement de roche calcaire, se trouve tout à coup en présence d'une grande dalle, appliquée verticalement contre une ouverture cintrée.

(1) Lubrock, *l'Homme avant l'histoire*, ch. viii, *les hommes des cavernes*, page 262.
(2) Ed. Lartet, *Sur une ancienne station humaine avec sépulture contemporaine des grands mammifères réputés caractéristiques de la dernière période géologique*. Lu à la Société philomatique de Paris dans la séance du 18 mai 1861.

Cette dalle retirée lui laissa entrevoir, dans une sorte de niche ou grotte peu profonde, une grande quantité d'ossements et plusieurs crânes humains. L'ordre d'enlever ces ossements, pour les réensevelir dans le cimetière de la paroisse, fut donné par M. le docteur Amiel, maire d'Aurignac. Mais avant d'en faire agréer la translation, ce médecin instruit constata qu'il s'y trouvait des restes de dix-sept individus. Certaines formes lui parurent rapportables à des femmes, tandis que d'autres parties de squelettes attestaient par leur état d'ossification incomplète la présence de sujets n'ayant pas dépassé la limite de l'adolescence. On recueillit avec ces débris humains quelques dents de mammifères carnassiers ou herbivores, et dix-huit petits disques ou rondelles percées dans leur milieu, sans doute pour en faciliter l'assemblage en bracelet ou tout autre ornement...

« Me trouvant de passage à Aurignac en octobre dernier (1860), les circonstances de cette découverte me furent rappelées par M. Vieu, conducteur des ponts et chaussées, avec de nouveaux détails, qui me décidèrent à visiter l'emplacement de la sépulture et à faire quelques recherches. Les premiers coups de pioche appliqués dans la grotte, à l'endroit même où gisaient les squelettes, amenèrent au jour quelques os humains, un bois de Renne, plusieurs os entiers du grand Ours des cavernes, des dents de Cheval, d'Auroch, etc.,etc., des silex taillés, et de plus une portion de bois de renne soigneusement travaillé et façonné en arme, appointé par un bout, tandis que l'autre extrémité, coupée en bec de flûte, paraissait destinée à être emmanchée. En dehors de la grotte ou cavité sépulcrale, et à la base d'un remblai de terre meuble accumulée sur un espace de quelques mètres carrés, se montrait en affleurement une assise noirâtre, dans laquelle je distinguai de nombreux débris de charbon mêlés de cendres et de terre de même nature que la terre végétale à l'entour. Il fut aisé d'extraire de cette couche quelques dents d'Auroch, de Renne, et plusieurs os en partie calcinés. Dès lors l'exploration régulière et complète, tant de l'intérieur de la grotte que de ses abords, fut résolue et achevée en deux reprises, après plusieurs jours d'un travail exécuté par des ouvriers intelligents et constamment sous ma surveillance. Ces fouilles ont donné les résultats suivants :

« La couche de cendres et de charbon, dont l'épaisseur variait de quinze à vingt centimètres, s'étendait sur une espèce de plate-forme de cinq à six mètres carrés de superficie, jusqu'à l'entrée de la grotte, mais sans y pénétrer. Elle renfermait une grande quantité d'ossements, quelques-uns carbonisés, d'autres simplement roussis par un chauffement peu intense, et le plus grand nombre n'ayant pas subi l'action du feu. Il y avait aussi beaucoup d'ossements et de parcelles de charbon disséminés dans une partie du remblai de terre meuble qui recouvrait la couche de cendres. Dans l'une et l'autre assise, les ossements d'herbivores se sont montrés dans une proportion numérique plus forte que ceux des carnassiers. Parmi ces derniers, j'ai pu constater la présence des espèces suivantes : grand Ours des cavernes (*Ursus spelæus*), un autre Ours de moindre taille (*U. arctos*), Blaireau, Putois, Loup, Renard, Hyène (*H. spelæa*), grand Félis des cavernes (*F. spelæa*), chat sauvage (*F. catus ferus*). Les Herbivores étaient représentés par un nombre à peu près égal d'espèces : Eléphant (*E. Primigenius*), Rhinocéros (*R. Tichorhinus*), Cheval, Ane, Cerf commun, Cerf gigantesque (*Megaceros hibernicus*). La présence du chien domestique, que j'ai pu constater dans d'autres stations remontant à une haute antiquité, ne se révèle ici par aucune circonstance même d'évidence indirecte.

« Les os d'Herbivores, particulièrement ceux à cavités médullaires, étaient cassés et fragmentés dans un plan uniforme et visiblement à l'intention d'en extraire la moelle. Plusieurs présentent des entrailles et des traces de râclures produites par des instruments tranchants. Un grand nombre laissent également apercevoir l'empreinte des dents d'un très-grand carnassier, l'Hyène probablement, qui s'était attaqué jusqu'aux diaphyses des os très-épais et très-compactes de Rhinocéros et d'Auroch. Du reste, la rencontre, dans les cendres mêmes du foyer, des coprolithes d'Hyènes, témoigne que ces animaux venaient, pendant l'absence de l'homme, se nourrir des restes de ses repas. C'est aussi à la voracité des Hyènes qu'il faut attribuer la disparition presque totale des vertèbres et des os spongieux d'herbivores, tandis que ceux des carnassiers paraissent avoir été respectés par elles...

« On a pu recueillir dans les cendres du foyer et tout à l'entour une centaine d'éclats de silex, la plupart dans le type désigné par les archéologues sous le nom de *couteaux*. Il y avait aussi d'autres silex arrondis et taillés à facettes multiples : on a supposé que ce devaient être des projectiles dont le choc était rendu plus dangereux par les saillies anguleuses ménagées à leur surface. Tous ces objets doivent avoir été taillés sur place : car on a retrouvé, à côté, les noyaux des blocs siliceux desquels avaient été détachés de nombreux éclats.

« D'autres objets travaillés en os et surtout en bois de Renne ont été aussi recueillis en grand nombre : on y distingue des flèches à tête lancéolée, sans aileron ni barbe récurente, comme en portent celles d'un âge plus récent ; un poinçon fait d'une perche de chevreuil à tissu très-compacte, et soigneusement affilé et appointé de façon à bien percer les peaux que l'on voudrait rejoindre par une couture... Enfin une canine d'*Ursus spelæus* percée dans toute sa longueur, sans doute pour en faciliter la suspension comme ornement, nous montre un premier essai de l'art appliqué à la représentation des formes animales : on y reconnaît une imitation très-imparfaite de la tête d'un oiseau.

« En résumé, la découverte faite à Aurignac nous fournit le premier exemple rigoureusement constaté d'une sépulture humaine évidemment contemporaine des Hyènes, du grand Ours des cavernes, du Rhinocéros et de plusieurs autres espèces éteintes, si souvent qualifiées d'antédiluviennes. La réunion sur ce point de restes d'animaux divers est indubitablement due à l'intervention exclusive de l'homme. La preuve que ces animaux y ont été entraînés après avoir été récemment abattus, résulte de ce que les os de Rhinocéros, d'Auroch, de Renne, etc., étaient nécessairement à l'état frais lorsqu'ils ont été rongés par les Hyènes, après avoir été fragmentés par l'homme. La disposition des lieux et la direction des pentes ne permettent pas d'ailleurs d'admettre l'apport de ces déblais par des agents naturels, et toute autre explication resterait logiquement insuffisante.

« Une autre conclusion importante ressort de l'ensemble des faits observés à Aurignac : c'est que, depuis le moment où l'homme a vécu là en antagonisme direct avec ces grandes espèces éteintes, dont notre imagination est habituée à reporter l'existence dans des temps très-reculés, il ne s'est produit dans cette région aucune grande invasion aqueuse, aucun bouleversement physique de nature seulement à apporter le moindre changement dans les accidents topographiques du sol. Il a suffi, en effet, pendant la longue série des siècles écoulés depuis l'abandon de cette sépulture, d'une simple dalle de quelques centimètres d'épaisseur pour la mettre à l'abri de toute atteinte extérieure ; et c'est sous un mince recouvrement de terre meuble que se sont conservés les débris des derniers repas funéraires, aussi bien que les produits variés d'une industrie grossière, dans lesquels notre esprit cherche à ressaisir quelques traits de mœurs d'une race humaine qui fut peut-être la plus anciennement établie dans notre Europe occidentale (1). »

(1) Dans un autre mémoire sur la même caverne (a), le savant paléontologiste donne la liste suivante des fossiles trouvés dans cette localité, avec l'évaluation approximative du nombre des individus afférents à chacune des espèces : Carnassiers : *Ursus spelæus*, 5 à 6 individus; *Ursus arctos?* 1; *Meles taxus*, 1 ou 2; *Putorius vulgaris*, 1; *Felis spelæa*, 1; *Felis catus ferus*, 1; *Hyœna spelæa*, 5 à 6; *Canis lupus*, 3; *Canus vulpes*, 18 à 20. Herbivores : *Elephas primigenius*, deux molaires; *Rhinoceros tichorhinus*, 1; *Equus caballus*, 12 a 15; *Sus scrofa*, deux inci-

(a) *Annales des sciences naturelles*, 1861, IV$^e$ série, t. XV.

« Tel est, » dit M. Lartet, « l'ensemble des observations qu'il a été possible de relever par l'exploration complète et attentive de cette station d'Aurignac. Les circonstances auxquelles elle se rapporte sont complexes ; elles accusent en même temps par leur succession une assez longue durée de temps.

« Les premières traces d'êtres animés que nous trouvons dans ces couches meubles et de formations comparativement récentes au point de vue géologique, sont celles de l'homme établissant sur la plate-forme en dehors de la petite grotte un foyer qui, par l'épaisseur de la couche de cendre, atteste un long séjour ou tout au moins des retours fréquents.

« L'absence de toute trace de feu dans l'intérieur de la grotte et l'état de conservation compa-

---

sives ; *Equus asinus?* 1 ; *Cervus elaphus*, 1 ; *Megaceros hibernicus*, 1 ; *Cervus capreolus*, 2 ou 4 ; *Cervus tarandus*, 10 à 12 ; *Bison europœus*, 12 à 15.

« Les deux molaires d'éléphant étant les seuls morceaux de cette espèce retrouvés à Aurignac, on peut, dit M. Lartet, attribuer leur apport par l'homme à une destination usuelle quelconque. On en pourrait dire autant des deux incisives de sanglier, les seuls morceaux trouvés dans cette masse considérable d'ossements. Quant au Cheval, il paraît, d'après l'état de ses os cassés et fragmentés comme ceux des Ruminants, qu'il entrait pour beaucoup dans l'alimentation des aborigènes d'Aurignac. Il en est de même du Rhinocéros, qui paraît avoir aussi été mangé par les aborigènes pyrénéens ; mais le Renne et l'Auroch sont surtout les espèces qui ont le plus figuré dans ces festins. »

rative des animaux qui s'y sont trouvés, dénotent que, dès l'origine, cette cavité, fermée à tout accès de l'extérieur, a du être consacrée à des sépultures humaines. L'état fragmentaire des os de certains animaux, leur mode de cassure, l'empreinte retrouvée des dents d'Hyènes sur des os nécessairement cassés à l'état frais, la distribution même et leur conservation significative permettent de conclure que l'apport de ces animaux et la localisation de tous ces débris sont dus à l'intervention presque exclusive de l'homme. L'entraînement de ces débris par les agents naturels ne peut s'induire ni des pentes du sol, ni des circonstances hydrographiques environnantes. La montagne de Fajoles, s'isolant complétement du massif orographique d'Aurignac, reste par cela même soustraite à toute action d'eaux courantes ou torrentielles prenant naissance dans ce massif montagneux : l'emplacement de la grotte sépulcrale se trouve à quatorze mètres environ au-dessus du niveau du ruisseau de Rode.

« La grande quantité de restes d'animaux ayant servi à l'alimentation de l'homme et leur présence à des niveaux différents indiqueraient que des réunions successives se sont effectuées dans cet endroit. Ces réunions avaient lieu probablement à chaque époque d'inhumation des divers individus ensevelis dans la grotte; très-probablement aussi l'homme aura cessé de fréquenter cette station, lorsque la cavité sépulcrale, entièrement occupée, n'aura plus permis d'y pratiquer de nouvelles inhumations.

« Dans la suite des temps, il aura suffi de l'action lente et prolongée des simples agents atmosphériques pour que des fragments détachés de l'escarpement du rocher adjacent et des terres meubles graduellement éboulées aient fini par recouvrir entièrement l'emplacement du foyer extérieur, et pour masquer la dalle fermant l'ouverture de la cavité sépulcrale, dont l'existence est ainsi demeurée complétement ignorée pendant une longue période de siècles.

« L'ancienneté de cette sépulture ne peut s'établir ni par la tradition, ni par l'histoire, ni par les dates numismatiques, puisqu'il n'a été recueilli aucun document de ce genre s'y rapportant.

« En employant la méthode archéologique, on trouve dans l'absence de toute espèce de métal et dans l'emploi usuel d'outils et d'armes de silex et d'os, des indications suffisantes pour faire remonter les circonstances de cette station d'Aurignac à une période ancienne des temps antéhistoriques, que les antiquaires désignent aujourd'hui sous le nom d'âge de la pierre.

« Par la méthode paléontologique, la race humaine d'Aurignac se classerait dans le plus haut degré d'ancienneté où l'on ait jusqu'à présent constaté la présence de l'homme ou des débris de son industrie.

« En effet, cette race a été évidemment contemporaine de l'Auroch, du Renne, du Cerf gigantesque, du Rhinocéros, de l'Hyène, etc., mais encore du grand Ours des cavernes (*Ursus spelæus*), qui paraît être l'espèce la plus ancienne disparue de ce groupe de grands mammifères que l'on invoque toujours comme caractéristique de la dernière période géologique. »

M. Lartet conclut « qu'envisagée au point de vue de l'association paléontologique qui s'en est produite, la sépulture d'Aurignac acquiert un très-haut degré d'ancienneté relative. » Et si l'on se fonde seulement sur toutes les considérations de concomitances paléontologiques, il ne faut pas douter que la sépulture d'Aurignac se rapporte à une époque antérieure au *diluvium*. C'est la conclusion générale de M. Lartet. Mais, avec cette sage réserve qui est toujours le propre de la véritable science, il ajoute : « Du reste, en énonçant cette remarque dans les simples limites de sa valeur inductive, je ne crois pas m'écarter de la réserve que l'on doit mettre à introduire des propositions nouvelles, alors qu'elles ne reposent que sur des observations négatives. »

Un autre exemple fort intéressant et par lequel nous terminerons nos citations, c'est celui de l'antre aux Hyènes à Wokey-Hole, près de Wels, qui a été exploré avec talent par M. Boyn Dawkins. La caverne était remplie jusqu'à la voûte, et il paraît que l'accumulation des matériaux provenait en partie de la division d'un conglomérat dolomitique formant le plafond et les parois de la caverne, et en partie des sédiments apportés graduellement par les pluies et de petits cours d'eau. Il est évident que les os et les pierres n'ont pas été amenés dans la caverne par l'action de l'eau : 1° parce qu'aucun des os n'est roulé ; 2° parce que, quoiqu'on ait trouvé dans la caverne plusieurs instruments grossiers de silex, on n'y a trouvé qu'*un seul silex non travaillé ;* 3° parce que, dans quelques cas, des fragments du même os ont été trouvés l'un près de l'autre : s'ils avaient été amenés d'une certaine distance, il est presque incroyable qu'ils se fussent déposés l'un près de l'autre. En outre, il y a plusieurs couches, l'une au-dessus de l'autre, d'*album græcum*, c'est-à-dire d'excréments d'hyène. Chacune de ces couches indique un vieux plancher et une période d'occupation distincte ; de telle sorte que la présence d'au moins un tel plancher au-dessus des instruments de silex prouve deux choses : 1° que les Hyènes qui ont produit l'*album græcum* ont occupé la caverne après les hommes qui se servaient des instruments de silex ; 2° que ces instruments n'ont pas été dérangés par l'eau depuis l'époque où vivaient les Hyènes.

En somme, nous trouvons dans les cavernes à ossements des preuves suffisantes pour affirmer que l'homme est très-ancien sur la terre ; qu'il a précédé le *diluvium ;* que son apparition peut être reportée au commencement de la période quaternaire ; enfin, qu'il a été contemporain du grand groupe de mammifères quaternaires. La présence, l'association, dans les cavernes osseuses, d'antiques instruments et de restes humains avec les restes de mammifères éteints, est un phénomène qui n'est ni rare, ni exceptionnel (1).

## III

Résumons tout le chapitre.

Moïse expose en termes clairs et précis la création de l'homme. Il distingue dans le composé humain deux parties essentiellement différentes : le corps et l'âme. L'homme est fait à l'image et à la ressemblance de Dieu. Nous nous réservons de revenir sur ce sujet en parlant de l'unité de l'espèce humaine : nous établirons, à l'aide des sciences d'observations, que l'homme a été l'objet d'une création à part, tout à fait distincte, et que l'humiliante théorie des naturalistes, affirmant que l'homme n'est qu'un perfectionnement du singe, doit être rejetée par le savant aussi bien que par le chrétien.

Pour le moment, il nous suffisait de démontrer

(1) LUBLOCK, *opere citato,* p. 268.

que l'homme a paru le dernier sur la terre, dans l'ordre des créations successives. C'est ce que la géologie nous a révélé de la manière la plus convaincante. Nous n'avons fait que mentionner l'hypothèse de l'homme du calcaire de la Beauce, qui remonterait à une époque évidemment bien antérieure à la période quaternaire; mais nous avons trouvé dans la caverne de l'Herm, dans la grotte de Maccagnone et dans la caverne d'Aurignac, des preuves authentiques de stations humaines qui datent des commencements de la période quaternaire. Nous aurions pu aisément multiplier les preuves ; nous en avons fourni déjà surabondamment, puisqu'un seul fait, bien constaté, suffisait à la démonstration. L'accord entre le récit mosaïque et les découvertes géologiques est donc complet. La Bible et le livre de la nature sont deux paroles de Dieu : l'une pourrait-elle contredire l'autre ? Lorsque l'accord semble ne pas exister, c'est que l'exégèse du théologien ou l'observation du naturaliste se fourvoie.

Nous ne voulons point terminer ce chapitre sans dire un mot d'une difficulté qui préoccupe plusieurs esprits.

Si l'on admet que l'homme a existé dans la période quaternaire et surtout dans la période tertiaire, ne place-t-on pas la date de la création à une époque beaucoup trop reculée ? L'imagination s'effraye de la prodigieuse antiquité que plusieurs géologues assignent à l'homme primitif.

Nous nous contenterons, en ce moment, de faire une double observation. Les géologues dont nous parlons ne peuvent produire que des calculs hypothétiques ; ils n'ont, pour mesurer la durée des périodes géologiques, que des chronomètres incertains. Nous ne connaissons point assez les causes et les conditions des phénomènes qui servent de base aux calculs. Tel dépôt, telle alluvion, telle transformation chimique dont le progrès est lent aujourd'hui, ont pu, dans d'autres temps et par l'énergie d'agents plus puissants, avoir une marche plus rapide. Cuvier, M. de Serres, M. Élie de Beaumont ont soutenu qu'une durée de six mille ans suffit pour rendre compte de tous les phénomènes de la nature depuis l'apparition de l'homme. Plusieurs géologues et naturalistes soutiennent encore cette opinion (1). La science n'a pas dit son dernier mot sur la formation des terrains quaternaires.

En second lieu, c'est une erreur de croire que la foi catholique enferme l'existence de l'homme dans une durée qui ne peut dépasser six mille ans.

L'Eglise ne s'est jamais prononcée sur une question aussi délicate, et cette abstention est

(1) Je citerai en particulier, parmi ces derniers, M. le comte de Villeneuve, ancien professeur de géologie à l'École des mines. En mesurant la couche des terres végétales des plateaux, en supputant l'âge des deltas, et par d'autres considérations encore, il est arrivé à se convaincre que les périodes antédiluviennes et postdiluviennes ne dépassent guère 6,000 ans.

pleine de sagesse. Rien de bien précis, en effet, ne nous a été révélé à cet égard. Les divers systèmes chronologiques sont l'œuvre des hommes : ils reposent sur des bases souvent hypothétiques.

L'antiquité profane et savante, elle-même, n'était point habituée à la précision parfaite que les modernes ont essayé d'introduire dans l'histoire et dans les dates des annales des peuples. Dans la supputation des temps reculés, elle se contentait d'effrayants *à peu près*. La Grèce ne songea que très-tard à se donner une chronologie. A l'époque où Hérodote visita l'Égypte, vers 460-450 avant Jésus-Christ, les prêtres indigènes n'avaient adopté encore, en fait de chronologie, qu'un système assez vague et manifestement approximatif. Au temps où Diodore de Sicile visita l'Égypte, c'est-à-dire huit ans avant notre ère, elle ne possédait encore aucun système complet de chronologie universellement reconnu.

Quant aux dates se rapportant au temps antérieur à Abraham, il existe trois chronologies bibliques, en désaccord entre elles, et dont la différence se calcule par plus d'un millier d'années. Ces chronologies, dans les points où elles se contredisent, ne s'imposent pas au croyant. Il n'y a point eu à leur égard, dans l'Église, de préférence constante. Jusqu'au XVII° siècle, on a donné la préférence au calcul des Septante ; du XVII° siècle au XIX°, on adopta généralement le comput de la Vulgate.

Beaucoup d'historiens sont revenus, de nos jours, à la chronologie de la version grecque, non qu'ils la croient plus authentique, mais parce qu'elle donne plus de facilité pour établir la concordance de l'histoire sainte avec l'histoire générale. Il est très-possible qu'aucun des trois computs bibliques ne nous soit parvenu parfaitement conservé.

On sait que l'oubli ou la transposition d'un signe, d'une lettre, d'un mot, apporte, quand il s'agit de chiffres, des différences énormes.

Quand les éditeurs, les copistes ou les traducteurs de la Bible ont rencontré dans les manuscrits des dates positives et indubitables, ils les ont reproduites ; quand ils ont entrevu des dates qui leur paraissaient probables, ils s'en sont contentés, sachant bien que ni la foi, ni les mœurs, ni la succession des faits historiques n'en étaient affectées (1). Le malheur le plus grand a peut-être été que, dans leurs désirs d'être plus complets, les savants, par suite des systèmes chronologiques qu'ils avaient adoptés, ont rapproché des époques et des hommes séparés par des lacunes considérables et par le silence de l'histoire. Les historiens anciens ont souvent faussé les dates en ne tenant pas compte, dans la chronologie qu'ils établissaient,

(1) On s'imagine difficilement aujourd'hui la liberté des procédés des anciens par rapport à la chronologie : ils remaniaient sans scrupule les chiffres des manuscrits. Le *canon* d'Eusèbe, le travail du Syncelle en fournissent un témoignage irrécusable.

des faits, des hommes, des événements ensevelis dans l'oubli, et pour cette raison omis dans leurs récits. Les généalogies bibliques, nous le savons, ont quelquefois supprimé des filiations intermédiaires. On en trouve un exemple frappant dans la généalogie de S. Matthieu. Supposez que l'Évangéliste ait donné l'âge de chacun des patriarches qu'il cite : en additionnant la durée de toutes les vies vous auriez diminué l'âge du monde de trois générations. Toujours est-il qu'il a régné dans l'Église une liberté très-grande en matière de chronologie biblique. On compte plus de 150 systèmes, dont aucun n'a été condamné. Il importe plus que jamais, au moment où des savants consciencieux pensent que des faits nouveaux peuvent faire varier une fois de plus la chronologie des premiers temps, de ne point restreindre prématurément et témérairement la liberté à l'égard de certaines dates, toutes d'ailleurs antérieures à Abraham.

Toutefois, nous ne pourrions admettre même comme probables les suppositions arbitraires de plusieurs géologues, d'ailleurs distingués, qui font remonter à 20 et même 30 mille ans l'apparition de l'homme sur notre globe. La réserve est à cet égard conseillée par le simple bon sens. Laissons les savants à leurs disputes, mais, quand nous le pouvons, mettons, en la dégageant, la véracité de la Bible en dehors de leurs débats. (Voir nos conclusions à la fin du xiv° chapitre de cet ouvrage.)

# CHAPITRE VII.

### Règne humain. — Unité de l'espèce humaine.

**SOMMAIRE :**

Systèmes opposés à la vérité du récit biblique : matérialisme, positivisme. — Générations spontanées. — Transformation des espèces. — M. Darwin réfuté par les faits. Combien l'homme diffère des animaux par l'intelligence, etc.

---

### I

Nous avons exposé dans le chapitre précédent l'origine de l'homme suivant Moïse.

Appelée la dernière à la vie, cette créature intelligente et libre est le couronnement de la création et l'œuvre de l'amour du Tout-Puissant.

L'homme déchoit bientôt, par sa faute, de la haute situation que Dieu lui a faite ; mais Dieu aime à ce point sa créature privilégiée, qu'il lui sera donné de conquérir une partie de ce qu'elle aura perdu. L'œuvre de la réhabilitation sera réalisée par un progrès lent et laborieux, qui s'accomplira, dans la sphère naturelle, à force d'énergie de la part de l'homme, et, dans la sphère morale, par les secours multipliés d'une Providence attentive et infiniment généreuse. La vie humaine sera désormais une lutte pleine d'émotion. Le mouvement de l'histoire créera sur la scène du monde un intérêt puissant digne du regard de Dieu.

La grandeur et la dignité de l'homme sont manifestées à la fois par sa création et par sa rédemption : soit que ce dernier mot, employé dans un sens moins propre, exprime l'affranchissement progressif des dures conditions matérielles auxquelles l'humanité fut d'abord soumise, soit que l'on donne à la rédemption son sens le plus élevé, c'est-à-dire l'affranchissement du mal moral par le Christianisme.

Dieu élèvera la nature humaine à une gloire incomparable en se faisant homme lui-même. Le Christ un jour dotera le monde de l'Évangile et il le subjuguera par l'autorité de ses exemples, par le mystère de ses abaissements et par le prodige de sa résurrection. La rédemption sera une œuvre plus admirable que la création : en sorte que l'Église pourra dire de la faute originelle : *felix culpa !* Cohéritier du Fils de Dieu, l'homme un jour partagera sa gloire.

Voilà l'anthropologie biblique résumée dans sa consolante et noble doctrine.

Une fausse philosophie et une fausse science, peu soucieuses de la dignité humaine, ont renié ces titres glorieux de l'humanité. On a attaqué les faits et la doctrine bibliques : les systèmes antichrétiens se sont multipliés, et de dangereuses théories se répandent encore aujourd'hui. Chose triste à dire et difficile à croire, si la littérature contemporaine n'en fournissait le témoignage irrécusable ! on se flatte de rendre service au genre humain, en l'humiliant et en détruisant ses meilleures et ses plus bienfaisantes espérances.

Nous exposerons successivement ces théories systématiques, et nous nous attacherons à les réfuter.

De nos jours, on a donné le nom de *science* à ce qui n'est, en effet, que la *recherche* des lois réelles du monde physique; on a donné le nom de *découvertes* à d'heureuses *hypothèses* rattachant à une formule unique des phénomènes divers et inexpliqués. « Quand on admet une hypothèse scientifique, dit M. de Saigey, veut-on dire qu'on se croie en possession de la vérité des choses ? Ce serait oublier tant de systèmes qui se sont écroulés les uns sur les autres ; ce serait trop oublier que le physicien, perdu dans l'infini de l'espace et du temps, ne saisit que des rapports phénoménaux et n'arrive pas à concevoir l'absolu. Qu'est-ce donc que grouper dans une hypothèse toutes nos idées sur la nature? C'est nous donner les moyens d'établir entre les faits des rapprochements féconds, et de faire ainsi jaillir des sources de découvertes. » (*Essais sur les phénomènes naturels.*)

Les savants recherchent donc le vrai sans pouvoir jamais embrasser la nature entière, avançant, reculant à travers les systèmes, se trompant quelquefois, mais en définitive gagnant toujours du terrain ; la révélation, constatée par l'Écriture et par la Tradition, dont l'Église garde le dépôt, met au contraire tout de suite en possession de la vérité stable et parfaite.

Une science à son début peut tomber en désaccord avec la foi ; mais, grâce au progrès qu'elle réalise, l'apparence de cette contradiction disparaîtra bientôt, et l'accord s'établira. Ainsi se justifie cette parole de Bacon : « Un peu de science éloigne de la religion, beaucoup de science y ramène. »

Nous sommes loin, toutefois, de prétendre que la Bible doit être le point de départ de la science au même titre qu'elle est le point de départ de la théologie. La science prend ses prémisses dans la raison, dans l'observation ; son principe et sa méthode diffèrent, mais elle arrive au même but, la vérité ; elle constitue quelquefois une contre-épreuve précieuse de la révélation. Il ne faudrait pas peut-être qu'il en fût autrement.

N'est-ce pas un spectacle consolant que la science laissée à elle-même, souvent même étrangère à nos convictions catholiques, vienne, après des hésitations et des écarts, confirmer la véracité de nos Livres saints ?

On le comprend, la Bible élève l'homme trop haut pour que la science profane puisse suivre le théologien dans le monde surnaturel où nos saintes Écritures le font monter. La raison pure peut étudier l'homme terrestre ; elle l'a fait, au nom des sciences naturelles et de la philosophie.

Ce que nous avons dit de la fausse science, qui, trop hâtée et peu soucieuse de la dignité humaine, l'abaisse et l'humilie gratuitement, se vérifie à la fois par les témoignages de l'histoire de la philosophie et par l'histoire des sciences. — Entrons en matière.

## II

Épicure, on le sait, fit de l'homme un être tout matière, résultat du rapprochement fortuit des atomes. L'homme n'était, selon ce philosophe, que le plus parfait des animaux. On se rappelle la définition grossièrement bouffonne qu'un chef d'école fit un jour du roi méconnu de la nature, lorsqu'ayant apporté un coq dépouillé de son plumage, il s'écria : Voilà l'homme !

Il semblait que le Christianisme eût fait justice de ce honteux matérialisme païen, et que la doctrine de l'Évangile avait pour jamais placé l'homme à la hauteur de sa vraie condition. Mais vint le dix-huitième siècle, qui mit tout ce qu'il avait d'ardeur et de science légère à humilier l'humanité. Pour Voltaire, Helvétius et le très-grand nombre des Encyclopédistes, nous ne fûmes plus qu'une portion organisée de la matière éternelle. Voltaire a nié, plus d'une fois, l'âme et son immortalité. Il trouvait cette négation plaisante : « Mon cher Diderot, » écrivait-il, « je désire passionnément m'entretenir avec vous avant de rendre mon âme aux quatre éléments. » On ne répugnait pas à soupçonner dans chacun de nous le congénère de l'orang-outang, du chimpanzé ou du gorille.

Ces fantaisies arbitraires et peu flatteuses pour notre espèce ne pouvaient avoir bien longtemps crédit. Nous devons cette justice aux meilleurs représentants de la philosophie au commencement de notre siècle, de dire qu'ils les ont rejetées avec dégoût. Mais ces théories grossières ont été remplacées par d'autres systèmes qui, bien que conçus par des esprits plus délicats, arrivent néanmoins aux mêmes conséquences.

Gœthe, Schelling et Hegel ont divinisé la nature ; ils l'ont considérée comme une force primitivement inconsciente d'elle-même. Cette force se développe à travers le temps et l'espace ; elle se transforme en planète, en animaux, et s'élève de degrés en degrés jusqu'à l'homme, où, enfin, elle arrive à se reconnaître elle-même. Le minéral, la plante, l'animal, l'homme, ne sont au fond que le même être à des états d'inégale perfection. La royauté de l'homme, sa glorieuse genèse, l'énorme distance qui le sépare des autres animaux, tout cela est méconnu, nié ou compromis.

Aussi le panthéisme, qui semblait devoir élever l'homme si haut, en définitive l'abaissa et le plaça sous plus d'un rapport au niveau des plus humbles êtres de la création. Ce n'est point ici le lieu de réfuter ces systèmes : des plumes viriles et fermes les ont victorieusement combattus. (Voir les savants ouvrages de Mgr Maret, M. Gratry, etc.)

Après le panthéisme a reparu de notre temps le matérialisme. Qui le croirait ? Le dix-neuvième siècle, inclinant à son couchant, est presque retourné aux theories d'Épicure. Tout le monde a entendu parler de la théorie des générations spontanées. On avait remarqué que certains mélanges donnent promptement naissance à des moisissures, et que ces moisissures sont formées d'animalcules parfaitement organisés, appelés *infusoires*. On conclut de là que ces êtres vivants pouvaient quelquefois naître spontanément de la fermentation et des réactions chimiques. On disait, au dix-huitième siècle, dans un langage moins nuancé, que la corruption engendrait les animaux: comme si la vie pouvait sortir de la mort, le monde organisé du monde inorganisé, le plus parfait du moins parfait, l'être du néant. Nous n'entendons point accuser les intentions, ni calomnier les croyances des partisans des générations spontanées : néanmoins, si on les considère en elles-mêmes, de pareilles théories, où les jeux du hasard et de la nature tiennent une si grande place, ne nous reportent-elles pas aux mauvais jours d'Epicure ? Comment des infusions, des mixtions grossières pourraient-elles engendrer ce qu'elles ne contiendraient pas de quelque manière ?

On sait la défaite récente des partisans de ces systèmes. On leur a prouvé, par de concluantes expériences, que les germes seuls déposés par l'air dans l'eau engendrent les infusoires. Il a suffi de ne laisser arriver aux mixtions magiques que de l'air tamisé à travers des acides énergiques ou des tubes rougis au feu, pour que ces agents, dits créateurs, ne donnassent naissance à aucun animalcule, à aucune herborescence, à aucune production organique. MM. Schwann et Heule, et presque tous les naturalistes, ont conclu de ces faits que les végétaux et les animaux inférieurs, qui apparaissent dans les infusions, proviennent des germes que l'air y dépose sous forme de poussière, et nullement de la réaction des éléments morts qui entrent dans la composition de l'infusion et du mélange. Il a suffi de désorganiser les germes apportés par l'air ambiant. Ces germes sont très-réels, et ont été vus et décrits à l'aide du microscope. Ils ont pu être saisis et plongés dans l'eau, et ils ont donné naissance à des infusoires.

On est allé plus loin encore ; et M. Balbiani, par ses recherches sur la reproduction sexuelle des infusoires, a fait rentrer ce groupe d'êtres vivants dans la loi commune. « Encore une illusion qui s'en va ! » s'écriait, au rapport de M. de Quatrefages, un chimiste fort habile, qui, après avoir cru aux générations spontanées, avait été témoin des expériences concluantes de M. Pasteur.

Enfin, en Angleterre, en ce moment foyer de plusieurs doctrines antichrétiennes ardemment soutenues, a pris naissance, depuis quelques années, une théorie non moins opposée que les précédentes à l'anthropologie biblique, *le transformisme*. Ce système mérite ici une exposition et une réfutation de quelque étendue. M. Darwin, l'un des naturalistes les plus distingués de la Grande-Bretagne, en est l'organe le plus accrédité. M. Darwin (1831-1835) a écrit plusieurs ouvrages très-savants sur les Madrépores de l'océan Pacifique, qui forment les récifs ou barrières de la Polynésie. Il a fait partie de l'expédition, autour du monde, de Beagle. Le même savant a publié, en 1859, un livre sur l'*Origine des espèces*, qui a eu un grand retentissement et forme la contradiction la plus nette de l'anthropologie biblique.

La doctrine développée dans cet ouvrage offre quelques ressemblances avec les applications au monde physique du système panthéiste de Gœthe,

Schelling et Hegel. La seule différence est que ces hommes illustres procédaient en philosophes et partaient d'un principe abstrait, supposant un Dieu en puissance, se réalisant dans la matière et prenant possession de lui-même dans l'homme, tandis que le système Darwin n'a pas de prétention métaphysique. Il se rapproche en plusieurs points des théories du fameux naturaliste français Lamarck. (Voyez, dans la *Revue des Deux Mondes*, l'art. de M. de Quatrefages, *Hist. nat. génér.*, 15 déc. 1868 et 1er mars 1869. Voir surtout son ouvrage : *de l'Unité de l'espèce humaine.*)

M. Darwin ne se demande point d'où vient la vie sur la terre. Il n'est et ne veut être que naturaliste. Il constate la vie comme un fait. D'où viennent ces manifestations si variées de la vie ? d'où proviennent toutes ces plantes si diverses, ces animaux si différents de forme, de mœurs, d'habitudes, vivant sous des latitudes et dans des conditions si dissemblables ? d'où vient l'homme, dans lequel M. Darwin semble ne voir qu'un animal supérieur ?

Toutes les espèces, selon le savant Anglais, tous les genres, toutes les classes, émanent d'un Être commun d'où toute vie dérive par voie de génération et de transformation, comme les variétés d'une espèce naturelle descendent du type normal de cette espèce. La vie s'est transmise par des transformations graduées, comme dans l'arbre la racine donne naissance à la tige, la tige aux branches, les branches aux feuilles, les boutons aux fleurs, les fleurs aux fruits.

Comment s'accomplit ce prodige incessant de transformation? Nous ne pouvons ici qu'indiquer les agents dont Darwin invoque l'action. C'est d'abord ce qu'il appelle en anglais *struggle for the life*, c'est-à-dire la lutte, le combat incessant de la vie contre tout ce qui en arrête l'essor et le développement indéfini. L'être vivant veut se conserver, se développer, se reproduire. Tout le temps de son existence est employé à ce combat contre les causes de dépérissement, d'arrêt et de mort qui nous environnent. De cet effort résulte le développement d'organes d'abord rudimentaires chez l'animal. Comme les milieux et les conditions d'existence varient, les organes se transforment et naissent suivant les besoins : là donc de nouveaux organes; ici, au contraire, s'atrophieront des organes anciens, privés d'exercice et non sollicités par les conditions de l'existence.

Un second principe de transformation pour les espèces, c'est ce que le naturaliste anglais appelle *selection*, c'est-à-dire la loi d'après laquelle l'être vivant cherche pour la reproduction sexuelle l'être qui lui ressemble le plus. Ainsi, par des croisements successifs d'animaux conformés de la même manière, les variétés individuelles se fortifient, les variétés deviennent des races, les races des espèces, les espèces des genres; et ainsi se sont formés à la surface de la terre le règne végétal et le règne animal, dont l'homme est partie intégrante, bien que placé à la tête de toutes les espèces.

M. Darwin fait aussi intervenir le temps; et, sous ce rapport, il en prend à son aise. Il ne compte pas l'âge de la terre par milliers d'années, mais par millions. Son raisonnement est celui-ci : *Maintenant* il faut tant d'années pour que tel phénomène se produise : donc il a fallu des millions d'années pour la répétition du même phénomène cent mille fois multiplié, pour l'œuvre des madrépores dans la Polynésie, par exemple. Il néglige de rechercher si les conditions de production ont toujours été les mêmes.

L'homme peut être parfaitement défini dans ce système par les termes suivants, que nous empruntons à l'un des organes actuels du matiéralisme français : « L'homme, animal mammifère, de l'ordre des primates, famille des bimanes, nez saillant, oreille nue, etc. »

On le voit, dans ce système l'homme a perdu la place d'honneur que lui assigne la Bible : il n'est plus, de droit divin, le roi de la nature, mais seulement *primus inter pares*, ou plutôt il est arrivé le premier à un perfectionnement auquel les autres animaux ne sont pas encore parvenus. Il n'y a plus entre lui et le singe, par exemple, une différence radicale de nature; mais tout se réduit entre eux à une question de degré. L'un et l'autre sont de la famille des bimanes; seulement les mains de l'homme sont plus parfaites. L'un a un nez plus saillant; l'autre l'a moins élevé, moins aigu : vous changez le nom et vous appelez *museau* dans l'un ce que vous appelez *nez* chez l'autre. Du reste, l'un et l'autre ont une même origine : ils sont les produits de transformations incessantes; seulement le mandrill apparait à un degré d'organisation moins parfait que le chimpanzé, et le chimpanzé a été arrêté dans le développement progressif de la création avant l'homme, qui, jusqu'à présent, garde heureusement son rang de premier.

### III

Voilà le système contemporain le plus récent, encore en voie d'élaboration en ce moment.

Ce n'est pas au nom de la révélation que nous venons ici le combattre; nous nous plaçons sur le même terrain que les adversaires de la révélation. Mais si, d'un côté, Dieu a permis à des savants de méconnaître et d'attaquer son œuvre dans la création, d'autre part il a voulu que cette œuvre fût défendue par d'autres hommes non moins savants et dont personne en France ne contestera ni l'autorité, ni la compétence.

Nous nous servirons ici d'arguments empruntés à Linné, à Buffon, à Cuvier, à MM. de Blainville et surtout à M. de Quatrefages. Ce dernier nous permettra d'emprunter largement à ses savants écrits.

Est-il vrai qu'un travail de transformation tel que le supposent M. Darwin et l'école matérialiste en général s'opère incessamment dans la nature?

Assurément il y a dans le règne végétal, comme dans le règne animal, une création incessante de variétés pour les plantes et de races pour les animaux; mais, sachons-le bien, ces transformations, ces développements sont circonscrits dans des limites étroites et bien nettement définies, dans les limites de l'espèce.

L'ensemble de tous les corps répandus à la surface de la terre, et qui se partagent le domaine de la nature, comprend deux ordres : les êtres inorganisés et les êtres organisés. Les premiers comprennent les êtres bruts, privés de vie, et qui ne jouissent que des propriétés communes à la matière inerte. Les êtres organisés, au contraire, vivent ou ont vécu; ils se subdivisent en deux règnes : le règne végétal et le règne animal. Chaque ordre comprend des embranchements; chaque embranchement, des classes; chaque classe, des familles, des tribus, des genres, des espèces, et enfin l'espèce, des variétés. Les variétés dérivent les unes des autres par voie de génération et peuvent aisément se transformer en s'éloignant ou en se rapprochant du type premier. Mais les règnes ne peuvent jamais se confondre, les classes ne peuvent se transformer entre elles; un genre ne peut donner naissance à un autre genre, ni l'espèce à une autre espèce. Dieu a créé les êtres organisés d'après certaines lois, certains types qui, au milieu d'une variation limitée, se conservent dans leurs grands caractères. Ainsi jamais un minéral ne deviendra une plante vivante : il y a entre l'un et l'autre la distance de la vie à la mort. *Lapides* (*mineralia*) *crescunt*, disait Linné; *vegetalia crescunt et vivunt*. De même, jamais une plante ne deviendra un animal. Les animaux croissent et vivent aussi, mais ils ont de plus le sentiment : *Crescunt, vivunt et sentiunt*. Les animaux sont en outre doués d'un mouvement spontané, d'une cavité intérieure appelée estomac. (On pourrait peut-être excepter les animaux tout à fait inférieurs, où ces signes distinctifs sont moins aisés à reconnaître, bien qu'ils existent encore.)

Personne ne peut se méprendre sur la distinction du végétal et de l'animal : un abîme les sépare. Il en est ainsi pour les classes des animaux entre elles : le passage, la transformation est impossible. Jamais un bœuf ne deviendra cheval.

« La nature, » disait Lamarck lui-même, « n'offre que des individus qui se succèdent les uns aux autres par voie de génération et qui proviennent les uns des autres. »

Mais est-il vrai que les espèces parmi eux ne sont que relatives et ne subsistent que temporairement ? Lamarck déjà donnait pour cause de ces transformations supposées la tendance à satisfaire certains besoins, les actions, les habitudes, les actes spontanés.

On a cherché à rattacher les opinions de Geoffroy Saint-Hilaire aux doctrines de Lamarck. Ce rapprochement est erroné. M. Isidore Geoffroy Saint-Hilaire a dit avec raison en parlant de son illustre père : « Si Geoffroy Saint-Hilaire est, dans l'ordre chronologique, le successeur de Lamarck, on doit voir bien plutôt en lui, dans l'ordre philosophique, le successeur de Buffon, dont le rapproche, en effet, tout ce qui le sépare de Lamarck (1).

---

(1) Toutefois, à l'occasion des crocodiles fossiles, si différents des espèces aujourd'hui existantes, il affirma, sans vouloir néanmoins résoudre positivement la question, que les derniers pouvaient descendre des premiers par une filiation non interrompue et que les différences des deux formes devaient être attribuées aux changements survenus dans les conditions d'existence, c'est-à-dire dans le milieu ambiant. On sait les discussions solennelles et ardentes auxquelles donna lieu cette question posée devant l'Académie des sciences, et comment Cuvier combattit vivement les opinions de Geoffroy Saint-Hilaire.

M. Darwin fait descendre toutes les espèces animales d'un archétype primitif, modifié, transformé de mille manières par des actions extérieures et les conditions de l'existence. Il parait surtout rattacher les changements aux phénomènes géologiques. Il a poussé cette doctrine bien au delà de tout ce qu'avaient admis ses devanciers français.

Les Buffon, les Cuvier et les savants si distingués qui ont marché sur leurs traces, opposent à cette transformation supposée un fait que rien n'a encore pu obscurcir : les croisements entre espèces sont presque toujours stériles. Le fait d'hybridation est ordinairement difficile, si l'on excepte l'union de l'âne et du cheval; et, quand il a lieu, le produit est presque toujours infécond; s'il est fécond à la première génération, il devient stérile à la seconde, à la troisième, à la quatrième, etc. : à une distance, toujours rapprochée, l'hybridité disparait par la loi du *retour au type*. L'union du bélier et de la chèvre, par exemple, est quelquefois féconde, et donne naissance à un hybride appelé *musmon;* celui-ci, mieux né sous ce rapport que le mulet, est quelquefois fécond; mais, à la troisième génération, on n'a plus l'hybride de ce nom, qui, par la qualité de sa toison, mélange heureusement le moelleux de la laine à la rigidité du poil de chèvre : on a seulement la chèvre ou le bouc, et le musmon a complètement disparu. Un phénomène semblable, bien qu'on ait soutenu le contraire, se produit dans les *Léporides*. (Voy. M. de Quatrefages, *Revue des Deux Mondes*, 15 mars 1869.)

Ainsi, ces transformations graduées d'espèce à espèce, de genre à genre, de classe à classe, est une hypothèse que contredisent les faits les mieux constatés.

Ajoutons à ces considérations d'illustres témoignages :

« La nature, » dit Buffon, « a imprimé à l'espèce certains caractères inaltérables. L'espèce n'est autre chose qu'une succession constante d'individus semblables et qui se reproduisent. L'empreinte de chaque espèce est un type dont les principaux traits sont gravés en caractères ineffaçables et permanents à jamais, quoique toutes les touches accessoires varient ou puissent varier. La transformation des espèces est impossible; mais il faut reconnaître en elles une variabilité illimitée. »

Cuvier définit l'espèce : la collection de tous les corps organisés nés les uns des autres ou de parents communs, et de ceux qui leur ressemblent autant qu'ils se ressemblent entre eux.

Linné décrit l'espèce : *Species tot sunt quot diversas formas ab initio produxit Infinitum Ens; quæ formæ secundum generationis inditas leges, produxere plures et sibi semper similes.*

(LINNÆUS, *Philosophia botanica*, page 99. In-8°, *Vindebonnæ*, 1770.)

M. de Candolle dit que l'espèce est la collection de tous les individus qui, se ressemblant entre eux plus qu'ils ne ressemblent à d'autres, peuvent, par une fécondation réciproque, produire des individus fertiles et qui se reproduisent par la génération, de telle sorte qu'on peut par analogie les supposer tous sortis originairement d'un seul individu.

Pour Blainville, l'espèce est l'individu répété dans le temps et l'espace.

Selon M. Chevreul, l'espèce comprend tous les individus issus d'un même père et d'une même mère, et caractérisés par un ensemble de rapports mutuels existant entre les organes du même nom : les différences qui sont hors de ces rapports constituent des variétés.

M. Godron, doyen de la Faculté des sciences à Nancy, se prononce nettement contre la transformation des espèces. « Les révolutions du globe, » dit-il, « n'ont pu altérer les types originairement créés : les espèces ont conservé leur stabilité jusqu'à ce que des conditions nouvelles aient rendu leur existence impossible; alors elles ont péri, mais elles ne sont pas modifiées. »

Enfin M. de Quatrefages se prononce formellement, dans les ouvrages déjà cités, pour la variabilité limitée de l'espèce et contre la transformation de l'espèce. « Pour moi, » dit-il, « l'espèce est quelque chose de primitif et de fondamental. Des actions, des milieux ont modifié et modifient sans cesse les types premiers de l'hérédité, tantôt pour maintenir, tantôt pour multiplier ou accroître ces modifications. Ainsi prennent naissance les *variétés* et les *races*. Les limites des variations résultant de ces actions diverses sont encore indéterminées ; mais, en y regardant avec soin, il est facile de constater qu'elles sont parfois remarquablement étendues. Toutefois, il ne se forme pas pour cela des espèces nouvelles, et la parenté spécifique des dérivés d'un même type spécifique peut toujours être reconnue par voie d'expérience, quelles que soient les différences très-réelles qui les séparent. »

En conséquence, l'*espèce* est, pour M. de Quatrefages, l'ensemble des individus, plus ou moins semblables entre eux, qui sont descendus ou peuvent descendre d'un couple primitif unique, par une succession non interrompue des familles.

On peut ajouter bien d'autres autorités encore contre la transformation des espèces.

Depuis la grande expédition d'Egypte par Napoléon, les temples et les hypogées du temps des Pharaons ont souvent été fouillés. Sur leurs murs bien conservés on a observé de nombreuses peintures de plantes et d'animaux. Eh bien ! toutes les plantes trouvées dans les hypogées égyptiens ont prouvé que non-seulement les espèces, mais même les races, n'ont pas varié dans le voisinage de ces tombes antiques.

Des pains trouvés dans les tombeaux remontant aux premiers Pharaons ont montré la parfaite ressemblance des orges de cette époque aux orges de la nôtre. Des glumes d'orge (enveloppe extérieure de la fleur des graminées) ont présenté un rudiment d'organe non observé jusqu'alors ; cet organe, on le trouve dans nos orges à l'état rudimentaire. Galbéry a observé au Cap-Vert un boabab mesurant trente-quatre mètres de pourtour, ayant probablement plus de cinq mille ans d'existence : on a compté les couches concentriques qui servent à mesurer les années d'un arbre, d'un pin appelé *Sequoia* et qui a quelquefois cent mètres de hauteur; on a trouvé plus de six mille de ces couches. Cet arbre était donc plus que contemporain du déluge, selon le comput ordinaire. Eh bien! ces vétérans ressemblent exactement aux plus jeunes arbres de la même espèce, séparés déjà par des milliers de générations.

L'étude des animaux présente des faits entièrement pareils.

Les peintures des hypogées d'Égypte montrent une foule de races animales représentées avec une fidélité dont nous pouvons parfaitement juger. Les recherches de Geoffroy Saint-Hilaire ont été confirmées par des voyageurs plus modernes; et tout montre la justesse de ces paroles de Lacépède, dans un rapport demeuré célèbre : « Il résulte de la collection du citoyen Geoffroy que tous ces animaux sont parfaitement semblables à ceux d'aujourd'hui. »

Les cavernes à ossements ont signalé des faits qui conduisent aux mêmes conséquences. Des espèces ont disparu; mais, parmi celles qui sont restées, on retrouve nos espèces.

Le naturaliste Agassiz a exploré les côtes de la Floride. Certains zoophytes des mers tropicales vivent en familles innombrables sur des points circonscrits. Leurs générations successives se superposent sans cesse les unes aux autres; les polypiers calcaires habités par ces petits êtres finissent par élever des écueils, des îles, des archipels. D'après Agassiz, il eût fallu environ trois cent huit mille ans pour amener à l'état actuel ceux qu'il a observés; il estime même à cent mille années le temps nécessaire à la formation des polypiers sur lesquels reposerait en partie, selon lui, la Floride. Eh bien! les polypiers d'alors, les zoophytes qui les habitaient, ressemblaient de tout point aux nôtres. — Où sont les traces des transformations successives admises par l'école du naturaliste anglais?

M. Darwin fait descendre tous les êtres vivants d'un être type, d'un être vivant, d'un corpuscule d'apparence homogène, propre à subir toutes les transformations, à prendre toutes les formes, à s'élever à l'organisme le plus compliqué, à la taille animale la plus haute. — Où trouver ce prototype? Faut-il admettre que ses cendres sont ensevelies dans les couches géologiques? Existe-t-il encore? S'il existe, comment ne produit-il plus depuis l'époque glaciaire de nouvelles séries d'animaux? Comment ne se transforme-t-il pas lui-même? Pourquoi est-il demeuré stationnaire lorsque ses descendants se sont graduellement perfectionnés? Il est impossible d'invoquer le moindre argument scientifique en faveur de ce prototype, de cette *cellule primordiale* qui ne se rattache à rien, « dont l'existence, dit M. de Quatrefages, est inexpliquée et inexplicable, en désaccord avec le peu que nous savons. »

Nous pouvons demander à M. Darwin comment, avec son hypothèse, il expliquera la variété des organismes et la variété des instincts des êtres vivants : comment un carnassier pourra-t-il naître d'un herbivore, un loup d'un mouton, ou réciproquement?

Comme la nature ne présente point de traces du passage d'une espèce à l'autre, M. Darwin suppose l'espèce intermédiaire éteinte; mais les fossiles ne devraient-ils pas nous montrer des restes nombreux de ces espèces intermédiaires?

« Ici, dit M. de Quatrefages, s'ouvre devant nous l'immensité des temps écoulés. Je l'accepte avec toute l'extension que commandent les théories reposant sur une transformation lente, et que lui attribue Darwin. C'est donc par millions de siècles que nous allons compter. Trouverons-nous plus aisément ce fait décisif, mais nécessaire pour justifier la théorie, savoir : deux espèces bien distinctes reliées l'une à l'autre par ces mille ou ces dix mille intermédiaires dont il a été question ? Non, répond Darwin lui-même, « la découverte à l'état fossile d'une pareille série bien graduée de spécimens est de la dernière improbabilité. »

Nous connaissons à peu près tous les fossiles de bon nombre de terrains bien circonscrits et bien étudiés. On découvre fréquemment de nouveaux et riches gisements : « N'est-il pas surprenant, dit M. Pictet, que l'immense majorité des objets journellement récoltés appartienne toujours aux espèces figurant dans nos collections? » M. Darwin a construit son système sur une base imaginaire, et trop souvent il substitue aux faits qui lui manquent ces formules dangereuses : *je conçois, n'est-il pas possible?* etc. « L'esprit humain, dit à cette occasion M. de Quatrefages, *a conçu* bien des choses ; est-ce une raison pour les accepter toutes?

Toutes ces hypothèses sans racines dans les faits observés, peuvent-elles convenir à une science qui se dit *positive* ?

## IV

Enfin le système de M. Darwin est philosophiquement absurde. Dans ce système, c'est le plus parfait qui proviendrait du moins parfait, c'est-à-dire l'être du néant.

C'est une cause aveugle, le hasard, qui produit tous les animaux les plus admirables, les organismes les plus parfaits, l'œil, l'oreille, etc.

Du moins les panthéistes placent l'être infiniment fécond à la tête de toute la nature; mais de quel principe universel, capable de renfermer la cause de tous les phénomènes de la nature, M. Darwin déduit-il le monde végétal et le monde animal?

A l'univers il faut une cause; et la magnifique série des êtres vivants a pour principe quelque chose de plus qu'une force aveugle et fatale, un instinct animal, la sélection.

Le système de M. Darwin est philosophiquement aussi absurde que l'athéisme du dix-huitième siècle : il suppose un effet sans cause.

L'homme est séparé des autres animaux par une barrière plus forte que celle de l'espèce : des priviléges éminents, que l'observation peut constater, le séparent de tout le reste de la création et le placent sur le trône royal auquel la Bible l'a élevé.

L'homme seul, entre tous les habitants de la terre, a, comme dit la philosophie, conscience de son *moi*, c'est-à-dire cette conscience de lui-même qui lui permet de se rendre compte de ses sensations, de ses idées et de ses actes : privilége infiniment précieux, qui le rend capable de comparer, de juger, de progresser indéfiniment, de s'assujettir la matière et tous les autres règnes de la création. C'est par la conscience de son *moi*, par la réflexion sur ce qu'il voit, sur ce qu'il sent, qu'il est vraiment le maître de la nature.

Il peut s'élever ainsi, en partant de lui-même et du monde, jusqu'à la cause suprême de tout, jusqu'à la connaissance de Dieu, à la distinction du bien et du mal, aux espérances d'immortalité, à la foi des peines et des récompenses.

On parle de l'intelligence du singe. Cette intelligence ne peut jamais s'élever au delà d'un niveau extrêmement abaissé. L'intelligence du singe imitant tout ce qu'il voit ressemble beaucoup à celle du perroquet qui répète ce qu'il entend : l'un et l'autre n'ont qu'une conscience vague d'eux-mêmes et du monde; ils n'ont que la sensation et l'instinct. Leur progrès est limité et tout individuel; nous savons jusqu'à quel point il est circonscrit. Le singe descendra de l'arbre pour se chauffer au feu qu'auront allumé le sauvage et le colon; mais jamais il n'aura l'intelligence de rapprocher les tisons. On dressera le chimpanzé à manger à table, à conduire les convives à la porte et à les saluer; mais son regard hébété nous montrera qu'il n'a rien compris à son rôle machinal. Il grincera des dents contre celui qu'il salue et mordra celui qu'il embrasse : tant il y a ici de contradiction entre l'action en elle-même et le principe de cette action !

Il y a longtemps que les oiseaux construisent leurs nids, que les fourmis bâtissent et approvisionnent leurs greniers, que le castor construit ses digues et ses cellules : ces animaux industrieux et prévoyants ont-ils fait un seul progrès dans l'art de construire? Non : leur industrie est un besoin physique, un instinct que Dieu a placé en eux. Mais entre cette intelligence endormie, que rien ne peut ni réveiller ni exciter, et l'intelgence progressive de l'homme, il y a un abîme infranchissable.

L'homme seul a la science du bien et du mal; l'homme seul, connaissant le prix et la valeur de ses actes, est un être moral ; lui seul est libre, lui seul est capable de mérite ou de démérite; l'homme seul connaît Dieu et s'élève jusqu'à l'intelligence de son principe.

C'est pour cela, bien plus encore qu'à cause de la barrière de l'espèce placée entre lui et les animaux supérieurs, que l'homme forme un règne dans la nature dont il est véritablement le roi. M. de Quatrefages place à côté du règne minéral, du règne végétal et du règne animal un quatrième règne, le règne humain. L'expression est juste autant qu'elle est honorable pour nous : et pourtant il semblerait que l'observation toute seule des phénomènes sensibles et de la science ait conduit l'honorable membre de l'Institut à cette conclusion.

Félicitons-nous de voir ainsi les progrès de la science confirmer de plus en plus l'anthropologie biblique. La science conduit à la Vérité, la Révélation émane de la Vérité. Ces deux sœurs, il faut l'espérer, dans un avenir qui se prépare, ne se combattront plus, mais sauront, dans cette voie ardue qui mène de la terre à Dieu, du temps à l'éternité, se reconnaître, se respecter et s'aimer.

# CHAPITRE VIII

### Unité de l'espèce humaine.

**SOMMAIRE :**

Historique de la question. — Opinion des anciens peuples. — Lapeyrère au xviie siècle. — Les philosophes au xviiie. — Buffon. — Les Slavistes en Amérique. — Hypothèse des deux récits de deux créations dans la Bible. — Sa réfutation. — Doctrine monogéniste de Linné, Buffon, Cuvier, Quatrefages, etc. — Définition de l'espèce. — Les différences dans la couleur, la taille, la forme, etc., ne sont point suffisantes pour justifier l'hypothèse de la pluralité des espèces humaines. — Inductions tirées des fleurs et des animaux.

## I

Nous avons justifié le titre de roi de la nature que la Bible donne à l'homme.

Séparé des autres groupes du règne animal par la barrière infranchissable de l'espèce, l'homme a été créé à l'image de Dieu : seul de tous les êtres terrestres, il a la pleine conscience de son *moi* ; seul il est doué d'une intelligence progressive, seul il possède la liberté qui constitue un être moral, seul enfin il a l'immense privilége de connaître son Créateur et le bonheur de l'adorer.

Nous avons revendiqué ces magnifiques priviléges pour l'humanité tout entière, et nous l'avons considérée comme formant un tout homogène, une immense tribu dont tous les membres proviennent d'une même souche, en un mot, comme constituant une seule famille, la famille humaine. Avons-nous eu raison dans cette généreuse affirmation? L'humanité constitue-t-elle réellement *une seule espèce ?* Voilà la nouvelle question qu'il s'agit d'examiner.

La question de l'unité de l'espèce n'a été mise à l'étude que dans les temps modernes. Les anciens philosophes et les anciens naturalistes, tels qu'Aristote et Pline, ne possédaient point une connaissance assez approfondie du monde végétal et du monde animal pour poser et résoudre un tel problème. Ils considéraient bien l'humanité comme un grand tout; mais ils ne s'étaient jamais demandé s'il était possible ou non que les races humaines qui couvrent la terre descendissent d'un seul couple. Chaque groupe humain, chaque nation avait ses traditions locales, ses dieux, son histoire et ses légendes : le lien originel qui unit un peuple à un autre peuple leur était parfaitement inconnu. Les nations avaient d'ailleurs la passion de l'indépendance nationale, sauvegarde de leur liberté ; elles se déclaraient autochthones. Aussi croyait-on généralement que la race humaine avait successivement apparu sur plusieurs points de la terre habitable. Le souvenir des premières migrations humaines était perdu : les Pélasges se déclaraient autochthones, les Hélènes autochthones, les Troyens autochthones, etc. Les Romains avaient conquis l'Italie sur les Latins, les Sabins, les Volsques, les Etrusques, populations qui toutes se déclarèrent autochthones ; ils étaient tous fils des Troyens autochthones. En somme, les divers groupes humains ne pensaient avoir de commun entre eux que les facultés constitutives de notre nature.

Le Christianisme, en se répandant de l'Orient en Occident, renversa tous ces murs de séparation derrière lesquels s'abritaient trop souvent des hostilités sanglantes, et l'Église proclama partout le dogme de la grande fraternité du genre humain.

Les conséquences sociales de la fraternité dans Adam et dans Jésus-Christ se réalisèrent dans l'histoire : le droit des gens, le respect de la vie, de la dignité de chacun et les manifestations de charité acquirent une base solide, qui n'a point cessé d'être rappelée depuis par l'Église. La croyance à un premier couple humain unique devint universelle.

Cependant au xviie siècle, une théorie contraire causa quelque scandale. Un gentilhomme protestant, attaché à la maison du prince de Condé, Lapeyrère, émit une opinion fort extraordinaire pour son temps. Elle n'attira, du reste, qu'un moment l'attention. Lapeyrère publia un livre ayant pour titre : *Systema theologicum ex præadamilarum hypothesi*, dans lequel il proposait timidement, mais soutenait en homme convaincu, l'hypothèse d'une espèce humaine antérieure à Adam, les *préadamites*. Cet écrivain s'efforçait de démontrer que l'histoire d'Adam et de tous ses descendants n'est que l'histoire de la race juive, et non celle des hommes en général. Le premier, peut-être, il scinda en deux l'histoire de la création, prétendant y trouver deux récits fort distincts et très-différents. Le premier chapitre de la Genèse contenait, selon lui, l'histoire de la création des Gentils; le deuxième chapitre, à partir du verset 4, exposait l'origine des Juifs. Les Gentils, créés les premiers, au sixième jour de la grande semaine, en même temps que les animaux, formaient un groupe séparé ; ils auraient paru simultanément sur toute la surface de la terre. Ensuite Dieu aurait créé Adam et Ève, les vrais aïeux des Juifs et des Juifs seuls.

Cette opinion soutenue par des argumens tirés de l'Écriture sainte, fut aisément combattue avec les mêmes armes, et il ne fut pas difficile de convaincre Lapeyrère qu'il interprétait fort mal la Bible. Son hypothèse, après avoir, un moment, produit l'étonnement, tomba devant le premier examen. Mais elle devait être relevée par les

Slavistes américains au xix⁰ siècle, comme nous allons le voir tout à l'heure.

C'est vraiment au xviii⁰ siècle, que la question de l'unité de l'espèce humaine fut posée sérieusement par les philosophes matérialistes. Quiconque se piquait alors de connaître tant soit peu l'histoire naturelle et les récits des voyageurs, regardait comme une vérité évidente au premier coup d'œil que le nègre et le blanc, le Lapon et le Hottentot, constituaient autant d'espèces différentes.

Voltaire, qui avait réponse à tout, n'était point embarrassé des difficultés qu'on opposait à l'hypothèse des espèces multiples dans l'humanité. Il croyait à l'union féconde des animaux et de l'homme. C'est ainsi qu'il expliquait l'existence des Satyres d'autrefois, êtres que cet esprit à la fois crédule et sceptique ne reléguait pas du tout dans le pays des fables. Des boucs et des singes, disait-il, auront subjugué des filles; des hommes auront embrassé des chèvres, et de ces infâmes amours sont nées les races abaissées de l'humanité.

Les passions antireligieuses avaient donc résolu *brutalement*, on peut le dire, la question dans le sens de la pluralité des espèces humaines, en s'appuyant sur des affirmations fausses, ridicules et vraiment honteuses. Ce fut un grand désappointement pour les encyclopédistes que de rencontrer dans Buffon un partisan de l'unité de l'espèce, d'autant plus que personne ne pouvait contester, non-seulement sa compétence, mais son immense supériorité en cette matière. Buffon, d'ailleurs, n'était point *influencé*, ainsi qu'on s'exprime aujourd'hui, et tout le monde le savait, par des préjugés dogmatiques. Cependant Buffon ne persuada pas les philosophes ; il fut attaqué par eux : on contesta les faits et les observations sur lesquels il appuyait sa doctrine.

De notre temps, la question de l'unité de l'espèce humaine s'est réveillée brusquement en Amérique. Elle a produit une lutte qui, pendant une vingtaine d'années, a été soutenue entre les Etats slavistes et les Etats antislavistes ; lutte de paroles et d'écrits qui, en fin de compte, s'est décidée les armes à la main. Les Etats slavistes adoptèrent en général la théorie de la pluralité des espèces ; ils ont répondu aux raisons morales tirées de la fraternité humaine contre l'esclavage par des théories polygénistes. Celles-ci ont passé jusque dans la diplomatie. En 1844, M. Calhoun, ministre des affaires étrangères aux Etats-Unis, pressé par l'Angleterre, qui s'était mise à la tête des puissances négrophiles, M. Calhoun, à bout d'arguments, se retrancha derrière les travaux de MM. Gliddon et Marton, chefs alors des anthropologistes américains, et invoqua les *différences radicales qui*, selon lui, *séparent les groupes humains.* (De Quatrefages : *Unité de l'espèce humaine.*)

Il est triste de voir des questions de science et de religion résolues par une diplomatie intéressée. Mais telle est l'infirmité humaine, que, dans la balance où se pèsent les questions morales et religieuses, il y a malheureusement trop souvent un intérêt, une ambition égoïstes, un lingot d'or ou une balle de coton, qui font incliner l'un ou l'autre plateau.

On a fait valoir en Amérique deux ordres de considérations pour justifier les doctrines polygénistes, des considérations tirées de la Bible et des raisons tirées des sciences.

En Amérique, on repousse l'autorité directrice et doctrinale de l'Eglise catholique, aussi indispensable pourtant à l'existence d'une société religieuse qu'une autorité gouvernementale quelconque pour une société civile; mais, en revanche, on a donné à la Bible tout ce qu'on refuse à Rome.

Tout, en Amérique, se décide par la Bible. Tout le monde l'invoque avec la confiance parce que, ce juge étant muet, ou du moins ne pouvant défendre ni expliquer lui-même ses sentences, il a le rare avantage de donner raison à tout le monde. Les Slavistes s'appuient sur la Bible, malgré l'évidence de la condamnation qu'elle porte contre eux. Le système de Lapeyrère a été ressuscité. On n'a pas nommé cet utopiste discrédité ; mais on a cherché à rajeunir son système, en l'étayant de raisons philosophiques, historiques, géographiques.

Discutons leurs raisons. D'abord invoquent-ils légitimement la Bible ?

## II

Lapeyrère et ses adhérents supposent deux créations distinctes racontées séparément dans la Genèse. Le premier récit finit au quatrième verset du chapitre II, le second commencerait par ces mots : *Istæ sunt generationes cœli et terræ*.

La supposition de deux récits différents est acceptée aujourd'hui par le grand nombre des exégètes allemands et même anglais. On appuie cette hypothèse de diverses raisons. Dans le premier récit, Dieu est appelé *Elohim*; dans le second, *Jehovah-Elohim*. La production des plantes est attribuée, dans le premier, à la puissance de la parole de Dieu; dans le second, au travail de l'homme et aux pluies. Dans le premier récit, la création des plantes a précédé la création de l'homme ; dans le second, les plantes apparaissent entre la création d'Adam et celle d'Ève, etc.

Ces raisons ne semblent point convaincantes; quelques-unes soutiennent à peine l'examen. Ainsi l'on comprend parfaitement que les plantes, créées au troisième jour, ne se soient régulièrement développées qu'au moment où Dieu les a arrosées des pluies. L'ordre des créations racontées au premier chapitre n'est point contredit, parce que, dans le second la Genèse ne parle des plantes qu'après la création de l'homme : les commentateurs catholiques ont toujours dit que le chapitre II était le développement du premier; et, on en conviendra, il n'est point nécessaire que ce développement corresponde exactement, verset par verset, à l'ordre du premier chapitre. Enfin, si Dieu est appelé *Elohim* au premier chapitre, il est encore appelé *Elohim* au second ; et l'adjonction du mot *Jéhovah*, qui le précède, n'indique point nécessairement un changement de sujet, pas plus qu'un changement d'auteur. N'appelons-nous point Dieu tour à tour le Tout-Puissant, l'Eternel, Elohim, Jéhovah, etc. ? Que penserait-on d'un critique qui, prenant un sermon de Massillon ou de Bossuet, prétendrait trouver le travail de deux auteurs différents dans deux paragraphes où Dieu serait appelé de divers noms ?

Enfin, il se peut absolument que le premier et le deuxième chapitre de la Genèse ne soient pas tous deux intégralement écrits par Moïse ; il se peut que Moïse ait intercalé dans le Pentateuque des documents qu'il avait sous sa main ; il est même à croire qu'il l'a fait : Des commentateurs très-orthodoxes l'admettent pour le chapitre x de la Genèse, où sont exposées les générations des fils de Noé, et pour le chapitre xxxvi, où est également racontée la génération des fils d'Esaü. Moïse cite positivement dans les *Nombres* un passage d'un livre qu'il appelle le *Livre des Guerres* (Nombres, xxi, 14) : La citation d'un document autorise-t-elle à affirmer que Moïse a traité deux sujets différents et parlé de créations successives ?

On voit au chapitre iii de la Genèse, verset 20, qu'Ève est appelée la mère de tous les hommes : *mater cunctorum viventium*. Les générations des enfants d'Adam embrassent les générations de tout le genre humain.

Enfin Noé seul avec sa famille a été sauvé des eaux du déluge : la Bible dit positivement qu'à l'exception de ce juste, tout le genre humain a été détruit. La descendance de Sem, Cham et Japhet, embrasse toutes les nations de la terre.

On a trouvé aussi un argument en faveur de deux créations dans ce fait que Caïn, après avoir tué Abel, bâtit une ville et craignit d'être tué par ceux qui le rencontreraient. D'où venait, dit-on, ceux qui aidèrent Caïn à bâtir sa ville, les artisans, les hommes de tous les métiers que suppose la bâtisse ? Qui pouvait tuer Caïn ? Abel était mort; Seth n'était point encore né. — La Bible ne dit point qu'Adam n'ait eu que les enfants nommés dans la Genèse; au contraire, l'Écriture nous apprend qu'il engendra des fils et des filles : *genuit filios* et *filias*. (Gen., v, 4.) Dieu avait promis à Ève de multiplier ses douleurs et ses enfantements. Caïn n'aurait eu rien à craindre si Abel ne laissait après lui ni frères ni fils intéressés à sa vengeance ?

La tradition des Juifs est constante et n'admet qu'une seule création. Jamais les Juifs n'ont supposé, dans le premier et le second chapitre de la Genèse, les récits de deux créations différentes. Saint Paul est formel à ce sujet : de même qu'il admet la chute du genre humain tout entier par le péché d'Adam, de même il prêche la régénération du genre humain par la mort du Christ. *Sicut per unum hominem peccatum in hunc mundum intravit, et per peccatum mors; et ita in omnes homines mors pertransiit, in quo omnes peccaverunt.* (Rom. v, 12.)

Ainsi la Bible, loin d'offrir des arguments favorables à la pluralité des espèces, établit nettement l'unité de l'espèce humaine.

Voyons maintenant ce que les sciences naturelles nous apprennent sur ces questions. Ce sont Linné, Buffon, Cuvier et leurs disciples illustres qui guideront nos pas dans cette étude.

### III

Quand il s'agit de déterminer à quelle espèce appartient un groupe quelconque d'animaux, on croit l'avoir trouvé lorsqu'on a ramené toutes les variétés et les races à un type unique, d'où le groupe tout entier a pu émaner par voie de génération. D'ordinaire entre les termes les plus éloignés du type règnent des séries graduées et non interrompues, qui les relient intimement et s'opposent à ce qu'on les sépare. Les naturalistes, en définissant l'espèce, se sont tous efforcés de faire entrer dans leurs formules la notion de ressemblance avec celle de filiation. La ressemblance, sans doute, est une condition moins absolue dans les individus composant l'espèce que la filiation. Ainsi le père et la mère ne se ressemblent pas toujours ; les fils et les filles diffèrent beaucoup dans leur jeunesse de leurs parents : le faon se distingue du cerf et de la biche. L'espèce nous paraît exactement définie comme il suit : l'ensemble des individus plus ou moins semblables entre eux qui sont descendus d'une paire primitive unique par une succession ininterrompue de familles. Au sein de l'espèce se forme la variété. Quand la variété devient héréditaire elle constitue la *race*. La race est donc l'ensemble des individus semblables appartenant à une même espèce ayant reçu et transmettant par voie de génération les caractères d'une variété primitive.

Tels sont les rapports qui pour tous les naturalistes règnent entre ces trois termes, *espéces*, *variétés*, *races* et que l'on doit constamment avoir présents à l'esprit dans l'étude des questions qui nous occupent. Il en résulte premièrement que la notion de ressemblance, très-amoindrie dans l'espèce, reprend dans la race une importance absolue.

Faisons l'application de ces principes à l'humanité considérée au point de vue de l'espèce.

Il n'est point d'espèce animale qui présente le caractère de filiation au même degré que l'homme.

D'abord, toutes les races humaines, unies entre elles par le rapprochement des sexes, sont fécondes. La fécondité augmente, au lieu de diminuer, entre races différentes. Voilà donc le grand, le principal caractère de l'espèce commun à toutes les races humaines.

En second lieu, toutes les races humaines peuvent être ramenées à un seul type, à celui de la race caucasienne. La race noire, qui s'en éloigne le plus, s'y rattache par la race malaise ou basanée ; de même la race mongole ou olive est ramenée à la race blanche par la race américaine ou cendrée. Nous touchons ici à l'une des difficultés qu'on a le plus souvent élevées contre l'unité de l'espèce humaine. Le lecteur nous permettra de traiter cette question avec les détails qu'elle comporte. Ici, comme dans le chapitre précédent, nous ferons de larges emprunts à l'excellent travail de M. de Quatrefages.

Voyons comment les noirs se rattachent par

des séries graduées à la race blanche et à la race malaise.

## IV

Nous savons aujourd'hui et nous apprenons tous les jours davantage que tous les nègres ne ressemblent pas aux populations de la Guinée, si longtemps considérées comme représentant la race entière. A peine a-t-on franchi la zone littorale de la côte des esclaves, qu'on découvre des hommes à cheveux laineux, à peau noire, dont le type commence à s'éloigner du Guinéen. Au Congo, sur la côte de Mozambique, nous voyons les populations se rapprocher par degrés de nos populations européennes : les traits sont si ressemblants, que la couleur et le teint peuvent seuls empêcher toute méprise. Là les traits deviennent parfois européens. C'est au type grec que plusieurs groupes de nègres ressemblent. Sur les rives du Zambéze, au cœur de l'Afrique centrale, Livingston a trouvé des populations dont le teint varie du brun à l'olivâtre. Les lèvres épaisses, le nez épaté ne se retrouvent que chez les êtres dégradés. Vers le nord et le midi, les différences s'accentuent davantage. Si l'on traverse l'étroit canal de Mozambique, ou si l'on se rapproche de la Méditerranée, on trouve, par gradations insensibles, les types malais et caucasien. La grande dificulté consiste à déterminer les groupes qui peuvent constituer les diverses races, et la différence prétendue des espèces s'évanouit. Il est bien plus facile encore de faire remonter le type mongol au type américain; et celui-ci se confond aisément avec le type caucasien. Tant il est vrai que les différences entre les divers groupes humains sont des différences de races! Les races animales présentent des différences assurément plus grandes.

Il ne faut point juger des espèces par l'impression du premier coup d'œil.

Ainsi l'enfant, le jeune homme, le vieillard, semblent trois êtres différents. Des enfants blonds et roses se transforment en adultes bruns, à chevelure noire. Quelle différence entre la chenille, la chrysalide et le papillon! Et cependant ce ne sont point ici trois races différentes; c'est un même animal.

La transformation des mêmes individus, et surtout de la même espèce, n'est pas moins frappante en botanique.

Un arbre nain, un ajonc qui perd ses piquants, un rosier qui a changé ses épines en mousse presque soyeuse, une fleur double remplaçant une fleur simple; la *carotte* de nos jardins remplaçant un grêle et mince filet; la *poire*, la *pomme* de nos vergers remplaçant le fruit âpre des forêts, constituent une modification dans presque tous les organes de la plante; et cependant la plante, le fruit restent dans leur espèce.

Parmi les différences qui frappent le plus les yeux entre les races humaines et qui tendraient davantage à les séparer en espèces, se trouvent celles de la couleur, de la taille, de la conformation de la tête.

Eh bien! la peau du blanc et celle du nègre sont composées des mêmes parties, des mêmes couches déposées dans le même ordre. Chez l'un et chez l'autre, ces couches présentent les mêmes éléments, associés ou groupés d'une manière identique. La peau humaine présente invariablement le derme, l'épiderme et le corps muqueux appelé *malpighi*. Ce corps muqueux est blanc lorsqu'il est sécrété; seulement il subit des nuances diverses qui varient, par degrés insensibles, du blanc au noir, par l'action de causes en partie connues. Il n'y a point d'organe particulier au nègre ou au blanc.

Linné disait, en parlant des fleurs : *Nimium ne crede colori*. On peut le dire de la couleur de la peau humaine.

Camper rapporte qu'une jeune femme, dans sa grossesse, devint entièrement noire, noire comme une négresse, à l'exception du cou et de la face.

Le D$^r$ Hammer et Buffon rapportent des exemples très-authentiques de nègres qui sont devenus blancs. Un jeune homme et une jeune fille, vers l'âge de quinze ou seize ans, commencèrent à blanchir, le premier à la suite d'un léger accident, l'autre sans cause connue. Le changement de coloration eut lieu d'une manière progressive. Ce qui restait de noir était si peu de chose, qu'il ressemblait à des *grains de beauté*, à des taches de rousseur. Les villosités, les cheveux participèrent à ce changement et devinrent blancs ou blonds. Les deux individus conservèrent une santé parfaite. Leur peau était rosée, en tout semblable à la nôtre. Ce n'était donc point là le résultat d'une affection cutanée.

Qu'on ne s'y méprenne point, les grains de beauté ne sont que des points colorés et quant à leur nature, ne différant point de la coloration de la peau chez les nègres.

La couleur varie chez les blancs. On sait ce qu'on appelle *masque* chez les femmes enceintes. Qui ne connaît les influences d'un soleil ardent longtemps affronté ?

Il y a des poules dont la chair est noire comme celle du nègre; et il serait facile d'en avoir une race, si cette couleur plaisait sur nos tables. Ces accidents ne sont pas des caractères propres à distinguer des espèces; ce sont des caractères de races.

Le pelage, la coloration des poils, varient à l'infini dans les limites de la même espèce, comme on le voit par les chiens, les bœufs et les oiseaux.

La taille varie moins dans l'homme que chez

les autres animaux. Entre le Patagon et le Boschiman, plus petit que le Lapon, elle ne varie que d'un à trois dixièmes. La limite variable de la taille est trois ou quatre fois moins étendue chez l'homme que chez les animaux.

Il en est de même des diverses parties du corps considérées dans leurs rapports mutuels : elles se conservent dans une proportion beaucoup plus constante parmi les diverses races d'hommes que dans les diverses races d'animaux.

Quant à la différence des têtes osseuses, elle est moins considérable entre les diverses races d'hommes qu'entre le sanglier et le cochon, qu'entre les chiens de la même espèce. Le nègre s'écarte infiniment moins du blanc à cet égard. « Quelque prévenu que l'on puisse être, » dit M. de Quatrefages, « on sera certainement forcé de reconnaître que le squelette de la tête varie, d'une race d'animaux domestiques à l'autre, infiniment plus qu'entre groupes humains. »

On remarque des variations bien plus considérables entre les autres races animales dans les limites d'une même espèce.

Les serins, — introduits en Europe vers le xv$^e$ siècle ; — le canard domestique, issu du canard sauvage (1), ont donné naissance à une foule de

(1) Au temps de Columelle, on était encore obligé de les emprisonner par des filets étendus au-dessus des bassins où on les élevait.

races, sans que personne ait songé à reconnaître dans la différence de ces races les caractères de l'espèce.

Cuvier, Isidore-Geoffroy Saint-Hilaire, et surtout M. Darwin, qui s'est livré à une étude toute particulière des pigeons, ont conclu à une seule espèce; et leur pensée est que le *bizet* a donné naissance à toutes les races.

Un grand amateur de pigeons, John Sebrigt, le plus habile des éleveurs, n'hésite pas à dire : « En trois ans, je puis produire n'importe quel plumage qui m'aura été indiqué; mais il me faut six ans pour façonner une tête et un bec. »

Il n'existe aucun doute ni sur l'unité de l'espèce ni sur l'origine de l'âne : il provient du type sauvage de l'onagre tel qu'il se retrouve encore dans le sud-ouest de l'Asie et dans le nord-est de l'Afrique. L'âne maharatte est de la taille d'un chien de Terre-Neuve; les ânes d'Arabie, considérés comme des montures de luxe, dont le trot égale le galop du cheval; les ânes du Poitou, avec leurs singulières toisons, diffèrent considérablement entre eux : et cependant la souche première et unique n'en est pas douteuse.

Les chevaux viennent tous d'un type unique, le cheval sauvage, tel qu'il existe encore dans l'Asie centrale; et cependant, que de races de chevaux! presque chacun de nos départements a la sienne. Quelle différence entre le cheval de main anglais et notre cheval de trait de Normandie !

Si l'on veut savoir jusqu'à quel point on peut transformer, pétrir et repétrir un organisme, c'est le chien qu'il faut étudier. Chien de garde, de chasse, d'agrément, rien n'a échappé à la transformation; elle s'est étendue jusqu'à l'intelligence et à l'instinct. Placez le chien bichon à côté du chien des Philippines, grand comme notre âne; à côté du lévrier aux jambes si longues et si grêles, qui force le lièvre à la course, mettez le basset à jambes torses, si bien fait pour se glisser dans le terrier; placez à côté du chien turc, presque entièrement nu, le barbet, qui semble porter toison; comparez le bouledogue au griffon, le terre-neuve au chien courant : quelle variété ! Cependant beaucoup de races de chien sont perdues : on ne retrouverait plus probablement, en Saintonge, ces grands lévriers si recherchés pour la chasse aux bêtes fauves, qu'on échangeait contre un cheval de bataille ; les carlins, ces dogues en miniature, ont presque disparu.

Linné, Buffon, les deux Cuvier, Isidore-Geoffroy Saint-Hilaire, font descendre toutes ces races de chiens d'une même souche, et montrent comment les races, par des gradations insensibles, se relient toutes à un type primordial unique. M. de Quatrefages fait descendre toutes les races de chiens du chacal.

L'étude de toutes les races conduit à l'unité d'origine, à l'unité d'espèce.

Le sanglier est la souche de la race porcine; et cependant comme les formes, les habitudes, le pelage ont varié!

Chose remarquable et qui fait de l'espèce un cercle infranchissable : si perfectionnée, si modifiée que soit la race domestique des porcs, rendue à la liberté, elle se rapproche rapidement du type sauvage et premier. Ainsi nos cochons importés en Amérique et redevenus sauvages, sont presque redevenus des sangliers : la partie supérieure de la tête s'est élargie, les oreilles se sont redressées, et les défenses se sont allongées.

Aujourd'hui l'on peut dire que l'homme pétrit et façonne certains êtres vivants comme la matière morte : d'un type donné, il tire à peu près tout ce qu'il veut; il rompt à son gré l'équilibre naturel des organismes; il fait des animaux tout graisse comme le porc de Leicester, tout os, tout muscles comme le cheval anglais, tout chair et tout graisse comme le bœuf Durham.

Toutes ces transformations sont dues à la nourriture, aux milieux, à la sélection artificielle.

L'homme présenterait le même phénomène de variabilité sous le rapport de la couleur, de la forme, de l'intelligence, s'il ne se défendait mieux que les animaux contre l'action des milieux et s'il ne repoussait pour lui-même la pratique de sélection.

Le nègre, en Amérique, se modifie : l'enfant créole est plus intelligent ; l'angle facial devient moins aigu, les pommettes sont moins saillantes, la couleur passe du blanc au gris.

D'autre part, l'Anglais s'est modifié en Amérique : il a perdu la couleur rosée de ses joues ; sa tête s'allonge, son caractère et ses goûts se rapprochent de ceux du Huron et de l'Iroquois.

Enfin, sans que l'homme puisse en expliquer aucunement la cause, il y a dans la nature des apparitions subites et brusques qui apportent dans toute l'espèce vivante, végétale ou animale, des changements frappants de forme et, à quelques égards, d'organisation, changements de nature à donner naissance à des races nouvelles.

On sait ce qui est arrivé deux fois pour les moutons depuis la fin du dernier siècle. En 1791, naquit subitement dans le Massachussets, en Amérique, le père de la race des *Ancons*. Un bélier vint au monde avec les jambes courtes et tordues, à la manière de nos chiens bassets. Le propriétaire remarquant que cette singularité de conformation corrigerait heureusement les habitudes du mouton, difficile à parquer, sauteur par nature, chercha à reproduire ce bélier en l'unissant à une petite brebis. Le bélier eut des petits qui lui ressemblaient ; ceux-ci, unis entre eux, ont donné naissance à une race appelée race des *Ancons*, et qui est fort nombreuse en Amérique.

On connaît parfaitement aussi l'origine de la race des *Mauchamps*.

En 1828, M. Graux, de Rambouillet, remarqua un petit mouton à laine haute, droite et soyeuse. Il parvint à le reproduire; et ce mouton, qui apparut subitement au milieu d'un troupeau fort différent, a donné naissance à une race dite mouton de *Mauchamps*.

De tous ces faits, il résulte que les différences des races humaines sont beaucoup moins caractérisées que les différences qui existent entre les races animales d'une même espèce. Si le naturaliste ne se croit point autorisé à multiplier les espèces des animaux à cause des différences constatées entre leurs races, sur quelle base s'appuierait-on pour distinguer plusieurs espèces humaines?

# CHAPITRE IX

Unité de l'espèce humaine (suite). — Différences intellectuelles entre les races humaines.

### SOMMAIRE :

Importance capitale, au point de vue de la dogmatique chrétienne, de la réfutation de l'erreur qui nie l'unité de l'espèce humaine. — Résumé des vérités acquises au débat et nouvelles confirmations. — Les différences intellectuelles et morales qu'offrent les races humaines suffisent-elles à prouver la pluralité d'espèces ? — Etat intellectuel et moral de la race chamique d'après les voyageurs les plus récents. — On n'en peut conclure la pluralité de l'espèce humaine. — Témoignages de M. Flourens et des missionnaires. — L'éducation et la religion suffisent pour la relever de l'avilissement où elle est tombée.

---

I

Nous avons commencé à exposer d'après les maîtres de la science, d'après les Buffon, les Cuvier, les Tiedmann, les Blumenbach et leurs illustres disciples, les raisons qui militent en faveur de l'unité de l'espèce humaine. Nous allons continuer de traiter cet important sujet.

En introduisant dans la discussion les témoignages des voyageurs et en développant nos arguments à l'aide des progrès de l'observation, nous ne croyons rien faire de trop dans une question aussi grave. L'unité de l'espèce humaine est un des faits bibliques qui importent le plus. Il serait bien difficile de concevoir le Christianisme sans ce dogme, puisque la transmission du péché originel à tous les hommes ne s'explique que par leur commune descendance d'Adam, et que la rédemption suppose la chute. Toute l'économie de la théologie repose sur la certitude de l'unité de l'espèce humaine. Pour être chrétien, il faut tenir pour vrai que l'homme innocent et fortuné de l'Éden est tombé par sa faute de sa haute position de gloire première; que le genre humain, par le fait de sa descendance d'un père coupable et disgracié, a été constitué dans un état d'inimitié avec Dieu, et enfin que Jésus-Christ est venu relever l'homme ainsi déchu et le réconcilier avec le Ciel. Voilà en effet le Christianisme.

Une telle doctrine suppose nécessairement l'unité de l'espèce humaine et la solidarité de tous les hommes. Comment concevoir le péché originel, si les hommes ont été créés par groupes séparés et en plusieurs lieux à la fois? Supposez Adam et sa famille créés et vivant en Asie, et les noirs créés et vivant en Afrique : comment la faute d'Adam pourra-t-elle affecter la race nègre, qui, dans cette hypothèse, n'aurait contracté à aucune époque de son existence, ni par hérédité ni par complicité, une solidarité quelconque avec les prévarications de l'Éden? Il nous est déjà difficile de comprendre comment le péché d'Adam a rejailli sur toute sa postérité; combien serait-il plus difficile encore de concevoir que la faute d'Adam affecterait des hommes qui ne seraient point descendus de cette souche viciée?

Le dogme de la Rédemption, tel que l'Église l'enseigne, ne se comprendrait pas davantage. Le Christ n'aurait point pris la nature humaine tout entière, il ne se serait uni par le sang qu'à une fraction du genre humain. En un mot, la chute de l'homme par un seul et sa rédemption par un seul, comme parle saint Paul, cesserait d'être une vérité, et l'économie divine du Christianisme serait irremédiablement bouleversée.

On ne saurait donc trop insister sur la réfutatation des objections produites contre le fait de l'unité de l'espèce humaine, ni démontrer trop clairement que les progrès des sciences, loin d'infirmer cette vérité capitale, témoignent pour elle. L'unité de l'espèce humaine est une question commune à la science et à la théologie : ces deux sœurs doivent ici combattre les mêmes préjugés et triompher ensemble.

Il est des hommes qui ne voudraient pas que la théologie vînt se poser sur le terrain de la science. La science, disent-ils, est un fait; la religion est un sentiment. L'une a pour base l'observation et pour instrument le raisonnement; l'autre parle au cœur et ne doit invoquer que la foi. — La religion, sans doute, est un sentiment de l'ordre le plus élevé, un sentiment délicieux et profond; mais ce sentiment repose sur des faits, la foi suppose des motifs de crédibilité, elle est raisonnable : *rationabile obsequium vestrum*, dit l'apôtre saint Paul. (Rom. xii, 1.) La religion n'est point la poésie vague d'une âme qui, pour échapper au matérialisme vulgaire de la vie, s'élève vers le ciel uniquement par le besoin d'une nature sensible et délicate. Assurément, la religion chrétienne satisfait le cœur et devient pour lui une source inépuisable de consolations; mais cette source bienfaisante découle du dogme, comme les eaux thermales sortent des profondeurs d'un sol généreux où elles puisent à la fois leur chaleur et leurs vertus salutaires. Sans les dogmes précis et les faits authentiques qui sont l'objet de notre foi, le Christianisme ne pourrait ni se conserver ni se soutenir : ce serait un autel violemment arraché de sa base, gisant sur le sol, et désormais sans prêtres, sans victimes, sans but comme sans honneur.

## II

Pour ne pas insister davantage sur de fausses conceptions n'intéressant qu'indirectement la question présente, rappelons les faits acquis à la discussion dans le chapitre précédent, et corroborons-les par quelques observations qui trouvent ici une place naturelle.

1° Toutes les races humaines présentent ensemble le grand caractère de l'espèce; elles sont indéfiniment et facilement fécondes dans leur rapprochement par l'union des sexes. Point de phénomènes d'hybridation; métissage toujours facile.

2° Toutes les races humaines sont reliées entre elles par des séries graduées et non interrompues, qui permettent de passer de l'une à l'autre et empêchent qu'on ne les sépare. Toutes les races humaines peuvent être ramenées à la race caucasienne : la race noire s'y rattache par la race brune ou malaise; la race mongole ou olive s'y rattache à son tour par la race américaine ou cuivrée.

3° Enfin, la différence de couleur et la variation dans les proportions des membres, et en particulier dans la conformation du crâne, sont des caractères qui distinguent les races, mais qui ne constituent point des espèces.

Les théories polygénistes tendaient au commencement de ce siècle et à la fin du xviiie à diminuer la capacité du crâne du nègre et à comparer sa tête à celle de l'orang-outang, cherchant à faire du singe le congénère de l'homme. Mais, dès cette époque, Daubenton et Blumenbach firent remarquer que la tête du sanglier comparée à celle du cochon domestique variait plus que celle du blanc rapprochée de celle du nègre. Pritchard fit les mêmes observations à l'égard des chiens de diverses races. Tiedmann, après eux, montre que presque toujours le poids du cerveau du nègre égalait celui de l'Européen ; et il est aujourd'hui prouvé, d'après les observations de Reichart, de Huschke et de Pruner Bey que le cerveau du nègre adulte présente des rapports très-remarquables avec le cerveau de l'enfant blanc. Enfin M. Gratiolet, en étudiant les plis du cerveau, a établi qu'ils différaient de ceux des singes en ce qu'ils se développaient dans un sens inverse et qu'au contraire leur accroissement était identique dans tous les groupes humains.

Sous tous les rapports, il y a plus de différences entre les races animales, dans les limites d'une seule espèce, qu'entre les diverses races humaines.

Pour expliquer la formation des différences entre les races animales descendues primitivement du même couple, on a eu recours à diverses causes.

Les principales, celles du moins qui nous sont le mieux connues, sont : l'action des milieux, le froid, la chaleur, le climat, les habitudes de la vie, les croisements, la sélection, etc. Les différences des races humaines s'expliquent en partie par des causes semblables.

L'hérédité et les actions des milieux produisent des modifications progressives et lentes qui à la longue, après un certain nombre de générations, mettent l'être vivant en harmonie avec le groupe de son espèce, au sein duquel il a été transporté. M. Théodore de Pavie a constaté (*Revue des Deux Mondes*, 15 déc. 1850) qu'un long séjour en Amérique a fait perdre au créole canadien sa carnation. Son teint est devenu gris foncé; ses cheveux tombent à plat comme ceux de l'Indien ; on ne reconnaît plus en lui le type européen, et moins encore le type gaulois. Il s'est créé dans nos Antilles une race dérivée des Français, comme, en Amérique, la race des Yankees a dérivé de la race anglaise. On observe entre la race souche et la race dérivée une différence sensible non-seulement dans les traits, mais encore dans le caractère. « A part la civilisation européenne qui a suivi les Américains modernes et les Anglais dont ils descendent, on retrouve déjà, dit l'abbé Brasseur, chez les uns, avec l'angle facial, la fierté, l'esprit de ruse de l'Iroquois, chez les autres, avec l'extérieur, la rudesse, la franchise et l'indépendance de l'Illinois et du Cherokee. » « A ces emprunts Smith et Carpenter ajoutent l'allongement du cou; Edwards, l'augmentation de la taille. M. Cunningham signale enfin, dès la première génération, la modification du caractère anglais chez le colon australien. Et, cependant, la race anglo-saxonne n'est fixée aux États-Unis que depuis deux siècles et demi : que sera-ce quand elle aura subi pendant quarante ou cinquante siècles la double action du milieu et de l'hérédité ? »

Mais en dehors de leur action se révèlent des phénomènes d'un autre ordre, qui créent subitement des races nouvelles et montrent l'action supérieure de lois que nous ne connaissons pas : tel a été le fait de la naissance du mouton de Rambouillet, père de la race Mauchamps.

On pourrait assurément citer des faits de ce genre à l'égard de l'espèce humaine. Ils seraient même nombreux si les pères et les mères d'enfants extraordinairement conformés ne s'efforçaient de cacher ou de corriger ce qu'ils taxent de difformité.

Deux faits racontés par M. de Quatrefages montrent comment les races humaines ont pu se multiplier ou modifier les races existantes, en dehors de toute prévision humaine.

Edwards Lambert, Américain, justifiait l'appellation qui lui fut donnée : *l'homme porc-épic.* Il avait une carapace brune, épaisse d'un pouce, qui tombait tous les ans. Il eut six enfants, qui tous avaient la carapace. Cinq moururent, le survivant se maria et eut deux garçons à carapace. — La race d'hommes à carapace était en voie de formation.

On aurait depuis longtemps, si on l'eût voulu,

des races sexdigitaires. L'aïeule de Colburn, le célèbre calculateur, avait six doigts à chaque main et à chaque pied ; elle se maria, et eut trois enfants présentant le même phénomène.

Frédéric-Guillaume et Frédéric II avaient entrepris de créer une génération de géants pour leur garde : ils y avaient presque réussi, et l'on trouve encore aux environs de Postdam quelques rejetons de ces hommes extraordinaires. On se rappelle aussi la taille énorme des gardes du corps dont aimaient à s'entourer le Grand-Électeur et le duc de Deux-Ponts.

Quoi qu'il en soit des géants, les naturalistes conviennent qu'Edwards Lambert et l'aïeule de Colburn eussent pu chacun donner naissance à une race.

Que n'auraient pas dit les polygénésistes et les encyclopédistes du dix-huitième siècle, s'ils avaient découvert sur quelques points du globe une race d'hommes à carapace ou sexdigitaires !

Concluons, avec M. de Quatrefages, que, tout impossible qu'il soit pour nous d'expliquer historiquement, faute de documents, l'origine des races humaines, les observations, faites au point de vue physiologique et expérimental, permettent de croire à la dérivation de toutes les races d'un seul couple : cette dérivation est physiologiquement possible.

## III

Les différences qui distinguent les divers groupes humains ne sont pas seulement physiologiques et corporelles; il en existe de plus profondes, qui atteignent les facultés spirituelles et qui se traduisent par l'abaissement moral et intellectuel.

Ces différences intellectuelles et morales constituent-elles des différences d'espèces ? En second lieu, sont-elles explicables pour le monogéniste ? Voilà ce que nous nous proposons d'examiner avec attention.

M. Flourens ramène à trois grandes races les cinq que l'on distingue communément. La race malaise, dit-il, n'est pas une race distincte et proprement dite ; c'est une race mélangée. La race américaine, à son tour, ne présente point de caractères suffisamment définis ; et c'est l'Asie orientale qui a fourni la population américaine. M. Flourens réduit donc les races humaines à trois : la race d'Europe, la race d'Afrique et la race d'Asie. Cette division correspond précisément à la division biblique, qui place à la tête des groupes humains Sem, Cham et Japhet. Nous nous conformerons à cette division pour la discussion dans laquelle nous allons entrer, nous bornant toutefois, parce que cela suffit à l'examen de l'état intellectuel et moral des nègres et des Australiens.

Il nous faut d'abord établir l'état moral de la race chamique. En résumant ou même en reproduisant les données fournies par M. de Quatrefages, nous sommes assurés de ne citer que des faits parfaitement authentiques.

Jamais l'ethnologue et le géographe n'ont possédé d'observations aussi étendues et aussi certaines que celles que nous avons aujourd'hui.

Les anciens ne connaissaient guère de l'Afrique que le littoral de la Méditerranée et la riche vallée du Nil. Hérodote et Strabon n'ont que des notions très-vagues et en partie fausses sur le reste de l'Afrique. Nos navigateurs jusqu'à ce siècle n'avaient exploré que le pourtour de ce continent, et les voyageurs ne s'étaient guère éloignés des côtes.

Aujourd'hui l'Afrique est pour nous comme un pays nouvellement découvert.

L'expédition de MM. Deuham, Clapperton et Oudeney (1822-1824), donna pour la première fois une idée générale de l'Afrique du Nord. Richard et John Lander descendirent le Niger et explorèrent la plus grande partie de son cours inférieur. Mais c'est l'expédition de 1850 qui, grâce aux relations de Barth et Vogel, a complété ce premier aperçu, en nous faisant connaître le Désert et le Soudan, et les populations diverses qui les occupent. C'est vers la fin de 1849 que Richardson pénétrait dans les profondeurs de l'Afrique centrale, en compagnie des docteurs Barth et Owerweg. Ce dernier succomba le premier ; Richardson, ensuite ; et le docteur Barth resta seul chargé de l'expédition. Plus tard on lui adjoignit Edward Vogel, désigné au choix de la Société géographique de Londres par de hautes considérations. Ce jeune homme fut mis à mort au mois de mai 1856 par ordre du sultan du Oûaday, le sort du docteur Barth fut longtemps incertain et inspira les plus vives inquiétudes ; mais enfin il put revenir à Londres, les mains pleines des plus précieux documents. Dans ce nécrologe de la science il faut aussi inscrire Moritz de Beurmann, assassiné selon toute apparence en suivant l'itinéraire de l'infortuné Vogel. Honneur à ces vaillants pionniers de la science géographique et ethnologique, qui ont presque tous payé de leur vie les connaissances qu'ils nous ont léguées !

Les anciens ne connaissaient que la zone cultivable qui borde la Méditerranée, décrite par Hérodote il y a deux mille trois cents ans.

En partant de Tripoli, on arrive au désert de Sahara : c'est un plateau incliné du côté de la mer et parsemé d'oasis. Après l'avoir traversé, l'on arrive au Soudan (Ham, Kousch, Nigritie).

Le Soudan, vu dans son ensemble, ne renferme que deux grands États : le Bornou, dont le lac de Tchad est le centre, et le Haousa à l'est.

Voici ce que M. Barth dit du Haousa :

« Ici nous dîmes adieu au Haousa, à son riche et beau pays, à son industrieuse et gaie population. Les habitants ont les traits agréables, réguliers, et des formes tout à fait gracieuses. »

Le Bornou est plus triste. Les femmes sont les plus laides de la Nigritie ; mais, par leur coquetterie, elles ne le cèdent en rien aux femmes du Haousa ; leur front est très-développé.

Le commerce est peu étendu, mais la valeur des objets est exactement notée : chaque objet vaut un certain nombre de *cauris* (petit coquillage nacré) ou une longueur convenue d'étoffe.

Le Soudan a eu ses périodes de révolutions, de conquêtes et, dans une certaine mesure, de grandeur politique. De véritables empires s'y sont formés (1).

Jusqu'ici le tableau n'a rien de bien sombre ni d'inquiétant pour la cause que nous défendons. Mais, puisqu'il n'entre pas dans notre plan de décrire chacun des peuples de l'Afrique, arrivons tout de suite au portrait du nègre en général, tracé par les explorateurs. Les couleurs vont singulièrement se rembrunir.

« Chez les nègres, » a écrit Richardson, « l'être pensant existe à peine ; c'est à la fois l'enfant et la brute : l'enfant, avec la mobilité naïve de ses désirs et de ses volontés ; la brute, avec l'impé-

(1) Voir le *Mémoire sur le Soudan* (1855) de M. d'Escayrac ; — *le Désert et le Soudan*, par le même.

tuosité de ses grossiers appétits. Pourvu qu'il ait à sa portée de quoi les satisfaire, et, comme la bête repue, qu'il puisse ensuite s'étendre à l'ombre dans une inaction complète, le nègre s'estime l'être le plus heureux de la création. La réflexion, la prévoyance, avec les soucis qu'elles éveillent, mais aussi avec ceux qu'elles préviennent ou détournent, lui sont à peu près inconnues. Comme pour l'enfant et l'oiseau, le moment présent est tout pour lui. S'il est étranger aux passions ambitieuses, qui sont le fruit de la civilisation, en revanche, il en est deux qui le possèdent tout entier : l'amour physique et la paresse. Rien n'égale la sobriété du nègre, sinon sa gloutonnerie. Pas un peuple nègre n'a dépassé les premières ébauches de la vie civilisée. Il n'a ni énergie, ni volonté.

« Cultiver la terre se borne pour le nègre à brûler sur pied le chaume de l'année précédente, ou à mettre le feu aux arbres sur un nouveau champ. On jette les semailles, et la nature fait le reste ; quand le grain est mûr, on le coupe et on le dépose sous de petits abris de nattes, où l'on va puiser au fur et à mesure de ses besoins. On mène le bétail à l'herbe et à l'eau : là se bornent les soins des nègres. Deux ou trois calebasses, de la forme de nos concombres, leur fournissent les ustensiles de leur ménage. En les séparant dans leur longueur, on fait des cuillers. Ces calebasses, suspendues dans la hutte, en sont le seul ornement. Une hache, une pioche très-grossière, complètent l'ameublement. Quant aux huttes, elles sont d'une construction tout à fait primitive : quelques poteaux, de la terre détrempée, et, pour couverture, de grandes herbes ou des nattes, tels sont les matériaux ordinaires. Ces enfants de la terre africaine mènent ainsi une vie dont la simplicité ne s'élève pas au-dessus de l'existence de purs sauvages, si ce n'est qu'elle a moins de labeur; mais, pour eux, cette vie sans travail, c'est le bonheur ! »

Voici maintenant ce qu'est pour le nègre la vie sociale :

« Dans le Soudan, le lien le plus apparent et le plus simple entre les hommes, les routes et les chemins, n'existe pas. On ne trouve pas dans le Soudan une seule de ces grandes voies publiques qui attestent une communication habituelle entre les diverses parties d'un vaste pays, et qui sont une des échelles les plus sûres auxquelles se mesure la civilisation d'un peuple. Même dans les centres les plus populeux, il n'existe de ville en ville que des sentiers à peine reconnaissables à travers les grandes herbes et les djongles. La trace que se créent le lion et l'éléphant à travers les forêts est tout aussi apparente et souvent plus laborieuse que celle que l'homme s'est ménagée ici au milieu des campagnes.

« Leurs villes ne peuvent se comparer à nos plus chétives bourgades. Des murailles en terre enferment quelquefois un grand espace, mais n'enveloppent que de misérables cabanes, semées au hasard dans cette enceinte. Les huttes sont *recouvertes* d'une *couverture* en forme de chapeau chinois, soutenu intérieurement par une perche. Les parois de la hutte sont en terre. Pour couche le nègre a la terre unie, pour meubles quelques peaux d'animaux sauvages (1). »

La polygamie est en Afrique à l'état permanent. Quand un nègre a une vache, un mouton ou quelques *cauris*, il peut, sans crainte de refus, aller trouver un chef de famille et lui acheter sa fille.

Chez plusieurs peuplades existe le cannibalisme. Les hommes mangent la poitrine de la malheureuse victime humaine, et les femmes la tête, comme la partie la moins bonne.

Enfin, non-seulement les nègres se mangent entre eux, mais ils se chassent comme les animaux des forêts. Ils sont eux-mêmes leurs plus grands ennemis ; ils s'attaquent mutuellement, et les noirs du Nord font la chasse aux noirs du Midi. Barth et Vogel ont assisté à plusieurs de ces chasses aux nègres et nous en ont dit les horribles détails. Deuham raconte que le cheik Bournoni, pour sceller un traité avec le roi du Mandara,

---

(1) RICHARDSON, *Vie du nègre.*

avait épousé la fille de ce dernier chef : la dot stipulée était le produit d'une expédition combinée dans le pays Kerdi de Mousgou. « Le résultat, dit le narrateur, fut aussi favorable que cette confédération sauvage avait pu l'espérer : trois mille malheureux nègres furent arrachés de leurs contrées natales et voués à un esclavage perpétuel. Le double de ce nombre peut-être fut sacrifié pour obtenir ces trois mille prisonniers ! » Les nègres qui sont ainsi pris sont attachés et vendus le plus souvent aux marchands turcs qui les attendent au delà du Sahara. Ces pauvres victimes tombent d'épuisement et de fatigue, en grand nombre, sur la route du désert.

« Dans les trois premières journées qui ont suivi notre entrée dans le Sahara, » dit un voyageur, « nous n'avons pas rencontré moins de deux cent cinquante cadavres de nègres. La plaine était jonchée de squelettes et d'ossements. Ces tristes débris marquent d'une longue trainée la route tout entière : il n'y a pas de danger qu'on y perde sa voie. »

Tel est le triste et probablement trop véridique tableau de la société nègre. Il fallait le montrer tel qu'il est. Mais qu'est-ce là, sinon un immense malheur auquel il faut s'empresser de remédier ? et faut-il y puiser des arguments contre les malheureuses victimes d'un état social aussi affreux ? Faut-il conclure de là que l'intelligence des nègres est d'une autre nature que la nôtre, et que ces peuples sont incivilisables et constituent une espèce différente des peuples plus fortunés? Examinons cette question.

Leur crâne est-il absolument et nécessairement différent du crâne des Européens?

Leur cerveau serait-il incomplet? manquerait-il quelque chose à cet organe, à cet instrument de la pensée?

## IV

A cette question nous répondons catégoriquement : Non. La forme générale des crânes de tous les groupes humains présente à un haut degré une *fusion de caractères* « qu'on retrouvera, dit M. de Quatrefages, toutes les fois qu'il sera possible de prendre des mesures précises. » M. Pruner-Bey montre fort bien que les *résultats de la Craniométrie* présentent presque les extrêmes de la brachycéphalie et de la dolichocéphalie même dans notre Europe, et au sein de la même race. « On ne peut, conclut M. de Quatrefages, attribuer à l'indice céphalique qu'une valeur de *caractère de race* et nullement celle d'*un caractère d'espèce*. Au reste il paraît bien prouvé à l'Académie des sciences de Paris que le plus ou le moins d'allongement de la tête ne décide absolument rien quant à l'intelligence. (Voir le *Rapport sur le progrès de l'Anthropologie*, 1868.) Enfin Gratiolet pense que le développement du crâne est, jusqu'à un certain point, indépendant de celui du cerveau. (*Ibid.*, p. 304.) Quoi qu'il en soit, la forme naturelle du crâne n'a chez l'homme qu'une valeur de race. Bien des peuples l'altèrent volontairement. Sans aller bien loin, en France, la tête toulonaise est allongée et le haut du front fuyant, et cette forme est regardée par tous les physiologistes comme tenant à l'usage du bandeau très-serré que les matrones du pays appliquent sur le crâne du nouveau-né.

Un mot sur l'angle facial dont on s'est tant occupé au commencement de ce siècle. Au point de vue descriptif et comme donnant avec précision les caractères distinctifs des races, la mesure de l'angle facial est significative. Mais il ne faut pas lui demander autre chose, ni « attribuer aux chiffres plus ou moins différents, donnés par ces mensurations, une signification plus élevée. » (*Rapport sur les progrès de l'Anthropologie*, p. 314.) Une supériorité angulaire n'est pas toujours le signe d'une intelligence supérieure, ni une grosse tête l'indice nécessaire d'un grand génie. On peut en dire autant du volume du cerveau lui-même.

M. Flourens, résumant devant l'Académie des sciences les conclusions auxquelles étaient arrivés Tiedman et Blumenbach, les confirme de sa propre expérience.

« Les hommes, » dit-il (1), « de quelque race qu'ils soient, blancs, noirs, jaunes ou rouges, ont tous, à de très-petites différences près et qui ne sont qu'individuelles, la même capacité cranienne.

« Le cerveau ne présente non plus aucune différence, absolument aucune, entre celui de l'homme blanc et celui de l'homme noir : le cerveau du noir, au contraire, diffère de celui de l'orang-outang en tout, par son volume et par les lobes ou hémisphères cérébraux ; la partie où siége la pensée est dominante et caractéristique du cerveau du nègre.

« Dans le domaine pur de la psychologie, on peut bien marquer la limite précise qui sépare l'instinct de l'intelligence ; mais d'homme à homme, de race à race, ce ne sont plus que des degrés, des variétés, des nuances, que l'éducation fait disparaitre. L'unité de l'intelligence est la dernière et définitive preuve de l'unité humaine. »

Les facultés intellectuelles et morales seraient-elles essentiellement différentes des nôtres et d'une nature réellement inférieure ?

Invoquons le témoignage des hommes qui ont vécu de la vie des noirs, et qui, dans l'espoir de leur être utiles, n'ont pas hésité à partager leurs misères ; nous voulons dire les missionnaires.

---

(1) *Éloge de Tiedman.*

## V

La plupart des voyageurs, occupés du matin jusqu'au soir à interroger la faune ou la flore de ces contrées inconnues, n'ont pas le temps d'étudier l'esprit et le cœur des nègres, même du nègre qu'ils emploient comme guide. En effet, les missionnaires nous disent que la pitié des Européens pour la pauvreté du noir le blesse; leur curiosité lui paraît suspecte. Il ne s'ouvre bien qu'à celui qui devient le commensal de sa famille, qui sympathise avec elle, qui sourit aux enfants, s'endort sous le même toit, s'intéresse à tous les habitants de la hutte : alors les communications deviennent faciles, et l'Africain ouvre son cœur et son intelligence.

Parce que ses habitudes sont grossières, ses mœurs sauvages, parce qu'il se frotte le corps avec de mauvaises graisses, il ne donne à personne le droit de le comparer à un singe quelconque.

« Les Hottentots qui résident sur les terres du gouvernement du Cap, » dit Cazalès, « peuvent être regardés comme acquis à la civilisation. Ils rendent de grands services à la population blanche en qualité d'agriculteurs, d'artisans, de domestiques. Il y a des écoles, des catéchismes, des temples. Ils ne parlent presque plus dans la colonie que le hollandais et l'anglais. »

Les *Bouschimens*, encore plus petits, plus chétifs que le Lapon, ce pygmée de la race humaine, ne présentent des traits si hideux que par suite de misère. « Un chef Mochmana leur avait donné des bestiaux et avait réussi à leur faire cultiver la terre. Après deux ou trois générations, cette population se trouva régénérée : elle ne différait en rien, pour la *taille* et les contours musculaires, des Hottentots les mieux constitués. Les Bouschimens parviennent sans peine à apprendre le hollandais. « J'en ai vu, » dit Cazalès, « qui le lisaient et l'écrivaient passablement. »

« La race *cafre* se rapproche beaucoup de la race caucasique, tant par les traits que par la forme du crâne. Il est tel de ces indigènes que son port noble et assuré, la symétrie de ses membres, joints à sa nudité et à la teinte de sa peau, ferait prendre pour une belle statue de bronze descendue de son piédestal (les uns sont basanés et les autres d'un noir foncé). Le Cafre est courageux, hardi, constant. Quand il est blessé, par une balle à la jambe ou au bras, il ramasse quelque brin d'herbe, en fait un tampon qu'il introduit dans la blessure, et, se tournant vers son ennemi, il lui crie : Léouka, *jamais!* (jamais je ne me rendrai). »

Les Cafres convertis montrent beaucoup de persévérance et de dévouement.

« Après avoir séjourné pendant vingt-trois ans

parmi les descendants de Cham, » dit Cazalès, « et avoir cherché à leur faire quelque bien, je suis revenu avec le désir d'être encore utile à une race dont les malheurs ont profondément remué mon âme, et que je crois, en dépit de son avilissement, tout aussi bien douée que la nôtre sous le rapport des facultés du cœur et de l'intelligence. »

Armée du zèle apostolique, soutenue par les aumônes de la *Propagation de la Foi*, la religion catholique a établi sur cette terre infortunée des missions permanentes et créé des oasis au milieu de ce désert moral.

Dans quelques maisons bâties en planches, sous un ciel malsain, quelques prêtres se relayent tout le long de la côte; et, malgré ces conditions ingrates, ils bâtissent des chapelles, ouvrent des écoles, forment des forgerons, des tailleurs, des tisserands, des jardiniers; ils empêchent les sacrifices humains, bannissent la polygamie; et, bien loin de désespérer d'un pays où ils s'éteignent par l'effet des privations et des fièvres, ils nous répètent que la race noire est très-civilisable, qu'on peut la relever et la transformer. — Il est vrai que quelquefois le succès est difficile, et que le missionnaire meurt trop souvent avant d'avoir fait le bien qu'il a rêvé. Nos premières missions catholiques n'ont pas été heureuses : le vénérable abbé Liebermann, interrogé sur l'état du premier établissement de ses missionnaires en Afrique, répondait humblement : « Jusqu'ici nous ne pouvons qu'une chose : *mourir!* » Soixante-quinze missionnaires se sont succédé sans interruption en Afrique : vingt sont morts ; mais d'autres ont repris leur place, et aujourd'hui la Propagation compte en Afrique des établissements florissants. L'entreprise des missionnaires est pleine d'avenir. Le vénérable supérieur d'un établissement de Frères, consulté sur les progrès de l'enseignement des nègres, répondait qu'il était très-satisfait ; que les petits nègres sont aussi intelligents que les petits blancs, et qu'en somme les nègres sont moins noirs qu'on les fait.

Le docteur Livingston a rendu le même témoignage en faveur du nègre. « Quelque dégradées, » dit-il, « que soient ces populations, il n'est pas besoin de les entretenir de l'existence de Dieu, ni de leur parler de la vie future ; ces deux vérités sont universellement reconnues en Afrique. » Il suffirait, selon lui, de quelques établissements européens bien entendus pour faire rayonner la civilisation sur tout le vaste continent de la Nigritie.

Que ces pauvres nègres, auxquels la civilisation n'a souvent offert que le spectacle de ses vices et de sa cupidité, soient évangélisés, et leurs mœurs s'adouciront bien vite, et leur intelligence s'ouvrira aux leçons du Christianisme. Qu'on

envoie auprès d'eux des hommes de Dieu comme l'abbé Liebermann, celui qui écrivait cette lettre touchante au roi de Dakar : « Jésus-Christ, Fils
« de Dieu, Dieu des Chrétiens, Dieu de tout l'uni-
« vers, aime tous les hommes également : noirs
« comme blancs, tous sont ses frères bien-aimés.
« Je suis serviteur de Jésus-Christ. Il veut que
« j'aime tous les hommes comme il les aime;
« mais il m'inspire un amour beaucoup plus vif et
« plus tendre pour ses chers frères les hommes
« noirs, parce qu'ils sont plus malheureux. »

« Oh! que je puisse avoir l'honneur, » s'écriait Livingston, « de faire un peu de bien à cette pauvre Afrique si dégradée, si opprimée !... J'espère vivre assez pour voir la double influence de l'esprit du Christianisme et du commerce tarir la source amère de la misère africaine. »

Il nous paraît non-seulement plus généreux, mais plus équitable, de penser ainsi du nègre, de nourrir ces espérances, que de douter de ses aptitudes intellectuelles et que de travailler à rabaisser encore dans l'estime publique les groupes les moins favorisés parmi les populations humaines.

Les polygénistes, les slavistes, en un mot les ennemis des noirs ont accusé les missionnaires d'être trop bienveillants pour les pauvres nègres. C'est assurément un reproche fort honorable pour ceux à qui on l'adresse. Il en est tant pour qui le malheur, la pauvreté et le cortége de toutes les misères est un spectacle repoussant, qu'en vérité il faudrait bénir la partialité qui s'attacherait à l'infortune. Mais la commisération des missionnaires ne va point jusqu'à trahir la simple vérité. Ceux qui s'écartent du vrai, ce sont les polygénistes, qui ont rapproché aussi près que possible les nègres des animaux eux-mêmes, en supposant faussement des ressemblances, des identités entre certains nègres et les *singes anthropomorphes* : car c'est sous ce nom, peu flatteur pour nous, qu'on a désigné le groupe des singes dont les formes rappellent le plus celles de l'homme. N'ont-ils pas déclaré *incivilisables* les *hommes à museau*, ainsi qu'ils appellent les noirs ? N'ont-ils pas transformé leur paresse en vice irrémédiable et leur immoralité en irrésistibles penchants ?

Les voyageurs du xixe siècle ont fait tomber cette coupable calomnie. On a appris à connaître les divers rameaux de la race nègre, les Fantis, les Aschantis ; on sait que ces populations, comme au Soudan, avaient des villes, des lois, des arts, en un mot une civilisation.

« L'esprit humain est un, » dit encore M. Flourens(1). Malgré ses malheurs, la race d'Afrique a eu des héros en tout genre. M. Blumenbach compte parmi elle les hommes les plus humains,

---

(1) *Éloge de Blumenbach.*

les plus braves; des écrivains, des savants, des poëtes. Il avait une bibliothèque toute composée de livres écrits par les nègres. »

Ces témoignages sont positifs et décident la question. Toutefois, il faut reconnaître que la plupart des produits intellectuels dont parle ici Blumenbach ont pour auteurs des nègres vivant au milieu de notre civilisation. Mais cette circonstance n'infirme point la conclusion que nous tirons des faits eux-mêmes, à savoir qu'il n'y a point de différence essentielle, radicale, entre l'intelligence du nègre et celle du blanc.

On sait que le célèbre nègre Lilette Geoffroy fut nommé, au siècle dernier, correspondant de l'Académie des sciences de Paris. Parce qu'il étudia les sciences mathématiques dans nos livres français, croira-t-on que cela diminue la preuve de son aptitude naturelle pour les mathématiques?

Si l'on voulait des produits intellectuels tout à fait indigènes, apportés du sol de l'Afrique, nous pourrions en fournir.

Cazalès avait remarqué que les nègres Bassoutos déclamaient avec une gesticulation fort animée quand ils étaient réunis, et faisaient des récits qui avaient le privilége de captiver l'attention. Il voulut connaître ces récits; et, à son grand étonnement, il vit que ces récits étaient une véritable poésie. M. Jourdain faisait de la prose sans le savoir; mais les Bassoutos faisaient mieux, et la poésie de la nature se trouvait spontanément sur leurs lèvres incultes. Cazalès a recueilli quelques fragments qu'il a cru dignes d'être traduits en français.

Sans doute, — car il importe de ne rien exagérer, — on ne peut appeler littérature de purs jeux d'esprit, des énigmes parfois puériles ; mais Cazalès observe avec raison que ces essais naïfs dénotent une délicatesse relative de l'esprit. La littérature arabe a eu ses contes ; la littérature hébraïque, ses énigmes, ses proverbes. Les Grecs ne mettaient-ils pas dans la bouche du Sphinx de Thèbes de véritables charades, problèmes populaires à l'aide desquels l'intelligence s'aiguise et se prépare à des œuvres plus viriles ?

On a dit : L'intelligence du nègre a en effet ses éclairs ; mais ses facultés morales sont nulles ; il est paresseux et demeure comme fatalement hostile à la première loi de l'homme, à la loi du travail ; il ne comprend que le fouet et le bâton. La religion elle-même perd devant lui son puissant empire : elle peut en faire un homme superstitieux, jamais un vrai chrétien. Le noir, ajoute-t-on, est essentiellement ingrat : l'Europe l'a affranchi, et il déteste le blanc, qui lui a donné la liberté ; il est sourd à la persuasion, insensible aux bons procédés. A ce portrait du nègre, dit le slaviste, ne reconnaît-on pas une espèce inférieure ?

Ne prêtons point une oreille crédule à ces exagérations intéressées. Il est faux que les aptitudes morales du nègre soient inférieures aux nôtres. Ils ont des défauts dont, hélas! nous ne sommes pas toujours exempts; et si l'ingratitude est commune en Afrique, on peut dire que la reconnaissance est toujours rare, même au milieu des blancs.

Nous avons entre les mains une correspondance touchante d'un homme de bien avec de jeunes négresses achetées trente ou quarante francs chacune, au Caire, à Tunis et à Alexandrie. Les lettres de ces pauvres enfants respirent la reconnaissance la plus tendre. Des Sœurs de charité de notre généreuse France ont eu la pensée de se dévouer pour arracher à l'esclavage et ordinairement à la mort les petites négresses exposées sur les marchés de l'Égypte; elles ont formé des établissements qui, nous l'espérons, iront se multipliant. Quelques années d'une éducation chrétienne et fort simple suffisent à faire pénétrer profondément dans l'âme des enfants l'amour de Dieu, la reconnaissance, l'amour du travail.

Quand on reproche aux nègres la paresse qu'ils montrent pour le travail dans les colonies, il faudrait être juste envers ceux qu'on accuse; et, avant de conclure à des différences radicales d'aptitudes morales, il conviendrait de se demander si les horribles injustices, les indignes traitements dont ils ont été si longtemps les victimes, ne sont pas de nature à éteindre en eux toute bonne volonté, tout amour pour le travail. Comment le nègre peut-il, sinon par force, travailler pour ses oppresseurs? Il arrive entre les mains des blancs le cœur profondément ulcéré des violences et du vol qui l'ont livré à ses maîtres; il est rongé par la mélancolie, plein de regret pour sa patrie.

L'homme a besoin d'être excité au travail par le sentiment du devoir; on substitue à ce sentiment la contrainte et la violence.

L'homme a besoin d'être intéressé à son travail par le bénéfice qu'il en retire; le noir travaille sans espérance de partager n'importe quel profit : qu'il travaille beaucoup ou peu, bien ou mal, la fin de sa journée sera récompensée par le pain noir et le cabanon.

Ces conditions injustes du travail du nègre peuvent-elles le lui faire aimer?

Mais, dit-on, le nègre rendu à la liberté montre encore la même indolence. Nos colonies en sont la preuve.

L'amour du travail est une vertu inspirée par la religion et par l'émulation. L'homme, blanc ou noir, si ces deux grands leviers ne le soulevaient et ne l'excitaient, n'aurait que du dégoût pour les occupations les plus utiles; volontiers il restreindrait sa jouissance afin de diminuer sa peine : il imiterait l'enfant, cet ennemi parfois obstiné de l'application et de l'assujettissement. Cherchons à faire du nègre un homme religieux et un citoyen : alors nous le verrons puiser dans le travail l'élément de son bien-être et de son bonheur, de sa considération et de sa dignité.

Des nègres affranchis, et en grand nombre, ont commencé à aimer le travail : ils l'ont aimé du jour où on ne leur en a pas rendu la condition trop ingrate, du jour où la religion leur a montré la sainteté et la nécessité de cette loi imposée à tout homme vivant en ce monde.

Qu'on ne désespère pas du nègre, qu'on ait envers lui la patience nécessaire dans l'œuvre de toute bonne éducation ; que la civilisation ne soit pas trop dure à son égard ; qu'elle consente à voir en lui un frère, et il prêtera ses bras robustes et le tempérament que la Providence lui a donné pour mener à bonne fin des travaux que le climat rend presque impossibles aux Européens.

Tel État américain, qui accuse le nègre, ne pourrait-il pas être accusé par lui ? L'affranchissement du noir est dans les lois, mais il n'est pas encore dans les mœurs : le blanc, aux États-Unis et dans les colonies, est plein de dédain pour le nègre affranchi ; non-seulement l'Américain refuse de contracter avec lui une union matrimoniale, mais il se croirait déshonoré de l'avoir pour commensal, pour ami ; dans les somptueux et immenses hôtels des États-Unis, le nègre ne peut encore s'asseoir à côté du blanc ; le soupçon d'une goutte de sang noir dans les veines d'un homme suffit pour qu'on l'évite. Trois Américains se trouvaient un jour à table d'hôte avec un jeune homme parfaitement courtois; la conversation était engagée, des politesses étaient échangées... tout à coup l'on aperçoit un cercle noir autour des ongles : un des Américains se lève aussitôt de table et va sommer le maître d'hôtel de faire quitter la table au jeune homme dont l'extraction, on l'avait lu sur ses doigts, n'était pas de la race blanche absolument pure.

Le nègre blessé rend dédain pour dédain; vous lui refusez la fraternité, il refuse le travail : osez-vous bien lui demander de la reconnaissance?

Le nègre nous est utile, presque nécessaire pour nos colonies. Eh bien! n'oublions pas qu'il est le fils du même Dieu que nous, descendant d'Adam et roi comme nous; qu'il a les mêmes facultés, la même âme, le même cœur; que l'unité de l'espèce humaine en fait notre semblable, et l'Évangile notre frère.

## CHAPITRE X

Unité de l'espèce humaine (suite). — Différences intellectuelles et morales chez les Australiens.

SOMMAIRE :

État intellectuel et moral des Australiens. — Il n'y a entre l'Australien et nous de différences essentielles à cet égard que celles de l'éducation et de la religion. — Témoignages de Mitchell, Pickering, etc. — Heureux résultats déjà acquis. — Deux causes expliquant les différences morales et intellectuelles des nègres et des Australiens. — Conclusion : L'unité de l'espèce humaine est une vérité religieuse et sérieusement scientifique.

I

Il est un autre pays, l'Australie, qui porte aussi le poids de préjugés cruels. On trace de son peuple le tableau de la dégradation la plus complète. Pour le physique, c'est au mandrill qu'on a osé le comparer. Le nègre d'Afrique était encore bien traité comparé à l'Australien : lui du moins était le frère de l'orang-outang ; mais l'Australien a été considéré comme celui du mandrill, c'est-à-dire comme le congénère du représentant le plus inférieur du groupe des singes.

Ce qui semble aujourd'hui prouvé, c'est qu'il est le frère du nègre.

On pense que les nègres ont quitté, il y a de longs siècles, la côte orientale de l'Afrique pour s'échelonner d'étapes en étapes le long des grandes presqu'îles de l'Asie jusqu'à l'extrémité de celle de Malacca. Dans l'Indo-Chine, une partie d'entre eux se serait unie à la race jaune, et de ces unions seraient sorties les familles de Siam et de Cochinchine, qui, sous les rapports physique et intellectuel, sont en effet inférieurs aux Tartares et aux Chinois; tandis que d'autres, poursuivant le cours de leurs longues migrations, auraient pénétré par l'archipel malaisien dans l'Australie.

Le séjour des noirs australiens dans la péninsule asiatique est en partie constaté par les données philologiques. Il n'y a qu'une seule langue dans ce vaste continent : il est vrai qu'elle est divisée en d'innombrables dialectes; mais tous, marqués des mêmes caractères, attestent l'ancienne parenté de ces tribus : c'est une langue dite d'agglutination.

Les pauvres indigènes sont disséminés dans tout le continent par familles peu nombreuses, sur le bord des rivières et des bois. Les tribus ne communiquent qu'exceptionnellement entre elles. Leur courage rappelle la férocité des sauvages. Leurs armes sont des casse-têtes, des javelines courtes et longues, dentelées, des espèces de harpons. Ils ne connaissent pas l'arc, usité en Afrique : d'où il faut conclure qu'ils ont quitté il y a longtemps cette contrée. Ils portent des boucliers ovales et ronds. Ils ont des danses cadencées, des représentations mimiques dans lesquelles ils figurent les animaux au milieu desquels ils vivent : ils ne s'y livrent guère que la nuit.

Leur vie est nomade. La pêche et la chasse fournissent presque seules à leur nourriture. La contrée offre peu de végétation : ils n'ont pour aliments que quelques animaux, de rares racines de plantes et des écorces d'arbres. C'est la patrie du kanguroo et d'autres marsupiaux. Le kanguroo est le plus grand animal terrestre de cette partie du globe ; mais il est si sauvage, que les naturels, privés de toute arme de chasse, doivent renoncer à le poursuivre. Il leur reste donc des fourmis, des vers, des lézards, des serpents, des moules et quelques poissons, tout ce qui dans la création révolte nos sens : ils dévorent ces aliments tout crus ou légèrement cuits au feu.

La polygamie est fort répandue parmi eux. Dans certains endroits, la femme est échangée contre des armes ; dans d'autres, elle est enlevée par force. Lorsqu'un naturel a remarqué une femme qu'il veut épouser, il s'avance sournoisement vers elle, et d'un coup de massue il la renverse et l'emporte.

La moralité est à peu près nulle. L'infanticide

est commun parmi eux. La promiscuité y existe dans ce qu'elle a de plus hideux, et les lois les plus simples et les plus ordinaires de la pudeur publique sont inconnues parmi les Australiens.

Les indigènes de l'Australie sont anthropophages; mais le cannibalisme n'est pas chez eux un moyen régulier d'alimentation. Pour se livrer à cette abominable pratique, ils se cachent; et, quand on les interroge, ils nient qu'ils se nourrissent même quelquefois de chair humaine. Il est évident que l'anthropophagie ne leur parait pas légitime et qu'elle inquiète leur conscience.

Il est à remarquer que chez ces sauvages il y a un grand respect pour les vieillards. Les chefs aussi partagent cette vénération.

Il est difficile de se faire une idée exacte des croyances de ces indigènes. Il semble certain toutefois qu'ils croient à un Être supérieur, cause première de toutes choses : un Être tout-puissant, qui habite avec ses trois fils au-dessus des nuages, a, suivant certaines tribus, tout produit ; d'autres disent que leur Dieu est un grand serpent habitant sur le sommet des montagnes. Il y a de mauvais esprits qui habitent l'air, et produisent les phénomènes des tempêtes, les éclipses.

Les Australiens pratiquent la circoncision. Les

cérémonies dont ils accompagnent leurs funérailles sont nombreuses et variées (1).

Il est difficile de supposer, d'après toutes ces cérémonies, que l'Australien soit étranger à la croyance de l'immortalité et à la foi en une autre vie.

Ces peuples croient aussi à une sorte d'esprit distinct du corps, et qui, à la mort, s'en va dans un grand trou, réceptacle commun des âmes. Selon quelques-uns, l'esprit, retiré dans les arbres, cherche, pour s'y loger, un nouveau corps. Beaucoup pensent qu'il s'en va au milieu des nuages, et que là, réalisant l'idéal de la vie terrestre, il trouve tout ce qu'il veut à manger et à boire, sans jamais manquer de chair de kanguroo, de fourmis blanches et de lézards.

(1) On creuse un tombeau de deux pieds et demi de profondeur, dont le fond est couvert d'une large écorce et de branches d'arbres, sur lesquelles on dépose le cadavre, d'autres branches sont placées au-dessus, puis ou les recouvre de terre. Le tertre lui-même disparaît sous une quantité de rameaux verdoyants, et de chaque côté du tombeau l'on place tout ce que le défunt avait à son usage, son javelot et ses armes de chasse. On ramasse de petites branches dont on ôte soigneusement la poussière, et on les jette dans un feu que l'on allume du côté de la tête du défunt. Après quoi les pleureurs se teignent la figure de noir et de blanc. Ces signes de deuil sont conservés longtemps. Afin de provoquer les larmes, on se gratte le bout du nez jusqu'au sang. Tant que dure le deuil, tout objet de luxe est proscrit, et les parents prennent un autre nom, afin que pendant tout ce temps le nom du défunt ne soit pas prononcé. A la mort d'une femme, les cérémonies sout les mêmes.

Les habitants des îles Fidji ou Viti dépassent généralement la moyenne taille. Les chefs surtout ont une force musculaire très-grande, grâce à une meilleure nourriture et aux exercices auxquels ils se livrent. Le reste du peuple, mal nourri, a l'air maigre, grêle et comme défait par le travail. Les Fidjiens engraissent leurs captifs, les mettent, pour ainsi dire, en mue où ils les maintiennent dans la position d'un homme assis, puis ils les mettent tout vivants dans un four chauffé pour la circonstance, jusqu'à ce qu'ils soient cuits à point. Ils organisent aussi des chasses aux hommes, brûlent les villages, massacrent les vieillards et les femmes, se repaissent d'abord des victimes les plus jeunes, et emmènent ensuite les autres, pour les faire servir aux mêmes usages. Chez ces peuples, les chefs se glorifient d'avoir dévoré tant et tant d'hommes, nombre qui atteint parfois huit cents.

II

Si triste, si lamentable que soit l'état de ces populations sauvages, prouve-t-il qu'il y ait entre elles et nous une différence spécifique? Il n'y a entre l'Australien et nous, entre les habitants des îles les plus barbares, qu'une différence d'éducation et de religion. Ce qui le prouve, c'est que de grands changements moraux, grâce au dévouement généraux et aux efforts infatigables des missionnaires se produisent tous les jours dans ces pays trop longtemps inconnus (1).

Il est vrai, l'Australien est un des représentants les plus abaissés de l'humanité ; mais a-t-il perdu pour cela l'empreinte du type humain ? les caractères de l'espèce ont-ils disparu ? Non : pour lui comme pour le nègre et le Hottentot, l'avilissement n'est qu'accidentel. Partout où s'établissent des relations, des frottements même passagers avec les Européens, l'Australien s'adoucit, se transforme, s'élève.

L'Anglais Mitchell, en parlant de son guide sur les côtes de l'Australie, le déclare « un *specimen parfait de l'humanité*, et tel qu'il serait impossible d'en rencontrer un semblable dans les sociétés qui s'habillent et se chaussent. » Pickering déclare *caricatures* certains portraits de l'Australien ordinairement tracés en Europe. Sur trente individus de l'intérieur, il dit en avoir trouvé de fort laids mais aussi de très-beaux. N'est-ce pas à peu près ce qui arrive partout ? Il parle de plusieurs Australiens qui avaient « une figure décidément belle » *(had the face decidely fine)* (2).

Chose remarquable ! il termine ses observations

---

(1) Voyez les recueils allemands et anglais qui ont publié les récits de Berthold SEEMAN.

(2) Voyez M. de QUATREFAGES, *Unité de l'espèce humaine. Éloge de Blumenbach.*

en disant qu'il regarderait volontiers l'Australien comme le plus beau modèle des proportions humaines sous le rapport du développement musculaire. « Il combine, » dit-il, « la plus parfaite symétrie avec la force et l'activité, tandis que sa tête pourrait être comparée au masque antique de quelques philosophes. » Il y a loin de ce portrait de l'Australien à celui qu'en a tracé M. Bory de Saint-Vincent. M. Bory a affirmé que l'industrie était nulle chez l'Australien ; et cependant celui-ci possède des armes bien combinées ; il construit des huttes pouvant loger de douze à quinze personnes ; il a inventé des canots d'écorce ; il tisse avec art des filets pour la pêche et la chasse et qui ont jusqu'à quatre-vingts pieds de long. On a constaté que les Australiens apprennent à lire et à écrire presque aussi vite que les Européens.

Des Anglais s'étaient établis sur un point de la côte méridionale de l'Australie pour y former un établissement. Ils furent frappés de la civilisation des habitants, qui étaient vêtus, logés, meublés, mieux qu'aucun de leurs compatriotes. Ce phénomène leur fut expliqué par l'apparition d'un homme blanc vêtu d'une redingote : c'était un grenadier anglais qui, en dix-huit ans, avait opéré cette merveille.

Les Australiens sont capables de comprendre et de parler l'anglais. Ils jugent fort bien l'habitant d'Albion, et parfois s'en moquent tout aussi plaisamment que nous. Plusieurs Australiens conduits en Angleterre et introduits dans la société élégante sont devenus de vrais *gentlemen*. On les accuse, à leur rentrée chez eux, d'être retournés à la vie sauvage. Cela ne prouve que la violence des habitudes et de l'instinct héréditaire. On a du reste, en Europe, introduit tant de raffinements, tant de gêne et d'arbitraire dans la vie du monde, qu'un Australien, même bien doué, peut tenter de s'y soustraire.

Sans faire ici une satire de nos sociétés, sans avoir de faible pour l'humeur farouche de Rousseau et sans prédilection pour la vie sauvage, nous pensons que la critique trouverait à s'exercer au milieu de notre civilisation du xix° siècle. Il y a eu et il y a encore des hommes qui, revenus de la Polynésie après avoir vécu longtemps avec les naturels, n'ont pu se remettre aux habitudes provinciales et même parisiennes : le convenu, le faux de nos mœurs, les ont choqués de telle sorte, qu'ils ont cédé au besoin de retourner parmi les sauvages.

Il y a chez les Australiens des familles des classes, des tribus, des chefs et des terrains appropriés à certaines cultures, des limites, des propriétés, des villages de huit cents habitants, etc. Civiliser, christianiser ces populations, sera l'œuvre du zèle et du temps. Malgré l'insuffisance de leurs moyens, les protestants ont déjà fait beaucoup de bien dans ces pays. Dans les îles Fidji ou Viti existait une abominable coutume de cannibalisme à l'occasion de la fête de la puberté des jeunes princes. Il n'y a pas longtemps encore, à l'une de ces horribles fêtes, cinq cents esclaves devaient être tués et former de leurs cadavres un hideux monceau au-dessus duquel devait être jeté un esclave vivant. Les ministres Seeman et Pritchard empêchèrent cet horrible carnage. Le cannibalisme devient rare et tend à disparaître tout à fait.

On parle déjà de 30,000 sauvages devenus chrétiens. Ces insulaires, sous l'influence de l'Evangile, s'adouciront. Ils se rendent aux prédications annoncées au son de la cloche, et le soir on entend le chant des prières et la douce mélodie des cantiques remplacer les cris et les hurlements de leurs sanglantes fêtes.

### III

Lorsqu'on a, comme nous l'avons fait, réduit à leur vraie mesure les différences intellectuelles qui séparent les races nègre et australienne des peuples européens, on n'en reste pas moins frappé de l'énorme distance où elles se trouvent de notre civilisation ; et nous sommes amenés à en chercher les causes. Ces causes ne sont point celles d'une constitution physiquement ou psychologiquement différente de la nôtre. Il faut les chercher ailleurs.

D'abord, en voyant la condition abaissée de la race noire, on ne peut oublier la malédiction prononcée contre Chanaan, le père de cette malheureuse race. La malédiction d'un père, dit-on avec raison, porte malheur au fils : pourquoi la malédiction de Dieu serait-elle moins terrible dans ses effets?

En second lieu, les habitudes vicieuses d'un peuple entier, l'immoralité persévérante, accumulant pendant des siècles leurs conséquences fatales, ne suffisent-elles pas à faire descendre incessamment les nations dans une épouvantable dégradation? L'expérience nous montre, hélas! que la volupté tarit les dernières sources de la vie morale et physique dans l'individu, dans la famille, et qu'elle éteint jusqu'à l'intelligence. Cette cause est-elle étrangère aux malheurs du nègre et de l'Australien?

Nos sociétés chrétiennes ne nous donnent qu'une faible idée des excès de débauche des nations corrompues de l'antiquité. Chez les peuples adolescents et jeunes, quand ils ont secoué le joug de la religion, la débauche ne connaît point de limites. Chanaan et sa descendance ont étonné l'histoire par le spectacle hideux de leurs vices. Les historiens de l'antiquité nous ont dit le dernier mot de leurs abominations dans les peintures qu'ils nous ont laissées des mœurs corrompues des Phéniciens et des Carthaginois. Nous trouvons chez les Phéniciens la volupté érigée en acte religieux. Les mythes les plus sensuels, les cultes phalliques, le commerce des courtisanes, les infâmes institutions des galles, des hiérodules, venaient, selon Movers, de la Phénicie.

Si des vices semblables ont régné pendant des siècles parmi les noirs et les Australiens, ne peut-on pas y trouver l'explication de leur avilissement? La malédiction de Dieu, aggravée par le progrès du péché, se traduit par des abaissements graduels : leur terme est l'état sauvage pour un peuple entier et une dégradation physiologique et intellectuelle dont les stigmates s'attachent héréditairement aux individus. La vertu élève le génie d'une nation, et rend ses fils à la fois plus vigoureux, plus intelligents, plus généreux : pourquoi le vice n'agirait-il pas dans un sens contraire et ne produirait-il pas ses propres effets ? Ses effets sont un abâtardissement sans limites. Rousseau disait que le jeune homme vertueux est embelli par les habitudes de la vertu : un jeune homme vicieux est à son tour déformé par les habitudes du vice. Ce qui est vrai de l'individu est vrai d'une nation entière ; et la laideur morale d'un peuple est la plus hideuse des laideurs, car elle est la résultante de toutes les difformités individuelles.

Il n'est donc point déraisonnable de dire que les habitudes vicieuses des noirs ont modifié fatalement la race, non dans sa couleur sans doute, mais, ce qui est plus malheureux et constitue une modification plus profonde, dans son esprit, dans son âme.

Le tort des polygénistes n'a donc pas été de signaler la dégradation morale du nègre, mais de l'avoir exagérée et d'avoir expliqué par la différence d'espèce ce qui n'est que le résultat des vices endémiques et séculaires d'un peuple.

Si l'Afrique présente un caractère particulier de dégradation, c'est que l'immoralité, ailleurs de moins longue durée et moins intense peut-être, n'a produit qu'une partie de ses effets. Mais la loi est générale. Jusqu'où la Grèce et la Rome des Césars envahie par les Barbares fussent-elles tombées sans le Christianisme, qui les a retenues au moment où, vieillies et décrépites, elles se précipitaient dans l'abîme par la servilité du Sénat, par les factions des légions et la tyrannie sanglante et inepte des Empereurs?

Enfin, l'erreur la plus considérable des polygénistes a été de déclarer inguérissables des plaies que le Christianisme peut traiter avec succès, malgré leur profondeur.

Le dogme de la fraternité humaine a gagné au dix-neuvième siècle un immense terrain, et le temps est peut-être venu où il ne trouvera plus de contradicteurs.

Quand on songe au temps où cette vérité a été enseignée dans le Pentateuque ; quand on se dit que c'est à une époque où les peuples, ayant perdu le souvenir de leur fraternité, se haïssaient entre eux, s'entr'égorgeaient, et où le vaincu n'avait à attendre du vainqueur que l'esclavage ou la mort, on s'assure que la Bible a été vraiment inspirée de Dieu et l'on sent augmenter pour elle son respect, sa vénération et sa confiance.

Terminons cette exposition.

Nous croyons avoir démontré, au nom de la science et avec l'autorité des savants les plus illustres, que les différences des divers groupes humains répandus sur le globe sont réductibles à un type unique qui constitue l'espèce ; ces groupes forment des races. Ils ne sont que des rameaux sortis d'une même souche, d'un couple humain créé au sixième jour de la grande semaine. Adam et Ève ont pu donner naissance à tout le genre humain.

Ce n'est point là seulement une doctrine d'une haute portée morale et un dogme du Christianisme ; l'unité de l'espèce humaine est encore, suivant les conclusions de M. de Quatrefages, une grande et sérieuse vérité scientifique.

# CHAPITRE XI

### Unité primitive du langage.

#### SOMMAIRE :

Histoire et progrès de la linguistique au point de vue de la question de l'unité du langage primitif. — Quelle opinion doit-on se former au sujet de l'origine du langage? — Toutes les langues parlées sur le globe peuvent être ramenées à trois types : le type monosyllabique, le type touranien, le type arien et sémite. — Toutes les langues ont été monosyllabiques à l'origine. — La langue primitive était monosyllabique. — Si l'on ne peut prouver philologiquement l'unité primordiale du langage, la science la déclare possible et commence à l'entrevoir.

---

### I

La question à examiner en ce chapitre est celle-ci : le nombre et la variété des langues qui sont parlées sur la surface du globe infirment-elles les conclusions favorables à l'unité de l'espèce humaine, fournies par les sciences naturelles et par l'ethnologie? Est-il possible de concilier le fait d'ancêtres communs à tous les hommes et parlant un même langage, avec les différences si tranchées que présente aujourd'hui la parole humaine chez les divers peuples de la terre?

La gravité de cette question n'a pu être comprise et la réponse qu'elle demande n'a pu être pressentie que depuis soixante ans. C'est depuis le commencement de ce siècle seulement que l'on a vu clairement les rapports et les différences des langues entre elles. L'étude de la linguistique, par ses progrès et ses découvertes, a révélé aux philologues les faits nécessaires à l'intelligence des vraies conditions de la solution du problème. Les découvertes et les méthodes philologiques du XIX° siècle ne sont ni moins étonnantes ni moins admirables que l'application de la vapeur aux arts mécaniques, à la locomotion, et que l'emploi de l'électricité à la communication de la pensée. Il ne s'agit plus seulement de la variété des formes graphiques de l'Égypte devinées et ramenées à l'unité par Champollion et par son fidèle disciple M. E. de Rougé, ni des inscriptions cunéiformes des Achéménides déchiffrées par MM. Rawlinson, Hincks et Oppert. L'étude générale des langues comparées a une toute autre portée ; et elle est arrivée aujourd'hui à de tels résultats que, quiconque tient à mériter et à garder le titre d'homme instruit, ne peut y rester étranger.

## II

Nous n'avons point à nous occuper ici de la mystérieuse origine du langage. Le langage est-il un pur don de Dieu ou une invention, ou une création arbitraire de l'homme ? Il ne faut pas, selon nous, s'enfermer dans cette double alternative. Le langage paraît à la fois l'œuvre de Dieu et l'œuvre des facultés et de l'activité natives de l'homme. Parler est un besoin de l'homme, besoin fondé sur la nécessité sociale de relations extérieures et dans la nature même. Nous sommes incessamment sollicités à comparer les produits de notre intelligence et de notre observation avec le produit analogue de la pensée de nos semblables, à les interroger, à rendre distinctes la conformité ou la non-conformité de nos idées avec leurs idées.

Le langage est, dès lors, un élément intégrant de notre nature. Aussi l'homme a-t-il été créé avec la faculté de parler, comme l'oiseau avec la faculté de voler. Dans sa condition présente, l'homme apprend naturellement à parler, comme l'oiseau apprend à voler ; mais on se demande comment les choses se sont passées pour le premier de la race. C'est là un fait mystérieux qui, suivant toute probabilité, ne sera jamais éclairci suffisamment pour notre curiosité. Ce que nous savons par la Bible, c'est qu'Adam parla dès les premiers jours de la création ; et qu'après le déluge, au pied de la tour de Babel, les hommes qui s'y trouvaient réunis parlaient une même langue ou tout au moins usaient d'un langage à l'aide duquel, malgré la différence des dialectes,

ils pouvaient s'entendre. A partir de cette époque lointaine, les différences des langues s'accusèrent de plus en plus. La communication de la pensée par le langage devint impossible de peuple à peuple. Le châtiment de Dieu était là. En citant ce fait, avons-nous besoin de dire que nous ne faisons point appel à une vaine légende? La mémoire de la Tour de Babel et de la confusion des langues s'est conservée chez les Babyloniens qui habitaient la plaine du Sennaar. L'inscription du roi Nabuchodonosor retrouvée et traduite, il y a quelques années, montre toute l'importance que l'antiquité attachait à ce souvenir. Nabuchodonosor avait réparé ou achevé cette inscription en l'honneur de ses dieux. Il appelle la tour de Babel « la tour à
« étages, la maison éternelle, le temple auquel se
« rattache le plus ancien souvenir de Borsippa
« (tour des langues) que le premier roi a bâtie,
« sans pouvoir en achever le faîte... Les hommes
« l'avaient abandonnée depuis les jours du déluge,
« proférant leurs paroles en désordre. » « La découverte de cette inscription, d'un prix inestimable, dit M. Lenormant dans son excellent manuel d'histoire ancienne, permet de reconnaitre les débris encore gigantesques du monument parmi les ruines de l'antique Babylone. Les habitants du pays appellent actuellement ces débris la Tour ruinée : *Birs-nimroud*, tour de Nemrod. Elle se dresse dans la plaine comme une montagne. C'est

un amas prodigieux de *briques* simplement *séchées au soleil* qui se sont éboulées en forme de collines. » Le fait de la confusion des langues est incontestable ; mais, ajoute M. Lenormant, « rien, dans le texte biblique, n'interdit de penser que quelques familles s'étaient déjà séparées antérieurement de la masse des descendants de Noé, et s'en étaient allées au loin former des colonies en dehors du centre commun où le plus grand nombre des familles destinées à repeupler la terre demeuraient encore réunies. » Cette observation ne manque point d'importance au point de vue ethnographique et philologique.

### III

Que nous dit, à son tour, l'histoire de la linguistique?

Si l'homme descend d'un couple unique, la première famille, la première tribu, la première société durent avoir un même langage ; et la diversité actuelle des langues est un fait postérieur qui ne peut contredire le premier.

L'antiquité classique ne s'occupait pas de ces problèmes. Les Grecs ne connaissaient et ne voulaient connaître que la richesse et la magnificence de leur langue : tout ce qui n'était pas grec était *barbare* à leurs yeux (1). C'était une doctrine com-

---

(1) WISEMAN, *Conférences.*

mune qu'à l'origine l'homme n'avait produit que des sons sauvages ; et que les langues s'étaient formées par une grossière onomatopée, c'est-à-dire par l'imitation des sons qui désignaient naturellement les objets. Les Grecs s'imaginaient avoir créé de toutes pièces une langue à peu près parfaite. Selon eux beaucoup de peuples n'avaient, au lieu d'une langue, que des bredouillements, des sifflements, des sons confus et *barbares*. Le mot *barbare*, suivant des philologues d'autorité, fut d'abord appliqué par onomatopée au langage des peuples étrangers. Comme les Grecs ne le comprenaient point et ne voulaient point le comprendre, ils le désignaient par le bruit confus dont l'oreille avait eu la perception : *bar bar bar bar*. Platon, dans le *Cratyle*, ne parle que de la langue grecque; il y prend tous ses exemples, et la raison qu'il donne de la formation de certains mots trahit une ignorance profonde des lois et de l'histoire du langage. Et cependant nul après lui jusqu'à Leibnitz n'a exprimé des idées plus justes sur la nature et les conditions du langage humain. Aristote et les stoïciens se bornèrent à établir des catégories de mots et des règles que recueillirent, sous la forme de grammaires, les Alexandrins, deux siècles avant Jésus-Christ.

Les encyclopédistes du xviiiᵉ siècle adoptèrent en partie des idées des Grecs; ils croyaient au *mutum et turpe pecus* de Lucrèce. « *L'état de brutes*, » dit Voltaire, « où étaient les premiers hommes, exigea des milliers de siècles pour qu'ils pussent arriver à peindre leur pensée dans le langage.

La Bible seule avait jeté une précieuse lumière sur la question, et les Hébreux n'eurent jamais du langage des idées aussi fausses et aussi grossières.

Josèphe et Onkelos pensaient que les langues des Gentils étaient une altération ou une transformation de la langue hébraïque, qu'ils supposaient avoir été parlée par Adam et Ève.

Le moyen âge adopta ces idées, et il voulut faire dériver de la Bible toutes les langues. Cette opinion se conserva jusque vers le xvii$^e$ siècle. A cette époque, les récits des voyageurs et des missionnaires troublèrent les idées reçues et firent craindre de trouver la Bible en défaut. Les catalogues de mots recueillis en Amérique, en Chine, dans l'Inde, ne se rapportaient point à l'hébreu. Il se forma des opinions que l'on regardait généralement comme hétérodoxes et qui substituaient à l'hébreu, en tant que langue primitive, *lingua primæva*, d'autres langues plus compréhensives, pensait-on ; quelques-uns crurent que le chinois avait dû être la langue des premiers hommes ; d'autres prétendirent que c'était le celte ; enfin, plusieurs plaidèrent pour le basque. Les preuves apportées n'étaient pas très-convaincantes : on appliquait un procédé de dérivation sans règles ; les assonances suffisaient pour porter un jugement; on n'étudiait profondément ni le génie, ni la grammaire, ni la lexicographie, ni l'histoire de la dégradation et de la transformation des langues ; on prenait un mot et on le faisait dériver sans méthode, bon gré, mal gré, de la langue préférée.

Cependant, les rapports avec les nations étrangères devenant plus fréquents, les voyageurs, les missionnaires surtout durent s'initier à leurs langues. Les ébauches de dictionnaires et de grammaires parvenaient en Europe. On comparait, par exemple, le *Pater* dans toutes les langues que l'on pouvait connaître. Les rapports et les différences des divers idiomes commencèrent à frapper les esprits (1).

Déjà Leibnitz, avec son coup d'œil d'aigle, avait compris tout ce que l'étude approfondie des langues pouvait apporter de lumière à l'histoire et à l'ethnographie ; il se plaignit que les voyageurs ne joignissent pas à la description de chaque pays un petit dictionnaire et une grammaire. Mais ce philosophe, au lieu d'étudier et d'approfondir, à l'aide de l'analyse, les langues qu'il connaissait, s'appliquait surtout à tracer *à priori* l'idéal d'un langage parfait et d'une langue universelle.

(1) WISEMAN, *Conférences.*

Un premier et très-important travail se fit au commencement du xviiie siècle : on compara entre elles les langues qui forment le groupe sémitique. Shultens étudia l'hébreu dans ses rapports avec l'arabe, le syriaque, le copte, etc. On comprit, dès lors, que ces langues formaient une famille à part, et l'on ne chercha plus à expliquer l'hébreu par le celte, le chinois ou le basque.

Mais un grand pas restait à faire. Les langues du Sud et de l'Est de l'Inde furent étudiées par la Société asiatique de Calcutta, fondée dès 1784, et enfin l'on aborda le sanscrit. La connaissance de la *langue parfaite (samskrita)* fut une lumière à l'aide de laquelle les affinités qui n'avaient d'abord été que vaguement aperçues entre les langues indo-européennes séparées par le temps et par l'espace, se montrèrent dans leur évidence. On réunit dans une même famille de langues le sanscrit, le grec, le latin et tous ses *dérivés*, le celte, le slavon, en un mot toutes les langues parlées de Ceylan à l'Islande, occupant une zone immense, où des religions, des civilisations, des hommes de couleurs fort différentes, s'étaient établis depuis de longs siècles. Les noms illustres des hommes qui prirent part à ce grand mouvement sont : William Jones, Colebrook, Wilson, Eugène Burnouf, Bopp, Pott, etc.

Guillaume Humboldt publia en 1836, à Berlin, un livre qui fit une grande sensation et jeta de vives lumières sur les problèmes linguistiques. Ce livre avait pour titre : *De la différence de l'organisme des langues* et servait d'introduction à l'étude du Kawi. Steinthal s'occupa de caractériser les principaux types du langage humain. Bopp composa sa célèbre *Grammaire comparée* et posa des règles définitives pour le classement des langues; il s'appliqua à comparer le système des conjugaisons sanscrites, grecques, latines, persanes, allemandes, etc. Son système de comparaison ne repose pas seulement sur la similitude des racines, mais aussi sur l'organisation des langues. Pott a continué les travaux de Bopp en suivant sa méthode; et des savants nombreux s'appliquent à compléter cette science née d'hier, qui, néanmoins, repose déjà sur des bases inébranlables et a donné les plus beaux résultats. Eugène Burnouf l'a étendue et mise en lumière par les grandes applications qu'il en a faites. Dans son commentaire sur le Yaçena, Burnouf avait ouvert la voie à l'interprétation des livres zends. Dans son essai sur le pâli il avait montré la filiation de cet idiome dérivé du sanscrit, et fait entrer le pâli et le zend dans la famille des langues indo-européennes. A cet ordre de recherches se rapportent divers travaux de MM. Bergmann, Bréal, Chavée et Eichkoff, ainsi que l'ouvrage de M. Pictet, où ce savant restitue, par des rapprochements de linguistique, l'histoire sociale, intellectuelle et morale des ancêtres de la langue indo-européenne. Appliquée à nos langues classiques, la grammaire comparée nous révèle la parenté du grec et du latin avec le sanscrit : elle nous a appris à mieux observer les rapports du latin avec le grec, et elle nous a donné des idées plus justes sur l'origine et l'histoire de ces idiomes. M. A. Regnier a publié un traité sur la formation et la composition des mots où le grec est constamment rapproché du sanscrit. (Voir les rapports sur les sciences et les lettres, 1867.)

D'autre part on étudiait les caractères spécifiques du chinois dans ses rapports avec les autres langues, et l'on constatait que cette langue est aussi différente du groupe indo-européen que celui-ci est distinct des langues sémitiques. La langue chinoise a particulièrement été étudiée en France par Abel Rémusat (1814-1830). Il s'aida fort utilement et peut-être trop discrètement des travaux linguistiques de nos missionnaires et particulièrement de la grammaire chinoise du P. Prémare et des traductions latines des missionnaires de Goa. M. Stanislas Julien fut son élève, mais devenu maître à son tour, il a publié à lui seul jusqu'à ce jour plus de traductions d'auteurs chinois que tous les savants sinologues de l'Europe et de la Chine depuis 40 ans. M. Bazin et M. Pavie l'ont suivi de loin, mais non sans honneur, dans son activité féconde.

Les langues sémitiques, à quelques honorables exceptions près, faiblement étudiées en France depuis le xvii° siècle, ont été particulièrement cultivées en Allemagne. MM. Ewald et Delitsch, pour taire d'autres noms célèbres, ont, dans deux directions différentes, publié des travaux importants sur la grammaire et l'exégèse biblique. Tous deux se sont occupés des rapports de l'hébreu avec le sanscrit. A ces trois grandes familles de langues, indo-européenne, sémitique et chinoise, se sont rattachées, par des rapports nombreux et évidents, toutes les langues que l'on a découvertes sur la surface du globe.

## IV

Traçons, d'après Max Muller, les caractères des grandes familles de langage. On verra comment toutes les langues connues peuvent philologiquement remonter à une langue primitive monosyllabique, *lingua primæva*. Les conditions de l'unité primitive du langage nous apparaitront avec évidence. Si la science ne peut démontrer aujourd'hui cette unité, elle en laisse néanmoins clairement apercevoir la possibilité.

Tout ce que nous connaissons des langues âryennes et sémitiques date de l'époque où ces langues, depuis longtemps formées, penchaient vers leur déclin. Nous ne connaissons point la période de leur vigoureuse jeunesse; nous savons ce qu'elles sont devenues, nous ignorons ce qu'elles ont été. Les plus anciens documents littéraires qui nous sont parvenus nous montrent les langues âryennes déjà fixées et comme pétrifiées. Leur exubérante fertilité a cessé; leur déploiement est à jamais arrêté; la nationalité, les traditions, enfin la littérature ont enfermé ces langues dans des barrières infranchissables, et elles ont subi des influences que l'on peut comparer, sous plus d'un rapport, à celles de la *domestication* pour les plantes et pour les animaux.

L'étude des langues âryennes et sémitiques, telles qu'elles nous sont parvenues, ne donnera jamais l'idée de l'état qui a précédé leur culture littéraire. Max Muller ose dire que, malgré toute leur gloire, le sanscrit, le grec, le latin, l'hébreu, l'arabe, le syriaque, etc., apparaissent aux yeux du linguiste qui les étudie comme ces êtres déformés et exceptionnels que les naturalistes appellent monstres. Il est impossible, en les étudiant, de découvrir le caractère réel du langage abandonné à lui-même et suivant ses propres lois. L'étude du chinois, des langues touraniennes et des jargons des sauvages de l'Afrique, de la Polynésie et de la Mélanésie, est plus profitable à cet égard que l'analyse minutieuse du sanscrit et de l'hébreu. Nos langues si compliquées, avec leurs genres, leurs cas, leurs temps, leurs modes, leurs participes, leurs gérondifs, leurs supins, leurs verbes irréguliers, forment un véritable labyrinthe. Si l'on s'y engage, il est impossible de se rendre compte de la vraie nature et de la formation du langage.

Max Muller compare les langues humaines aux formations géologiques ; et, de même que l'on divise les stratifications en groupes principaux, il distingue dans les langues trois grandes stratifications, qui répondent à trois conditions successives du langage.

La première et la plus ancienne forme de langage fut celle dans laquelle tous les mots avaient une signification propre et indépendante, alors même qu'ils remplissaient le rôle des préfixes et des suffixes des langues plus modernes. Il en était alors comme aujourd'hui encore dans le chinois : ce que l'on peut appeler les suffixes, les terminaisons de cette langue, sont des mots qui ont conservé l'intégrité de leurs lettres et de leur signification. Les mots sont monosyllabiques.

Le second état des langues a été celui où les affixes, les suffixes, les terminaisons, etc., avaient perdu à la fois leur indépendance et leur intégrité phonétique. Mais les mots *pleins*, les radicaux, restaient encore entiers et n'avaient subi aucune désagrégation. Enfin, le dernier état des langues est celui où le mot principal n'est guère mieux préservé que les suffixes et les préfixes, et où il perd son indépendance à son tour. Une langue arrivée à cet état rend souvent impossible la distinction entre le radical du mot principal et les syllabes formatives des mots adjoints à ce radical, syllabes distinctes de la terminaison et des préfixes communs. Le mot apparaît comme un tout dont les éléments se seraient fondus ensemble dans une parfaite unité.

Cette classification chronologique du langage répond parfaitement aux trois groupes de langues distingués par Guillaume Humboldt : langues monosyllabiques, langues d'agglutination, langues à flexion. Le chinois appartient à la première classe, le touranien à la seconde, les langues âryennes et sémitiques à la troisième.

Une école à la tête de laquelle se place le professeur Pott soutient qu'aucune langue n'a pu passer de l'état monosyllabique à celui de l'agglutination et de l'agglutination aux inflexions. D'après lui il faudrait croire que, par un instinct inexplicable, les hommes auraient créé tout d'une pièce, les uns, une langue monosyllabique, les autres une langue d'agglutination, d'autres, enfin, une langue à flexion, et, qu'une fois créées, ces langues seraient restées enfermées dans l'une ou l'autre de ces trois catégories de langage.

Des philosophes français ont semblé adopter cette opinion.

Il est étrange que les savants qui déclarent

qu'aucune transition n'est possible d'un groupe de langues à un autre, ne se soient pas aperçus qu'à proprement parler il n'y a de langues ni exclusivement monosyllabique, ni exclusivement d'agglutination, ni exclusivement à flexion. La transition entre ces formes est un fait qui se réalise encore tous les jours. Le chinois lui-même revêt des formes qui appartiennent au second groupe, et celui-ci montre clairement les traces de l'inflexion qui commence. La difficulté n'est pas d'indiquer la transition d'une classe de langue à une autre, mais de tracer nettement une ligne de séparation. On serait tenté de se servir, pour la classification des langues, de termes pareils à ceux qui ont été employés en géologie lorsqu'on a appelé *Eocène*, *Miocène*, *Pliocène*, des stratifications renfermant d'abord moins, ensuite plus de fossiles appartenant aux espèces récentes. Le caractère dominant, et non pas exclusif, d'une forme de langage, a servi de base à la classification ; mais aucune langue n'exclut rigoureusement les procédés d'une autre. L'instinct qui préside à la composition des mots, s'il est affranchi de toute contrainte, peut, à chaque moment, convertir une langue monosyllabique en une langue à flexion, et réciproquement, suivant un mouvement de progrès ou de recul. La juxtaposition des mots confine à l'agglutination et l'agglutination à la flexion, mais aucune langue ne peut arriver à la flexion sans avoir passé successivement par l'agglutination et le monosyllabisme. Le sanscrit, le grec et l'hébreu ont dû être, à une époque, langues d'agglutination et plus anciennement encore langues monosyllabiques. Sans doute nous pouvons nous trouver dans l'impossibilité d'expliquer comment la transition s'est opérée. Une langue dès longtemps formée n'a pas gardé la trace de tous les procédés qui ont servi à sa formation. Elle a conservé des syllabes, des lettres représentant des mots, dont la mutilation est un mystère. Qui dira, par exemple, pourquoi la lettre *m*, dans la langue latine, désigne l'accusatif, ou comment s'est opéré en hébreu le changement de voyelles qui a créé les formes de verbes *piel* et *pual*? Toujours est-il certain que l'analyse et l'induction autorisent à voir dans ces faits grammaticaux le résultat de l'agglutination. Ce que nous appelons terminaison des cas, dit Max Muller, est presque toujours l'agglutination d'un adverbe de lieu à un substantif, comme les terminaisons des verbes désignant les personnes sont des pronoms personnels. Les suffixes et les affixes ont été, à l'origine, des mots indépendants, des noms, des verbes ou des pronoms. Rien de ce qui, aujourd'hui, entre dans la composition d'un mot, n'a été, au commencement, une syllabe morte et sans signification. Il appartient à la grammaire comparée de ramener tous les éléments du langage à leur forme primitive, en leur restituant leur premier sens, et l'on peut dire avec vérité qu'aucune forme morte du langage n'a été primitivement sans vie. Rien n'existe dans la stratification tertiaire du langage, dit Muller, qui n'ait ses antécédents et son explication dans la stratification secondaire ou primaire.

Personne ne pense plus aujourd'hui à faire dériver le sanscrit de l'hébreu ou l'hébreu du sanscrit. La seule question que l'on puisse poser est celle de savoir à quelle époque de formation le sanscrit et l'hébreu ont pu être confondus ensemble et ne former qu'une seule langue. Tandis que des savants, dont plusieurs sont éminents, nient toute similitude entre les deux langues et, par conséquent, toute communauté d'origine, d'autres ont réuni tant d'éléments communs aux langues âryennes et sémitiques, qu'il est vraiment difficile d'attribuer au hasard ces nombreuses coïncidences.

Il est évident aujourd'hui que la séparation de ces deux familles de langues s'est accomplie longtemps avant l'époque où elles sont devenues langues à flexion. On ne peut, en conséquence, chercher leurs rapports dans leurs systèmes de déclinaisons ou de conjugaisons, ni dans les préfixes ou suffixes qui, après la période d'agglutination, ont perdu l'intégrité phonétique et leur signification propre. Il n'y a point, entre l'hébreu et le sanscrit, le même genre de rapports qui existent, par exemple, entre le sanscrit et le grec ; et si l'on doit admettre que ce dernier est issu du sanscrit, dans la période de flexions, on ne peut en dire autant de l'hébreu.

Nous sommes donc conduits à nous demander si les langues sémitiques et âryennes ont été identiques durant la période d'agglutination. Selon Max Muller, la réponse ne peut être douteuse : la séparation des deux langues a dû précéder la période secondaire du langage ; car non-seulement les mots aujourd'hui sans signification et transformés en syllabes formatives des dérivés diffèrent dans les deux familles de langues, mais, ce qui est plus caractéristique, la manière dont ces syllabes sont rattachées aux radicaux diffère aussi. Dans les langues âyrennes, les syllabes, pour la formation des dérivés, sont placées à la fin des mots ; dans les langues sémitiques, on les trouve à la fois au commencement et à la fin.

Il reste donc à chercher l'identité des langues sémitiques et âryennes dans la première époque du langage : celle du monosyllabisme. Alors encore nous rencontrons une difficulté : toutes les racines âryennes sont monosyllabiques, et dans l'état présent des langues sémitiques, toutes les racines de ces dernières sont trilitères. Dès lors il faut admettre que l'identité des deux langages a précédé l'époque dans laquelle les langues sémitiques ont adopté les racines trilitères. En reportant à une époque si lointaine l'identité des langues sémitiques et âryennes, il faut renoncer à l'espérance de retrouver des preuves nombreuses de cette unité première. Qu'est-il resté dans nos langues à flexion de ce qui les constituait à l'époque du syllabisme pur? On compte par centaines de mille les mots qui composent chacune des langues âryennes, mais en réalité toutes les richesses de nos dictionnaires reposent sur un petit nombre de racines. Celles-ci ne dépassent guère un total de cinq cents, et ce nombre restreint de racines est susceptible d'être réduit encore. En supposant aussi cinq cents racines dans les langues sémitiques d'aujourd'hui, quel résultat faut-il attendre de la comparaison de l'hébreu avec le sanscrit? Elle ne fournira évidemment qu'un petit nombre de coïncidences qui, dans tous les cas, ne pourrait s'élever jusqu'à cinq cents. Beaucoup de racines communes aux langues âryennes et sémitiques ont dû se perdre et être oubliées avec le temps. D'autres racines ont pu se former depuis la séparation de deux groupes.

Remarquons que la signification des mots racines est nécessairement vague, et cette indétermination du sens des radicaux sémitiques est une des grandes difficultés que rencontrent ceux qui étudient l'hébreu. Suivant qu'une même racine est employée dans une conjugaison ou dans une autre, elle a des sens très-différents.

La variété des dialectes a modifié le sens et l'orthographe des racines, et a souvent rendu l'identité première méconnaissable. Les langues âryennes nous montrent combien les consonnes gutturales, dentales et labiales permutent facilement ensemble. Les lettres aspirées sont souvent substituées les unes aux autres. Si les différences qui se produisent dans la sphère des simples dialectes sont considérables, l'écart doit s'accuser bien davantage entre les mots d'une famille de langues et ceux d'une autre. Il y a plus, lorsque l'on affirme que les langues monosyllabiques n'ont éprouvé aucune altération dans l'intégrité phonétique et dans le sens de leurs racines, on établit une hypothèse démentie par les faits. M. Edkins s'est livré à une étude attentive des dialectes chinois, et il constate que ceux des provinces du Nord diffèrent considérablement entre eux. Ils ont changé plus d'une fois les consonnes initiales de leurs mots et perdu plusieurs lettres finales.

Quand, dans les langues monosyllabiques encore en usage, des mots composés d'une consonne et d'une voyelle éprouvent de tels changements, il faut s'attendre à en trouver de bien plus considérables dans les racines de deux groupes de langues qui ont traversé l'époque de l'agglutination, pour devenir langues à flexion.

N'existe-t-il donc, dans l'état présent du langage,

aucun rapport entre le sanscrit et l'hébreu, et devons-nous dire que ces langues représentent deux formes du langage humain aujourd'hui entièrement indépendantes? Il serait téméraire d'avancer une telle proposition, en présence des tentatives faites par des savants qui, comme Ewald, Riemer et Ascoli, ont établi de nombreux rapprochements entre les langues âryennes et les langues sémitiques. Ces deux derniers sont arrivés à des résultats que l'on n'était pas en droit d'attendre. Toutefois la voie dans laquelle ils s'engagent est difficile. Bopp s'y est égaré; Ewald semble avoir reculé. Delitsch a ouvert de larges aperçus, émis de nombreuses hypothèses qui toutes n'ont pas été justifiées.

Il nous suffit de savoir que l'identité primitive des langues âryennes et sémitiques n'a point été impossible dans la période du monosyllabisme de ces deux langues. Si l'on ne peut établir à l'aide de la philologie cette identité, on n'est pas fondé non plus à la combattre. Les témoignages historiques de la Bible demeurent avec toute leur autorité. Vouloir remonter de l'état présent du langage humain à l'état primitif à l'aide des seules lois grammaticales serait, sans doute, une entreprise téméraire. La confusion des langues est racontée dans la Genèse comme un fait prodigieux. Dès lors il ne faut pas s'attendre qu'on puisse en rendre compte par une explication toute naturelle.

L'inconnu, le mystérieux laisse et doit laisser ici, comme dans toutes les questions génésiaques, une large place à l'action miraculeuse de Dieu. Il en est ainsi aujourd'hui ; il en sera ainsi toujours.

# CHAPITRE XII

## CHRONOLOGIE. — Indiens. — Chinois.

**SOMMAIRE :**

Prétentions des peuples anciens à une antiquité exagérée. Le chrétien doit discuter ces prétentions avec quiétude. Les Grecs dans l'Inde ; les Arabes ; les Portugais ; les Hollandais ; les Français ; les Anglais.—L'antiquité exagérée des sciences et de la littérature indiennes réfutées par Delambre, Laplace, etc. — *Surya Siddhanta.* — La légende de *Krishna.* — William Jones ; M. Wilfort et le Pandit. Conclusion de Lassen : âge des *Védas,* et *des lois de Manou.* —Prétentions des Chinois. — Conclusions d'Abel Remusat.

---

### I

Le genre humain ne forme qu'une seule espèce, et malgré la pluralité des races, les différences physiologiques et psychologiques, la diversité du langage, tous les hommes peuvent descendre d'un même couple.

Abordons maintenant un nouveau problème.

La Bible semblerait indiquer que l'homme n'a apparu sur le globe que depuis une époque relativement récente, depuis moins de six mille ans suivant l'hébreu, depuis moins de sept mille ans suivant les Septante.

Les plus anciens peuples, au contraire, supposent à leurs gouvernements, à leurs dynasties de rois, à leurs sciences, à leurs religions, à leurs arts, des centaines de mille ans d'existence ; ils prétendent que leurs institutions remontent à une prodigieuse antiquité. Ces prétentions sont-elles justifiées par des titres légitimes, par leur histoire, leur littérature, leurs monuments ?

Nous l'avons déjà observé au chapitre vii de cet ouvrage, la date précise de l'apparition de l'homme sur la terre nous paraît ne pouvoir être fixée avec certitude. Aucune des trois chronologies bibliques, là où elles ne s'accordent pas entre elles, ne s'impose avec une autorité suffisante soit au fidèle, soit au savant. L'Eglise catholique a laissé le choix libre entre ces chronologies, et elle n'oblige pas même à en adopter une. Les traditions varient à cet égard. Rétablir une seule date est une tâche périlleuse quand les documents positifs font défaut, et le changement d'un chiffre oblige parfois à en modifier plusieurs. On a pu, dans le cours des âges, tenter une révision chronologique et, dans le but louable de rétablir ce que le temps et la maladresse des copistes avaient altéré, on s'est cru peut-être autorisé à procéder d'autant plus librement, que la différence des chiffres n'intéressait ni les mœurs, ni la foi, ni même la succession des événements. Quoi qu'il en soit, il est certain que les traducteurs grecs appelés les Sep-

tante ne se sont point crus enchaînés par l'autorité des chiffres du texte hébreu qui nous est parvenu et s'en sont plus d'une fois éloignés volontairement : telle est du moins l'opinion de commentateurs considérables. « Il est impossible, dit M. Le-
« normant, dans l'état actuel des connaissances
« de songer à assigner une date précise à la nais-
« sance du genre humain. La Bible ne donne
« aucun chiffre positif à ce sujet; elle n'a pas en
« réalité de chronologie pour les époques initiales
« de l'existence de l'homme, ni pour celle qui
« s'étend de la création au déluge, ni pour celle
« qui va du déluge à la vocation d'Abraham ; les
« dates que les commentateurs ont prétendu en
« tirer sont purement arbitraires et n'ont aucune
« autorité dogmatique. Elles rentrent dans le do-
« maine de l'hypothèse historique. » (*Hist. anc. de l'Orient.*) Ces conjectures, que nous n'imposons à personne, font comprendre au lecteur la latitude que nous laissons au chronologiste quant à la date de l'apparition de l'homme sur la terre.

Cependant nous ne voudrions point autoriser les intempérances et l'exagération. De même que nous inclinons à penser que certains géologues accordent à l'existence de l'homme une antiquité peu justifiée, nous croyons aussi que les chronologies de certains peuples païens attribuent à des nations d'ailleurs illustres un passé beaucoup trop reculé.

Nous terminerons cet ouvrage par l'examen des chronologies des Indiens, des Chinois et des Égyptiens.

Cet examen nous fournira une dernière justification de la Bible : car, bien qu'aucune des chronologies de nos textes sacrés ne s'impose avec une autorité irréfragable, il résulte de leur ensemble et de la suite des faits historiques que l'apparition de l'homme sur la terre est relativement récente. Le fait est vrai géologiquement; il est prouvé par des indices matériels trouvés dans les entrailles de la terre; serait-il contredit par des monuments écrits, conservés dans les bibliothèques ?

Trois peuples anciens prétendent à une très-haute antiquité : les Indiens, les Chinois et les Egyptiens. Commençons par l'examen des prétentions des Indiens.

## II

L'Inde ne nous était qu'imparfaitement connue au xvii<sup>e</sup> siècle. Les Grecs, jusqu'au temps d'Alexandre, n'en savaient que le nom. Depuis cette époque, diverses expéditions la firent mieux connaître. Alexandre et Séleucus Nicator étendirent la conquête jusqu'à l'embouchure du Gange. Les Lagides entrèrent en relations commerciales avec les Indiens. Au vi<sup>e</sup> siècle, le moine Cosmus rapporte les vers à soie. Les Arabes firent invasion dans l'Inde vers le VIIIe siècle, et leurs relations arrivèrent avec eux en Europe. Les Portugais, à la suite de Vasco de Gama ; les Hollandais établis sur les côtes de l'Indoustan n'avaient, avant le XVIIIe siècle, qu'une connaissance très-imparfaite de cette magnifique contrée et des antiques annales de ses habitants. Les Français, au temps de Dupleix et de La 'Bourdonnais, avaient fondé de riches colonies, lorsqu'abandonnés par la cour de Versailles, ils laissèrent le champ libre à l'envahissante Angleterre.

Nous devons cette justice à nos entreprenants voisins, que s'ils ont gardé les richesses matérielles de l'Inde pour eux, ils ont libéralement répandu en Europe les trésors d'histoire et de littérature qu'ils y ont trouvés.

La compagnie des Indes orientales acquit en 1766 le premier territoire dont elle eût la souveraineté, le Bengale; et William Jones, venu à Calcutta en 1783, y fonda la Société asiatique qui devint le foyer des études et des recherches sur l'Inde. Il mourut en 1794 et fut remplacé dans sa tâche ardue par Colebrooke, homme d'une rare sagacité, et par H. Wilson, philologue très-érudit, à qui nous devons le premier lexique sanscrit.

C'est donc aux Anglais William Jones, Colebrooke, Wilson et en particulier à la Société royale de Calcutta, que nous devons les premiers matériaux et les premières études nécessaires pour arriver à la connaissance approfondie de l'Inde.

Les premiers documents parvenus en Europe sur ce pays furent reçus partout avec enthousiasme. La philosophie antichrétienne du xviiie siècle salua d'un long cri de joie la révélation d'une littérature et d'une histoire qu'elle considéra tout de suite comme un moyen puissant de convaincre la Bible de mensonge.

Rien ne peint mieux l'esprit de cette époque que l'exagération de la louange pour tout ce qui était indien ou chinois et le dénigrement de tout ce qui portait un caractère juif ou chrétien.

Voltaire, plus que tous ses contemporains, reproduit en maints endroits de ses écrits ces exagérations, qui flattaient ses préjugés antichrétiens.

Nous nous rappelons la description de Rome faite par un Arabe et rapportée par le cardinal Wiseman. Rome n'avait pas moins de vingt à vingt-cinq lieues de tour; elle était arrosée par un fleuve majestueux appelé le Romulus, sur lequel étaient jetés une centaine de ponts en airain, que l'on enlevait à volonté à l'approche de l'ennemi. Les portes de la ville étaient d'airain ciselé; les portes du temple, d'or et d'argent, etc.

Quelque absurde que tout cela paraisse, il est quelque chose d'aussi absurde : c'est le tableau historique et scientifique tracé de l'Orient au xviii⁰ siècle. On supposait, chez ces peuples, les calculs mathématiques les plus compliqués et les plus sûrs, les observations astronomiques les plus précises. L'Orient possédait des livres écrits des milliers d'années avant ceux de Moïse : c'étaient de longues listes de rois et de dynasties qui devaient remonter bien au delà de la création du monde racontée par Moïse. La philosophie, la littérature nous transportaient par delà le temps du déluge(1).

Parmi les écrivains du siècle dernier qui attribuèrent aux Indiens une antiquité et une importance fabuleuses, il faut citer l'infortuné Bailly. On ne connaît plus guère que les malheurs de ce savant qui, sorti de sa voie, s'égara dans le monde politique et paya si cher sa popularité éphémère. Maire de Paris en 1789, fugitif en 1791, arrêté à Melun en 1793, il fut exécuté à Paris au mois de novembre de la même année.

En critiquant les opinions astronomiques de Bailly, nous ne cessons point d'honorer en lui le courage et le malheur. Le lecteur sait que sa mort fut aggravée par l'ironie de ses bourreaux. « Tu trembles, Bailly? » lui disait l'un d'eux en le voyant en proie au frisson. — « Oui, » répondit-il, « oui, mon ami, mais c'est de froid ! »

Bailly était un esprit délicat, un écrivain plus

(1) Voir les Conférences de Mgr Wiseman (7e *discours*).

littéraire encore que savant. Il se laissait dominer par son imagination, même dans des questions de sciences et de mathématiques. Fontenelle avait inauguré un genre de science alors populaire. Bailly croyait au continent submergé de l'Atlantide, selon une tradition empruntée au *Timée* et au *Critias* de Platon. Le continent de l'Atlantide est sans doute une hypothèse qui peut être géologiquement défendue; mais Bailly, donnant libre cours à son imagination, créa de toute pièce un monde peuplé de chimères : il prétendit qu'il avait existé autrefois, avant toute civilisation asiatique ou européenne, une société atlantique versée dans toutes les sciences; et les débris des vastes connaissances de ce peuple fantastique, pensait-il, existaient encore chez les peuples anciens, notamment chez les Indous. L'astronomie de l'Inde supposait, suivant cet homme systématique, une science parfaite. Il gratifiait de cette science, on ne sait pourquoi, les peuples du Nord de l'Asie. Les Indiens formaient, selon lui, dès l'année 3553 avant Jésus-Christ, une nation puissamment constituée; et les brahmanes possédaient des tables astronomiques dont l'ancienneté datait de cinq à six mille ans.

Delambre, savant mathématicien, membre de l'Académie des sciences, examina quelle pouvait être la valeur de ces tables astronomiques, et il déclara « qu'il n'y avait pas de raison sur terre pour admettre la réalité des prétendues observations des Indous. » Un savant anglais, Bentley, après avoir dépouillé la collection des traités de mathématiques traduits par Colebrooke, reconnut que rien n'indiquait là que les Indiens eussent jamais possédé une connaissance positive et correcte de l'astronomie. La date d'origine du livre *Surya Siddhanta* (livre des sciences), auquel les brahmanes donnent modestement une ancienneté de plusieurs millions d'années, ne remonte pas, suivant le savant Bentley, au delà de plus de sept à huit cents ans. Enfin rien n'autorise à placer le point de départ des observations astronomiques du Surya Siddhanta plus tôt que le xii$^e$ ou le xvi$^e$ siècle avant Jésus-Christ. L'ère de Brahma, célébrée dans le poëme épique du *Ramayana*, ne remonte pas au delà du x$^e$ siècle.

Bentley a déterminé l'âge de la fameuse légende de Krishna. Cette légende a eu un grand retentissement au commencement de ce siècle. Comme elle a une frappante ressemblance avec l'histoire de la vie du Christ et que, d'ailleurs, Krishna en rappelle le nom, on supposa ni plus ni moins que l'histoire de Jésus était une légende indienne.

Krishna est l'Apollon indien; il est une incarnation de la Divinité. A sa naissance, des chœurs de devantas chantèrent des hymnes de louanges tandis que des bergers entourèrent son berceau. — On est obligé de cacher sa naissance au tyran

*Causu*, à qui il avait été prédit que cet enfant causerait des pertes. — Il est obligé de fuir avec ses parents. — Parvenu à l'âge d'homme, il protégeait les pauvres, lavait les pieds des Brahmes et prêchait une doctrine parfaite. — Il mourut cloué à un arbre par une flèche.

William Jones ne reporta pas cette légende au delà du temps d'Homère. Mais Bentley démontre par la position des planètes, telle qu'elle est décrite à la naissance de ce demi-dieu, que celle-ci, mythique ou non, souvenir ou fiction, rappelle l'état du monde vers l'an 600 de notre ère, et ce savant conclut à un pastiche, à une grossière falsification de l'Evangile. Les brahmanes voulaient empêcher par là les naturels de leur pays d'embrasser le Christianisme, que de courageux et hardis missionnaires leur apportaient de l'Asie occidentale. « C'est, dit Weber, aux influences de l'Evangile et de l'apostolat qu'il faut attribuer la connaissance dans l'Inde d'un Dieu unique, personnel, et les notions de la foi chrétienne qui, avant la diffusion de l'Evangile n'apparaissent pas dans l'Inde, mais qui, à partir de cette époque, forment un caractère commun à toutes les sectes indiennes. »

Laplace, lui-même, se prononce contre l'antiquité des observations astronomiques des Indous. « Les tables des Indiens, » dit-il, « supposent des connaissances très-avancées en astronomie ; mais il y a tout lieu de croire que ces tables ne peuvent réclamer une très-haute antiquité. » Ici encore, tout le monde s'accorde aujourd'hui à reconnaître dans l'astronomie des Indiens un emprunt à l'astronomie des Grecs alexandrins. (*Wiseman*, 7e discours.)

A ces témoignages se joignent ceux de Klaproth, du célèbre Lassen, de Weber, etc. D'après ce dernier, l'astronomie des Indiens, du moins dans sa phase scientifique, est uniquement fondée sur des ouvrages grecs et, par conséqeent, ne repose que sur des observations postérieures à Alexandre le Grand ; elles sont donc contemporaines des écoles d'Alexandrie. Il est vrai que Strabon cite l'astronomie parmi les occupations favorites des brahmanes ; mais, dit encore Weber, il faut remarquer que dans l'époque védique cette astronomie apparaît tout à fait dans son enfance. L'observation des étoiles se bornait à celle d'un petit nombre d'étoiles fixes, aux 27 ou 28 mansions lunaires et aux phases de la lune. L'année sidérale n'est chez eux que de 360 jours et elle ne suppose qu'une supputation inexacte du cours du soleil. Weber conjecture que les notions astronomiques des Indiens avaient, en ce qu'elles ont de plus ancien, été importées de la Chaldée ; et, qu'à l'égard de ce qu'elles avaient de plus scientifique, elles étaient venues des Grecs. Nous ne nous arrêterons pas à discuter la date précise des astronomes et des calculs indiens : personne ne peut, à cet égard, fournir de dates précises.

### III

Si les Indiens réclamaient pour leur astronomie une fausse antiquité, à plus forte raison devaient-ils prétendre que leur histoire remontait à un passé incommensurable. Quand les nations orientales se mettent en devoir de se créer un passé respectable, elles ne s'arrêtent pas à des bagatelles. Un million d'années est à peine, à leurs yeux, ce qu'un siècle est pour nous. Quelques rois leur suffisent pour remplir cet espace de temps effrayant. On s'étonne de trouver dans la Bible des patriarches ayant vécu jusqu'à 930 et 960 ans; mais les Indiens accordent à leurs premiers rois douze douzaines de siècles.

Il est vrai que ce sont des fils du Soleil et de la Lune, et que cette origine céleste peut donner droit à une grande longévité.

Ce fut William Jones qui, le premier, chercha au milieu des fictions racontées dans les *Pouranas*, commentaires des *Védas*, à distinguer de la fable les parcelles de vérités historiques amalgamées avec elle. Ses premiers essais ne furent pas heureux. Il prit pour base de ses recherches une liste généalogique des rois faite par un *pandit* ou docteur indien. Mais William Jones découvrit bientôt l'impossibilité d'aller plus loin dans ce labyrinthe, à l'aide d'un fil d'Ariane aussi trompeur.

Prenez la mythologie grecque, l'histoire de Saturne, de Jupiter, de Vulcain, d'Apollon, de Diane, et cherchez avec ces éléments à composer l'histoire primitive des Grecs : vous vous ferez une idée des premiers labeurs du malheureux critique. William se perdait dans le champ sans limite des conjectures. Il crut un instant que l'histoire des Indiens possédait une antiquité prodigieuse. Les recherches postérieures ne confirmèrent pas ces débuts. Il dut reconnaître qu'il ne trouvait pas trace de gouvernements établis dans l'Inde avant les deux mille ans qui ont précédé l'ère chrétienne, c'est-à-dire avant l'âge d'Abraham, durant lequel, selon la Genèse, l'Egypte possédait une dynastie constituée et la Phénicie un commerce florissant. (Voyez *Mgr Wiseman*, 7° Discours.)

Wilfort et Hamilton continuèrent le travail de William Jones ; mais ils s'arrêtèrent sans poser de conclusions certaines. Ils rencontraient dans les manuscrits compulsés par eux, non-seulement les contradictions les plus étonnantes, mais des falsifications systématiques. Les erreurs involontaires se laissent ordinairement découvrir; mais les faussaires cachent mieux leur œuvre et effacent derrière eux les traces de leurs mensonges.

M. Wilfort raconte qu'il employait pour son travail un *pandit* très-instruit et qu'il payait fort cher. Il le croyait dévoué et fort consciencieux. Mais quelle ne fut point sa surprise en découvrant qu'il effaçait et changeait les textes les plus sacrés de sa religion et que, pour créer des sources, il n'hésitait pas à composer des centaines de vers ! Il réprimanda vivement ce secrétaire infidèle ; mais celui-ci s'exécuta en bons termes : « C'était parmi eux, » dit-il, « une manière reçue de procéder en histoire, pour le plus grand honnenr des héros et des dieux. »

Il fut clair pour M. Wilfort que la littérature des Indous n'offrait pas plus d'autorité que les générations des héros et des rois chez les Hellènes. Quelle est l'autorité d'une histoire, ou plutôt d'une fiction poétique dans laquelle l'imagination a transformé et déplacé, par des retouches et des embellissements successifs, les faits historiques les plus importants ? Ce qui a le plus souffert dans cette élaboration et ces remaniements, c'est naturellement la chronologie. Klaproth place le commencement sérieux d'une chronologie indienne au xiie siècle de notre ère.

Heeren s'est laissé aller à un véritable découragement. Ce qu'il a vu de clair dans l'histoire des Indiens, c'est que les brahmanes sont une race relativement nouvelle dans l'Inde et qui, arrivant par le nord, a laissé sur sa route une longue ligne de temples, traçant ainsi sa marche envahissante et réduisant les vaincus à l'état de soudras. Les plus anciens hymnes des Védas nous montrent les Aryens, ancêtres des Indiens, établis hors de l'Inde ou sur ses frontières entre le Cabul et l'Indus. Weber estime que ce ne fut que deux ou trois siècles avant Alexandre le Grand que toute l'Inde jusqu'au Bengale devint la possession incontestée des Aryens; et il ne pense pas que l'on puisse faire remonter au delà de 1,500 ans avant Jésus-Christ l'époque où les Aryens, encore établis sur les bords du Cabul, commencèrent à envahir l'Inde, progressant lentement et marquant leur marche par de longues stations. Vers l'an 1000 les Aryens étaient probablement déjà établis sur les côtes du Malabar. Les brahmanes avaient réussi plus de cinq siècles avant Jésus-Christ à former une caste toute-puissante. Ce fut en présence du brahmanisme triomphant que le bouddhisme tenta de s'établir dans l'Inde; mais, après quelque succès, le bouddhisme vaincu dut émigrer de l'Inde et se retirer dans l'Indo-Chine, le Thibet, où il s'assit définitivement. Au temps d'Alexandre le Grand, la civilisation brahmanique était descendue jusqu'aux extrémités du Dekkan, jusqu'à l'île de Ceylan et elle marchait vers l'Archipel indien. Les Grecs ne se lassent point de vanter les merveilles de l'Inde de cette époque. Malheureusement, ils n'ont donné aucun détail sur la chronologie de ce pays. Ni les inscriptions, ni les monnaies n'éclairent cette importante question.

Parmi les derniers qui se sont occupés de l'histoire des Indiens est le célèbre Lassen, dont nous avons déjà parlé. Il a écrit un livre intitulé : *Indische Alterthums-Kunde*, en quatre volumes, dont le dernier a paru en 1861-62. Lui aussi cherche des lambeaux historiques à travers les *Pourânas* et dans les grands poëmes épiques, le *Râmâyana*, le *Mahâbâratha;* mais il déclare que l'on ne peut, sur ces bases, fonder que des conjectures.

La meilleure chronique de l'Inde est du xiie siècle : c'est la *Chronique de Kachmir*, écrite par le fils d'un premier ministre de ce pays. Cette chronique, la plus estimée, fait vivre trois cents ans un roi antérieur seulement de six cents à l'écrivain.

Les conclusions de Lassen sont à peu près celles de ses devanciers : il place entre 2000 et 1500 avant Jésus-Christ le commencement des gouvernements réguliers dans l'Inde.

Ainsi l'histoire de l'Inde a le même sort que son astronomie : son antiquité fabuleuse a disparu et ses annales se rapportent aux données générales de la Bible, qui place à environ deux mille ans avant Jésus-Christ le commencement des plus anciens empires.

## IV

Disons, en finissant, un mot de l'âge de la littérature sacrée des Indous. Les incrédules des derniers siècles en ont encore exagéré énormément l'antiquité.

On sait que les plus anciens livres et les plus vénérés sont les *Védas*. Ils sont au nombre de quatre et constituent le fondement doctrinal du brahmanisme :

1° Le *Rig-Véda*, qui contient des prières et des hymnes versifiées ;

2° Le *Yadjour-Véda*, où se trouve des prières en prose ;

3° Le *Sâma-Véda*, recueil de prières destinées à être chantées ;

4° L'*Atharva-Véda*, sorte de rituel qui contient des formules d'expiations, de prières, d'imprécations et de bénédictions.

Les commentaires autorisés de ces livres sacrés sont les *Pourânas* et les *Soutras*, qui jouissent de la vénération de tous les orthodoxes.

On disait que ces livres étaient si anciens que, comparé à eux, le Pentateuque était relativement moderne. Les *Védas* soutiennent-ils mieux leur antiquité supposée que l'astronomie et l'histoire de l'Inde? Colebrooke a cherché à le savoir; il a pris pour base de vérification les données astronomiques que l'on trouve dans ces livres. Il a été conduit à conclure que l'antiquité des Védas ne remonte pas au delà de quatorze cents ans avant Jésus-Christ. C'est une haute antiquité sans doute; mais il s'en faut environ deux cents ans qu'elle remonte au siècle de Moïse, et à cette époque les arts en Egypte avaient atteint leur perfection.

D'après Lassen, on n'est plus admis aujourd'hui à placer la rédaction des *Védas* à une époque antérieure au xv⁰ siècle avant notre ère. Il n'existe aucune bonne raison de faire remonter l'*Atharva* beaucoup plus haut que le xi⁰ siècle avant Jésus-Christ. Quant aux trois *Védas* les plus antiques, le *Rig*, le *Sâma* et le *Yadjour* sont antérieurs à l'*Atharva*, mais rien n'autorise à placer leur origine avant le xv⁰ siècle.

Les lois de Manou (*Manava-Dharma-Sâstra*) sont un code, un traité presque complet de morale et de législation. On ne peut douter que ce manuel sacré ne soit antérieur à Alexandre, puisqu'il ignore la coutume pour les veuves de s'immoler sur le bûcher de leurs maris, et qu'il pose même des principes moraux qui la contredisent. Il est néanmoins postérieur aux *Védas* puisqu'il les cite. On ne peut raisonnablement le faire remonter plus haut que le xi⁰ et même le x⁰ siècle avant Jésus-Christ.

Nous devons aussi parler d'un livre auquel Voltaire fit un grande réputation au xviii⁰ siècle, l'*Ezour-Védam*. Beaucoup d'hommes instruits peuvent assurément demander aujourd'hui ce qu'es l'*Ezour-Védam* (1).

---

(1) *Essais sur les mœurs.*— « Un hasard heureux a fait découvrir à la bibliothèque de Paris un ancien livre des brahmes, l'*Ezour-*

Voici l'histoire vraie de l'*Ezour-Védam* :

Lorsque sir Alex. Johnson était chef de la justice à Ceylan, il reçut mission de rédiger un code de lois pour les naturels du pays. Il avait entendu parler de l'*Ezour-Védam* : il désirait mettre à profit un si merveilleux ouvrage. En conséquence, il fit des recherches soigneuses dans les provinces du sud et prit des informations dans les pays les plus célèbres, particulièrement dans celui de Seringham, d'où le livre était, dit-on, sorti. Ses recherches demeurèrent sans résultat. Il ne put obtenir des renseignements ni sur l'ouvrage, ni sur le brahmame qui, disait-on en Europe, l'avait composé. A son arrivée à Pondichéry, il obtint du gouverneur, le comte Dupuis, la permission d'examiner les manuscrits de la bibliothèque des Jésuites, qui n'avait pas été dérangée depuis que ces religieux avait quitté l'Inde. Son étonnement fut grand de trouver là l'*Ezour-Védam*, qu'il avait partout inutilement cherché. Il était écrit en sanscrit et en français. M. Ellis, principal du collège de Madras, l'examina soigneusement, et des docu-

---

*Veidam*, écrit avant l'expédition d'Alexandre dans l'Inde..., traduit par un brahme. Ce n'est pas à la vérité le *Veidam* lui-même, mais c'est un résumé des opinions et des rites contenus dans cette loi..... Nous pouvons donc nous flatter d'avoir aujourd'hui quelque connaissance des plus anciens écrits qui soient au monde..... On ne peut douter de la vérité, de l'authenticité de ce rituel des brahmanes, » etc., etc.

ments prouvèrent que le texte sanscrit original avait été composé, en 1621, par les soins et sous la direction d'un savant Jésuite, Robert de Nobilibus, neveu du cardinal Bellarmin, dans le but de convertir les Indiens, et surtout les brahmanes, au christianisme.

Ainsi Voltaire avait entre les mains l'œuvre d'un Jésuite; c'était l'œuvre d'un Jésuite qu'il ne se lassait pas d'exalter comme le livre de la doctrine par excellence, auprès duquel pâlissait le christianisme et d'où l'Évangile était dérivé. Voilà la mystification que fit subir à Voltaire et à ses crédules lecteurs « ce livre si ancien, plus ancien qu'Alexandre, écrit par un ancien brahme, d'après un livre plus ancien. »

## V

La prétention des Chinois à une fabuleuse antiquité ne s'élève pas moins haut que celle des Indiens : elle fait, dit-on, remonter les institutions chinoises jusqu'à la vénérable antiquité de 3,266,000 ans avant Jésus-Christ.

Pour ne pas insister plus qu'il ne faut sur une question jugée, disons, en quelques mots, à quoi se réduisent ces exagérations.

L'auteur des plus anciennes annales de la Chine, le *Chou-King,* est Confucius. Or, Confucius vivait quatre ou cinq cents ans avant Jésus-Christ.

Voilà un auteur bien éloigné des origines qu'il a racontées. Il est en outre certain que le *Chou-King* fut brûlé par ordre impérial deux cents ans après avoir paru et qu'on ne put en retrouver d'exemplaires. Un vieillard à la mémoire tenace se flatta de le dicter en entier. Cette dictée est probablement le *Chou-King* actuel. On voit que le titre à l'antiquité de 3,266,000 ans est au moins contestable.

Klaproth n'hésite pas à nier l'existence de toute certitude historique dans les annales du Céleste-Empire antérieurement à l'année 732 avant Jésus-Christ, époque où la littérature hébraïque penchait déjà vers le déclin.

Abel Rémusat est disposé à faire remonter l'histoire des Chinois à l'an 2637 avant Jésus-Christ. Cette hypothèse, tout éloignée qu'elle est de celle de Klaproth, n'a rien qui contredise l'autorité de la chronologie des Septante. Pour rester dans les limites de l'opinion la plus générale aujourd'hui, c'est à un peu plus de deux mille ans avant notre ère qu'il faut faire remonter les plus anciens monuments de la littérature chinoise.

On peut même admettre que Fo-Hi, placé par les Chinois en tête des listes royales, a vécu à une époque rapprochée du déluge. Le très-savant Abel Rémusat a pensé que les caractères chinois remontent à trois ou quatre générations après le déluge.

Nous nous en rapporterions volontiers, dans

cette question controversée, à l'opinion de Lassen qui, parlant après les savants que nous venons de nommer et d'après les résultats des recherches les plus nouvelles, dit que les Chinois n'ont d'histoire véritable qu'à partir du VIII$^e$ siècle avant Jésus-Christ. Il place néanmoins par conjecture la première dynastie de la Chine, celle d'Hia, à 2205 ans avant Jésus-Christ.

# CHAPITRE XIII

## CHRONOLOGIE. — Égyptiens.

### SOMMAIRE :

**Les** Égyptologues. Lepsius — Bunsen — Mariette — de Rougé. L'Égypte — ses papyrus. — Calculs chronologiques : année vague; année sothique; année tropique; mois *panégyriques*. Résumé historique des dynasties. — Ménès. — Dynasties memphitiques. — Les Pyramides. — Tombeaux. — Les *Hyksos*. — L'exode des Hébreux. — Le souvenir des Hébreux en Egypte. — Appréciation de la durée des dynasties de Ménès à Alexandre. — La vénérable antiquité peu scrupuleuse en matière de dates. — Les Égyptiens n'avaient pas d'ère commune, pas de chronologie générale acceptée. — Quelle est l'autorité personnelle de Manéthon? Il y a eu des dynasties royales simultanées. — Le cycle de *Sothis*. — Le papyrus de Turin. Les monuments égyptiens. — Conclusions.

### I

L'Inde ne peut faire remonter ses institutions, son astronomie, ses livres poétiques beaucoup au delà de deux mille ans avant Jésus-Christ. La Chine réclame à juste titre un plus grand nombre de siècles; mais les sinologues les plus hardis assignent comme terme extrême à l'antiquité de la civilisation des Chinois 2637 ans avant Jésus-Christ.

Nous arrivons à la discussion de l'âge de la civilisation égyptienne. La question devient plus difficile : les savants ne sont plus aussi unanimes et le lecteur hésitera peut-être à choisir entre des opinions contradictoires qui se recommandent par le sérieux, le mérite, les connaissances des hommes qui les soutiennent. Comme la foi ne semble pas nécessairement intéressée à cet ordre de questions chronologiques, le lecteur chrétien suivra ces débats avec tranquillité d'esprit : son bon sens guidera la liberté de ses jugements.

Nous devons néanmoins le reconnaître, les conclusions auxquelles sont arrivés des savants jouissant en France et en Allemagne d'une grande autorité, Lepsius, Bunsen, Brugsch, Boeck, ne sont point tout à fait en rapport avec les chiffres des années que la chronologie relève ordinairement dans la Bible depuis Adam jusqu'à Abraham. D'après les observations que nous avons faites déjà en deux endroits de ce livre, nous n'avons point à nous en étonner ni à nous en émouvoir. Toutefois nous discuterons les opinions de ces illustres égyptologues, et nous leur opposerons des autorités et des raisons qui, à nos yeux, infirment leurs jugements et ne les rendent point sans appel.

Lepsius est à la fois un linguiste de premier ordre, qui s'est acquis une réputation méritée dans l'étude des langues comparées, et un égyptologue éminent. Envoyé par la Prusse à la tête d'une expédition de savants, il a séjourné en Egypte, étudié sur les lieux, copié les hiéroglyphes des pyramides, dessiné les peintures murales des chambres des rois de Thèbes, et rapporté une collection précieuse de dessins et de renseignements. Toutes ces richesses sont dignes de figurer auprès de celles qui ont été livrées à la curiosité du public par les savants qui se sont joints à l'expédition d'Égypte ; elles peuvent prendre place à côté des documents non moins précieux publiés par Champollion et Rosellini.

Quant à Bunsen, il a su mener de front la politique et la science. Ambassadeur à Rome et à Londres, il s'est ménagé des loisirs pour composer des ouvrages fort savants, où malheureusement l'esprit de système tient une trop large place. Il a ainsi déparé ses importants travaux. Cependant cet esprit distingué ne s'est point écarté du vrai par hostilité à l'égard de la religion. Il professait pour la Bible un véritable culte ; il a toujours entendu la défendre dans ses volumineux écrits ; et, il convient de le dire, surtout aujourd'hui, Bunsen a tenu à honneur de confesser jusqu'à sa mort la divinité de Jésus-Christ.

Ce savant, décédé il y a neuf ans, appela à sa dernière heure toute sa famille autour de lui ; il la bénit, puis il lui dit : « Je meurs content : en ce moment solennel pour moi, ma plus grande consolation est d'avoir toute ma vie cherché de tout mon pouvoir à faire aimer et adorer Jésus-Christ. »

A Bunsen et Lepsius nous opposerons plus d'une fois la judicieuse critique des égyptologues français, de MM. Letronne, Mariette et de Rougé.

On ne sera pas surpris si, en parlant de ceux qui ont accordé aux Egyptiens une antiquité qui ne nous paraît pas justifiée, nous omettons les érudits qui, au commencement de ce siècle, voulaient faire remonter les prétendus zodiaques de Denderah et d'Esné à sept mille ou quatre mille ans de date avant Jésus-Christ. On sait que cette question est depuis longtemps décidée et irrévocablement jugée. Ce que l'on nous donnait pour des observations astronomiques très-sérieuses, qui remontaient à quatre ou sept mille ans, s'est trouvé être tout simplement des représentations astrologiques, des horoscopes sans importance du temps de Tibère et d'Adrien. Pour le dire en passant, Champollion et Letronne ont donné une rude leçon à ces esprits intempérants, empressés de conclure contre les traditions chrétiennes aussitôt que de trompeuses apparences leur en fournissent l'occasion.

## II

Exposons la question chronologique telle qu'elle se présente aujourd'hui.

Il est hors de doute que l'Egypte possède les plus anciens monuments du monde.

Plusieurs circonstances ont beaucoup aidé à la conservation, dans ce pays, des souvenirs de l'histoire. La nature fournissait en abondance des matériaux favorables à la construction des monuments : de magnifiques carrières de pierre ; la boue du Nil, admirablement propre à la fabrication des tuiles. Une écorce ligneuse, souple et fine, le papyrus, offrait une surface polie toute préparée pour l'écriture. En outre le climat est très-favorable, par sa sécheresse, à la conservation des objets, qu'ils soient de pierre, de bois ou de lin.

L'instinct, naturel à l'homme, de conserver les souvenirs du passé détermina de bonne heure les Egyptiens à tracer des images et des représentations des événements. La peinture cursive donna naissance aux hiéroglyphes, composés de mots et d'images : la langue de l'histoire de l'Egypte était trouvée. Quant aux moyens de supputer les années, de distinguer et de noter les temps témoins des grands événements, l'Egypte fut encore exceptionnellement favorisée. Jouissant d'un ciel toujours serein, les Egyptiens purent observer les révolutions sidérales. Ils trouvèrent dès les temps les plus anciens l'année vague, plus tard l'année sothique, et enfin la durée à peu près exacte de l'année tropique.

L'année vague était de trois cent soixante-cinq jours sans addition d'un jour supplémentaire tous les quatre ans ; l'année sothique était l'année déterminée par le retour du soleil au point de l'étoile Sirius (Sothis); l'année tropique est l'année déterminée par le retour de la terre à l'équinoxe du printemps.

Les Égyptiens ont certainement compté d'après l'année tropique et l'année sothique. Le retour du commencement de l'année vague coïncidant, après 1,461 ans, avec l'année sothique, formait un cycle.

Le symbole de la renaissance du phénix exprimait probablement la coïncidence du renouvellement de l'année vague avec celui de l'année sothique, après 1,461 ans. C'était la renaissance du phénix d'Osiris. On trouve ce symbole dans le plafond astronomique portant le nom de Rhamsès, à six mois de distance de l'étoile Sothis.

Les mois *panégyriques* sont probablement des périodes de trente ans. On croit trouver l'usage de cette période en Égypte vers 1441 avant Jésus-Christ. Il est difficile, toutefois, de faire coïncider les observations astronomiques gravées sur les monuments avec les opinions émises sur la nature de ce comput. On ne peut se diriger sûrement, à travers des difficultés de ce genre, sans la connaissance préalable de l'astronomie des Egyptiens, que l'on n'a point encore entièrement pénétrée. De plus, les témoignages des anciens écrivains doivent être contrôlés avec soin, et l'on ne peut accepter leurs affirmations qu'après un mûr examen et des signes évidents de vérité.

Les Egyptiens semblent n'avoir point eu d'ère commune ni de dates générales servant de point de repère et auxquelles ils pussent rattacher la suite des règnes et la trame de l'histoire. Ils comptaient les années en prenant pour point de départ celle où le roi montait sur le trône et qui était appelée la première : en sorte qu'il nous paraît bien périlleux de donner des inductions générales à l'aide des dates particulières que fournit chaque règne. La première année commence-t-elle au mois précis de l'intronisation ou seulement au renouvellement de l'année? Le temps d'un règne court-il à partir de l'association du fils au règne du père ou seulement à partir de la mort de celui-ci ? Deux branches collatérales régnant en même temps sur des provinces différentes n'exposent-elles point le chronologiste à doubler le temps pendant lequel elles ont simultanément gouverné ?

Nous dirons un mot plus tard sur ces questions. Mais il importe maintenant de mettre sous les yeux du lecteur le résumé de cette période de l'histoire de l'Égypte dont nous avons à apprécier la durée.

### III

Comme tous les peuples, le peuple de Dieu seul excepté, les Égyptiens ont eu leur période mythologique. Ils avaient, croyaient-ils, été gouvernés par des dieux, qui auraient formé trois dynasties. On distinguait les dieux du premier ordre : Ra, dieu du soleil, et la famille du dieu Osiris, qui régna à This, dans la haute Egypte ; puis douze autres dieux, dont le chef est Toth, dieu de la lune. Les dieux de deuxième ordre, familles de héros, formaient la deuxième dynastie. Enfin trente demi-dieux mânes formaient la troisième.

Après les dynasties divines viennent les dynasties humaines. Ménès le Thinite (This devint plus tard Abydos) avait fondé Memphis. A partir de Ménès jusqu'aux rois perses, Manéthon compte trente dynasties de rois. A Memphis règnent la troisième et la quatrième dynastie, appelées *Memphitiques*. Au temps de la quatrième dynastie, la civilisation de l'Égypte était dans sa première floraison. C'est sous le règne de cette dynastie que furent élevées les pyramides de Chéops et de Chephrem (Koufou et Kafra) et la petite Menkera (*Mykerinos*). C'est encore pendant la quatrième dynastie que furent élevées au sud deux autres pyramides. La solidité avec laquelle ont été construits ces monuments immortels n'a jamais été surpassée ; et l'on se demande aujourd'hui comment les architectes égyptiens de cette époque ont pu suspendre des masses énormes sur des voûtes que soixante siècles n'ont pu faire fléchir.

M. Mariette a découvert près des pyramides, sous les sables, un vaste temple, construit en blocs énormes de granit noir et rose, d'albâtre oriental; et ce temple, d'après des indices sûrs, remonte à la même époque. (Voyez *Histoire ancienne* de F. Lenormant. — *Aperçu de l'Histoire d'Égypte*, par T. Mariette, p. 17.)

C'est autour de ces pyramides que sont les tombeaux, soit creusés dans des rochers, soit élevés au-dessus du sol : tombeaux qui, par leurs peintures et leurs inscriptions, offrent dans leurs chambres mortuaires une représentation complète de la vie des anciens Égyptiens, de leurs arts, de leurs richesses, de leurs occupations journalières, de leurs états sociaux, de leurs dignités. Lepsius place cette floraison de la civilisation égyptienne 3500 ans avant Jésus-Christ, alors que le reste du monde devait être encore muet pour nous durant si longtemps.

Elle dut être profonde l'impression que causèrent aux premiers voyageurs ces découvertes inattendues : ils crurent voir se lever de leurs tombeaux, secouant la poussière séculaire, des hommes qui avaient existé plusieurs milliers d'années avant eux, prêts à reprendre leurs occupations, et à vivre encore de leur vie civile et religieuse sur le même sol où ils s'étaient endormis !

Si l'imagination seule faisait revivre les souverains de la vieille Égypte, les yeux du moins rencontraient leurs vrais noms.

On trouve en effet les noms des rois de la cinquième dynastie dans les tombeaux de Memphis.

La sixième dynastie, de race éthiopienne, était peut-être contemporaine de la cinquième et, suivant quelques auteurs, aurait régné à Memphis, tandis que celle-ci aurait en même temps gouverné à Eléphantine. C'est avec cette dynastie que les noirs apparaissent dans l'histoire de l'Égypte.

L'art primitif avait atteint son apogée à l'époque de la sixième dynastie, mais sous les dynasties suivantes jusqu'à la onzième, la prospérité de l'Égypte déclina, comme on peut le conjecturer par l'absence de monuments. La fortune et le malheur se partagent la vie des peuples comme ils se disputent la vie des hommes !

Cette onzième dynastie était thébaine. Elle se rend indépendante et avec elle s'élève la réputation de Thèbes et de son dieu local Ammon.

La douzième dynastie (seconde thébaine) couvre l'Egypte d'une nouvelle gloire. L'éclat qu'elle jette se traduit par d'admirables monuments creusés dans les rochers. On cite les hypogées de Beni-Hassan décorés de riches peintures murales. Elle entreprend de grands travaux pour le bien-être des Égyptiens : le lac de Mœris, le canal de Joseph. Ce canal transforme le pays par l'irrigation à laquelle il donne lieu. Amenemha III fit élever sa pyramide dans le Faïoum, sur les bords du lac Mœris ; il construit en face de cette pyramide un temple qui devint plus tard le centre du fameux labyrinthe.

Sous la quinzième et la seizième dynastie, le royaume fut précipité du sommet de sa splendeur au milieu des horreurs de l'invasion des Hyskos. On a formé beaucoup de conjectures sur patrie de ces barbares envahisseurs : aujourd'hui, d'après M. Mariette, il faudrait les regarder comme un ramassis de toutes les hordes nomades de l'Arabie et de la Syrie. La masse principale, suivant M. Lenormant, était formée de Chananéens. «Leur invasion fut le dernier épisode de la grande migration qui, quelques générations auparavant, avait amené la race de Chanaan des bords du golfe Persique dans la Palestine » où Abraham les rencontra quelques générations plus tard. Les Hyksos s'emparèrent de Memphis, en firent leur résidence, imposèrent un tribut à tout le pays et gardèrent l'entrée de l'Egypte du côté du nord-est, pour se défendre contre les Assyriens. Cinq cent onze ans après leur entrée, selon l'estimation commune, les Hyksos furent chassés par des rois de l'Egypte supérieure, qui avaient conservé leur indépendance et s'étendaient peut-être jusqu'en Abyssinie. Ce ne fut qu'après de longs combats que les Hyksos furent délogés de leur place d'Avaris (Pelusium) et refoulés en Syrie.

Plus de cent mille Hyksos allèrent chercher une deumeure en Palestine et de là émigrèrent en Asie. Cette époque d'émigration s'étend du xvi° au xiv° siècle avant Jésus-Christ. C'est l'époque des souvenirs moitié mythologiques, moitié historiques des autres peuples ; et déjà l'Egypte avait connu les extrêmes de la fortune, le luxe des arts et leur déclin ; la conquête et l'envahissement. Elle avait vu passer douze dynasties de Rois !

La lutte pour la délivrance dut être une œuvre longue et difficile, embrassant plusieurs règnes. On pense que le roi Ahmès en vit la fin. La complète victoire fut inaugurée bientôt par la dix-huitième dynastie. La fuite des *Pasteurs* a été confondue par Josèphe avec l'exode du peuple hébreu. La fuite des Israélites eut lieu, suivant Manéthon, deux cent cinquante ans plus tard. On la place aujourd'hui sous le successeur de Rhamsès II, sous le roi Ménephtah (Aménophthis; Ménophthès).

Ménophthès est un roi très-connu, parce que sous son règne commence la période sothique (en 1322). Selon le calcul du mathématicien d'Alexandrie Théon, elle fut appelée *ménephtique*, et elle finissait cent trente-neuf ans après Jésus-Christ (1).

---

(1) Le livre des Rois (III° liv., vi, 1) compte 480 ans entre la fuite d'Egypte et la construction du temple. Mais il doit y avoir là un chiffre mal copié : car cette date ne correspond ni avec les

Sous les dernières monarchies, l'Égypte déclina graduellement et s'affaiblit dans le luxe et la paresse.

Toutefois Rhamsès III (vingtième dynastie), le riche Rhamsinit d'Hérodote, est indiqué sur les monuments comme un roi guerrier qui fit plusieurs excursions en Orient. Médinet-Abou à Thèbes est le Panthéon élevé à la gloire de ce nouveau Pharaon. Chaque pylone, dit M. Mariette, chaque

---

ndications des Septante, ni avec le livre des Juges, ni avec les Actes des Apôtres, xiii, 20, ni avec Josèphe (*Antiquités*, VIII, iii, 1. — *Contr. Ap.*, II, ii). Il est vrai que ces autorités augmentent le nombre des années plutôt qu'elles ne le diminuent ; mais, en supputant les générations que les lévites comptaient avec tant de soin, on ne trouve qu'une légère différence entre Manéthon et la Bible.

Moïse parle de la construction par les Juifs des villes de Pithom et de Rhamsès, sous un des prédécesseurs du Pharaon de l'Exode. On sait par d'autres témoignages que le puissant Rhamsès creusa des canaux et bâtit des villes : il fit faire le canal de Gosen, qui servit plus tard à unir le Nil à la mer Rouge. C'est aux extrémités de ce canal que se trouvaient les villes de Pithom et Rhamsès.

Les institutions égyptiennes conseillées par Joseph sont mentionnées dans Hérodote et Diodore de Sicile comme ayant pour auteur Sésostris ou Séson (Rhamsès).

C'est à la cour de Rhamsès II que Moïse fut élevé, et enfin Ménophthès est le monarque sous lequel le peuple d'Israël fut délivré. De ces trois rois de la dix-neuvième dynastie, Rhamsès II fut le plus grand, et jamais l'Égypte n'était arrivée à un si vif éclat. Son successeur Ménophthès est appelé par Hérodote Phéros (Pharao) ; il fut, selon ce même auteur, un impie orgueilleux, et le ciel le frappa de cécité.

porte, chaque chambre, nous y raconte les exploits qu'il accomplit. Sous la vingt-deuxième dynastie, Scheschonck (Σέσοχις), Schischag de la Bible, vers 970, marcha contre Roboam, premier roi du royaume séparé de Juda, et conquit Jérusalem (III, *Rois*, xiv, 25) et enleva les trésors du temple. Au côté sud du temple de Karnac. Ammon offre à Scheschonck, au milieu de plusieurs nations et de plusieurs prisonniers, un Asiatique dont le nom, Iutmalah, *semble* être celui du roi de Juda. Il existe à ce sujet plusieurs difficultés qu'il ne nous convient pas de discuter (1).

(1) On sait les recherches historiques sur l'Égypte ancienne entreprises au commencement de ce siècle et poursuivies avec tant de zèle, depuis l'expédition scientifique française jusqu'à l'expédition prussienne. Il est particulièrement consolant pour le chrétien que les rois d'Égypte dont parle la Bible se soient retrouvés avec leurs noms, leur caractère et leur date, sur les caissons, les statues, les stèles des temples qu'on a pu fouiller.

Abraham vint en Égypte l'an 2270 avant Jésus-Christ. Alors, et cinq cents ans plus tard encore, selon quelques auteurs qui s'appuient sur Manéthon, régnait la XVIe dynastie, celle des rois pasteurs ou Hyksos. Cette circonstance fait parfaitement comprendre comment il fut permis au patriarche d'entrer en Égypte et même d'y recevoir en présent des chameaux. Sous d'autres princes que les Hyksos, Abraham n'eût point reçu un pareil présent : car, dans l'opinion des Égyptiens indigènes, le chameau passait pour un animal impur qu'ils admettaient difficilement à leur service, à ce point que le chameau ne figure jamais ou ne figure que rarement sur les listes et dans les énumérations d'animaux. On ne le trouve pas non plus dans les peintures où tout ce qui est employé au service domestique a sa place. On comprend comment Joseph put deve-

## IV

Voilà les faits les plus saillants que les dynasties manéthoniennes, en ce qui nous intéresse, ont livrés à l'histoire. Quel est l'espace de temps dans lequel se sont accomplies les destinées de ces princes, dont nous ne connaissons souvent que les noms et parfois le tombeau ? Peut-on calculer avec certitude des siècles qui se sont écoulés de Ménès à Alexandre ?

Depuis le déchiffrement des hiéroglyphes et les

---

nir le premier ministre du Pharaon hyksos, le régime des castes ayant été infirmé ou suspendu. On se rend compte aussi de ce que, pour recommander son père au monarque, il disait Jacob pasteur de troupeaux depuis sa jeunesse, comme ses pères l'avaient été eux-mêmes. C'était sous les Hyksos que la race d'Abraham pouvait s'implanter en Égypte. Avec la haine que portaient les autres dynasties aux pasteurs, tous les faits racontés dans la Bible eussent été peut-être impossibles. Quatre cents ans plus tard, les Égyptiens, après avoir chassé les Hyksos, craignirent que les Hébreux, devenus un grand peuple, ne s'unissent à d'autres pasteurs et ne menaçassent leur dynastie, et ils résolurent d'arrêter les développements de cette nation étrangère.

Ils persécutèrent les Hébreux, établirent que l'on mettrait à mort les enfants mâles et réduisirent les descendants de Joseph et d'Abraham à l'état d'esclaves et de manœuvres. Ceux-ci furent employés à faire des briques avec le fin limon du Nil et à préparer la paille qui entrait dans leur composition. On trouve en effet beaucoup de monuments de cette époque construits en briques. (V. *Rosellini*.)

L'Écriture parle du Pharaon *qui ne connaissait pas Joseph*. C'était probablement un des Rois de la dix-neuvième dynastie.

découvertes successives de temples, de tombeaux, de papyrus, on s'est cru plus d'une fois à la veille de résoudre le problème de la chronologie égyptienne ; mais les obscurités, les lacunes des inscriptions et des papyrus n'ont pas permis, jusqu'à présent, aux égyptologues les plus éminents de jeter sur ces questions un jour suffisant.

Nous exposerons brièvement les raisons sur lesquelles nous nous appuyons pour motiver ce sentiment.

Avant d'être une science, la chronologie n'a reposé longtemps que sur de vagues souvenirs,

---

Rosellini a reproduit une peinture qui semble représenter les Juifs dans le travail de la préparation des briques; il croit les reconnaître à leur barbe, leur couleur, leurs vêtements, etc. Il n'est pas question, dans la Bible, de Sésostris, ce personnage fabuleux, selon quelques auteurs modernes, qui pourtant aurait, selon d'autres, traversé le pays de Chanaan, la Syrie, et pénétré jusqu'à l'Inde et la Perse. Il est probable que cette conquête, si elle est réelle, eut lieu pendant le séjour de quarante ans des Hébreux au désert. Rhamsès II serait le roi à la cour duquel fut élevé Moïse.

Sous le successeur de Salomon Roboam (971), Jérusalem fut pillée par Sésac. Un bas-relief trouvé sur le temple de Karnac semble un souvenir de cet événement. Le roi Scheschank (probablement Sizack ou Sezonchis, selon Manéthon), tient dix cordes dans la main.

L'inscription *Iudmalak* paraît en effet indiquer qu'il s'agit là d'un roi juif. On trouve en outre les noms des villes de Megiddo, Bethoron et Mahanaïm, villes soumises par le vainqueur. Les autres rapports des Juifs avec l'Égypte sous Asa, Ozias et Josias et les peintures tracées par Isaïe et Jérémie sont aussi confirmés.

des conjectures, des faits et des monuments incertains. L'antiquité n'éprouvait pas toujours le besoin de l'exactitude et de la précision que les modernes s'efforcent d'introduire partout dans l'histoire.

Alors même que les peuples anciens eussent voulu supputer exactement les années, ils n'auraient pu y réussir. Nous l'avons déjà observé, les Égyptiens ne possédaient point ou ne possédèrent que fort tard une ère commune ayant son point de départ dans un fait unique et culminant auquel se rattachent tous les autres événements par une succession qui remonte à une date initiale servant de point de repère. Ils comptaient les années de chaque règne; et la première de chaque avénement au trône ramenait toujours l'unité. Avant de prendre le soin de consigner par l'écriture la somme totale des années de plusieurs règnes, que de siècles s'écoulèrent sans qu'aucun chiffre exact fût gravé sur la pierre ou tracé sur le papyrus! Il y a tout lieu de penser que la conjecture usurpa souvent la place de l'exacte vérité. Ce fut seulement à une époque tardive que les Egyptiens purent avoir un système de chronologie arrêté; et peut-être même, ainsi que le pense M. Mariette, n'en possédèrent-ils jamais.

Lorsque Hérodote, vers l'an 450 avant Jésus-Christ, visita l'Égypte, il n'y recueillit de la bouche des prêtres qu'une chronologie incohérente et pleine de contradictions (1). C'est ainsi que, sur la foi des renseignements qui lui paraissent les meilleurs, il place après la dix-huitième dynastie la construction des pyramides Chéops, Chéphrem et Mycerinus, appartenant, comme chacun sait, à la quatrième.

Diodore de Sicile parcourut l'Egypte vers l'an 8 avant l'ère chrétienne, et cet écrivain ne fournit, sur la chronologie, que quelques renseignements exacts au milieu de données obscures ou démenties par les faits. Il observe lui-même que, depuis l'érection de la grande pyramide, les savants parmi les Egyptiens comptaient les uns une durée de mille ans, les autres une durée de trois mille quatre cents ans. Cette différence dans la supputation de l'âge d'un monument aussi populaire, n'autorise-t-elle pas à croire que, même à l'époque de Diodore, l'Egypte ne possédait aucun système de chronologie arrêté? Et cependant les papyrus n'étaient certainement pas ignorés des prêtres; et l'œuvre de Manéthon était depuis longtemps écrite.

Manéthon, il est vrai, pouvait utiliser la bibliothèque d'Alexandrie et les monuments, mais on

---

(1) On suppose qu'Hérodote ne sut s'adresser pour avoir des renseignements sur l'Égypte qu'à des personnes incapables ou indignes de le renseigner. On parle même de *guides*, de *ciceroni!* etc... Hérodote raconte qu'il s'adressa aux prêtres. Le Père de l'histoire fit sans doute tout ce qu'il put pour découvrir la vérité.

peut se demander si son œuvre ne représentait pas du moins en partie, ses seules appréciations personnelles ? Manéthon, grand-prêtre d'Héliopolis, a, suivant Josèphe, composé en grec une *histoire de l'Égypte* vers la fin du IIIe siècle avant Jésus-Christ à l'instigation de Ptolémée Philadelphe ; mais on peut se demander encore si le nom et l'œuvre de cet historien ont été aussi célèbres parmi ses contemporains que parmi nous. Le grec Eratosthène écrivit peu de temps après lui une *Histoire des rois de Thèbes :* son système chronologique diffère tellement de celui de Manéthon, qu'il semble permis d'y voir une œuvre tout à fait indépendante. C'est seulement dans l'historien Josèphe que nous voyons citée pour la première fois l'œuvre du prêtre d'Héliopolis. Manéthon n'était pas pour l'écrivain juif une bien grande autorité, car ce dernier l'accuse d'avoir fait des *récits incroyables* et des *contes mensongers* et de les avoir *puisés dans des fables inspirées par des caprices insensés* (Contr. App. I, XXXII).

A la fin du IIe siècle de l'ère chrétienne, le texte original de Manéthon était complétement perdu. On ne le connut depuis que par des copies où les variantes, les gloses annexées d'abord au texte, puis confondues avec lui, les contradictions les plus formelles se multiplièrent tous les jours et suggérèrent aux copistes des altérations nombreuses qui, à cette époque encore, étaient dans les procédés assez ordinaires même des écrivains honnêtes. On croyait servir à la fois l'auteur et ses lecteurs en améliorant son ouvrage. Aussi les recensions du texte de Manéthon offrent entre elles des dissemblances et des contradictions (1). On en a recueilli onze de ces recensions fragmentaires incomplètes : c'est un chaos où plus d'un érudit s'est perdu.

Loin de nous, toutefois, de vouloir exagérer les réserves qu'il convient de faire quand il s'agit d'apprécier l'autorité des listes de Manéthon.

Il est à croire que les trente dynasties de rois qui s'étaient succédé depuis Menès jusqu'à la dynastie des Perses, ont réellement existé, puisqu'un certain nombre d'entre elles se trouvent rappelées sur les anciens monuments de l'Egypte. Mais une grave question s'impose à celui qui prend pour base de sa chronologie les dynasties manéthoniennes : Sont-elles toutes successives? N'en existe-t-il pas, en nombre plus ou moins grand, qui peuvent être considérées comme simultanées? Ainsi Manéthon, d'après le Syncelle, dit avoir raconté l'histoire de

---

(1) Parmi ces recensions les plus célèbres, on compte celle de Jules l'Africain, évêque d'Emmaüs, vers l'an 200-230 ; — celle d'Eusèbe, évêque de Césarée, appelée *Canon*, éditée en 1833 par le cardinal Maï ; — celle du byzantin Georges, appelé le Syncelle, vers l'an 800. Ce dernier suivit l'usage et remania sur bien des points les chiffres que les manuscrits lui fournissaient.

cent treize générations de rois qui auraient occupé le trône pendant une période d'années de trois mille cinq cent cinquante-cinq ans. Or, en additionnant les chiffres d'années qui représentent la durée prétendue de chacune des trente dynasties, on arrive à un total qui excède notablement la somme de trois mille cinq cent cinquante-cinq ans. Les chiffres partiels ne correspondent pas avec le chiffre total, Manéthon lui-même admettait donc des dynasties régnant simultanément. Il faut observer que de très-fortes raisons ont fait croire à des savants éminents que les chiffres, totaux et partiels, appartiennent bien réellement à Manéthon et non à ses abréviateurs.

La chronique d'Eusèbe, les recensions de l'Africain reproduisent le même désaccord. D'où peut provenir ce fait, qui a dû frapper comme nous les auteurs qui l'ont consigné ? Evidemment, ils admettaient, eux aussi, les dynasties simultanées. Eusèbe, pour sa part, déclare formellement qu'il n'a point scrupule, pour expliquer Manéthon, de recourir à l'hypothèse de cette simultanéité : *Quòd si temporum copia exuberet, reputandum plures fortassè Ægyptiorum regés unà eddemque ætate extitisse.* C'est une tradition générale, dit-il, que les rois Thinites, ceux de Memphis, de Saïs et d'Ethiopie ont régné simultanément. Josèphe avait déjà affirmé avant Eusèbe que la dynastie étrangère des rois pasteurs avait régné simultanément avec une dynastie indigène. Eratosthène, suivant M. Bunsen, admettait aussi la simultanéité des règnes ; et il ne faut point oublier que cet écrivain vécut à Pergame peu avant Manéthon. M. Bunsen raye la deuxième, la cinquième, la neuvième et la dixième dynastie des listes de succession directe et les retranche du canon chronologique, où elles n'occuperaient qu'une place illégitime en grossissant le chiffre de la durée.

Tout porte à croire qu'à côté des Hyksos régnaient, dans la haute Egypte, des dynasties indigènes insoumises ou du moins tributaires.

Les égyptologues contemporains, ralliés ou non au système des dynasties simultanées, ont tous admis la nécessité d'abréger la chronologie manéthonienne.

M. Boeckh lui-même, après avoir placé Ménès à une date de 5702 ans, avant Jésus-Christ, a soin d'ajouter que, si c'est là vraiment la date donnée par les listes, on ne saurait cependant, en aucun cas, l'accepter comme certaine.

Il est vrai que M. Mariette constate qu'aucun monument n'est venu jusqu'ici confirmer l'hypothèse des dynasties simultanées. Cet argument négatif peut perdre sa valeur par quelque heureuse découverte. Plus d'une dynastie d'ailleurs n'a point laissé de monument. Les dynasties simultanées moins opulentes, plus contestées que les autres, ont dû compter moins de monarques constructeurs.

## V

On invoque en faveur de la très-haute antiquité de l'Egypte — antiquité que nous ne nions pas, mais qu'il importe de ne pas exagérer — la connaissance, très-ancienne parmi les Egyptiens, du cycle sothiaque.

Nous ferons à ce sujet plusieurs observations.

Rien ne prouve l'usage du cycle dans des temps très-anciens. Nous le trouvons mentionné formellement pour la première fois dans Censorinus, grammairien et astronome du III$^e$ siècle après l'ère chrétienne. Ce savant relate positivement qu'en l'an 139 de notre ère, sous Adrien, eut lieu un renouvellement de la période sothiaque. Cette même période est mentionnée par Clément d'Alexandrie et de plus dans un passage devenu fameux de Théon.

La période qui s'achevait en 139, ayant duré quatorze cent soixante-un ans vagues, a dû avoir son début en 1322 avant Jésus-Christ. Faut-il en conclure que la connaissance du cycle remonte précisément à cette dernière époque? Les astronomes alexandrins semblent l'avoir pensé, mais les modernes ont été généralement d'un autre avis. En effet, la connaissance de la différence sensible chaque année, entre l'année vague de trois cent soixante-cinq jours et l'année sothiaque, qui durait trois cent soixante-cinq jours et un quart de jour, c'est-à-dire, pour parler exactement, trois cent soixante-cinq jours, 24,225,694 cent millionièmes, ne pouvait-elle pas leur permettre, par voie d'induction, de calculer le retour du commencement du cycle? Il est vrai que l'on trouve, à l'époque de la douzième dynastie, l'étoile Sothis avec le nom significatif de *maîtresse du commencement de l'année*. On ne saurait assurément conclure de là que la période sothiaque fût déjà connue. Le début de l'inondation du Nil coïncidait, d'une manière à peu près exacte, avec le lever de Sirius et déterminait le premier jour du mois de Thoth, premier mois de l'année, et l'époque du solstice d'été. L'inondation d'une part, le solstice de l'autre, étaient deux points de repère qui, se rattachant au lever de Sirius, expliquaient cette dénomination d'étoile maîtresse de l'année. Toutefois, nous pensons que Manéthon a eu connaissance de la période sothiaque, et que ce cycle joue un très-grand rôle dans les supputations des années manéthoniennes. Les calculs du prêtre d'Héliopolis étaient la conséquence de ses opinions particulières; et elles pouvaient se rattacher, comme le pensait M. Letronne, à des conceptions astrologiques *à priori*. Manéthon pouvait se donner libre carrière, particulièrement en ce qui concerne les dynasties divines, antérieures aux dynasties humaines. Libre à lui de placer vingt et une périodes sothiaques avant Ménès. La mystique dans les nombres n'est point pour l'antiquité un fait unique et sans exemple ; et, bien que l'on trouve dans la chronologie manéthonienne des traditions exactes quant aux données générales, il est permis de croire qu'elles ont été remaniées avec l'intention de faire du cycle sothiaque une mesure historique *à priori*. (Voir l'excellent travail du regrettable abbé Vollot, professeur à la Sorbonne : *Système chronologique de Manéthon*.)

## VI

Il ne nous reste plus qu'à rechercher si les monuments et les papyrus de l'Égypte confirment la prodigieuse antiquité attribuée trop légèrement aux dynasties égyptiennes.

Les monuments égyptiens n'offrent à l'historien qu'un fil conducteur sans cesse interrompu ; et il n'est pas possible, avec leur seul secours, d'établir un cadre chronologique.

On l'a déjà observé, l'Egypte n'a pas tenu, vis-à-vis de la science du xixe siècle, toutes les promesses qu'elle semblait faire à Champollion et aux premiers investigateurs. Il suffit de dire qu'à l'heure présente les deux tiers seulement du lexique égyptien sont exactement fixés.

Mais ce qui manque, ce sont beaucoup moins

les instruments de recherche que les objets mêmes de cette recherche, si toutefois on la renferme dans la sphère de la chronologie.

« L'histoire des dynasties qui précèdent la dix-huitième, » dit Stuart Poole, « ne repose sur aucune série continue de monuments. Si l'on excepte ceux de la quatrième et de la douzième dynastie, il n'existe, pour ainsi dire, pas jusqu'à ce jour, de souvenirs archéologiques incontestés de la première époque égyptienne. » Il faut, à cet égard, renoncer à un contrôle souverain de l'*Histoire* de Manéthon.

Bunsen dit lui-même : « Les renseignements fournis par les monuments égyptiens ne peuvent remplacer une histoire écrite ; un cadre chronologique ne peut être établi d'après de tels documents (*Égypte*, t. I, p. 32). »

Il serait vraiment excessif de demander aux monuments et aux papyrus égyptiens une chronologie qu'ils ont vraisemblablement ignorée. Cinq listes royales plus ou moins complètes nous ont été livrées par l'égyptologie contemporaine. Eh bien ! ni le Canon royal du papyrus conservé au musée de Turin, ni la table de Karnak, ni celle d'Abydos, ni celle de Sakkarah, ni la seconde d'Abydos ne fournissent un ensemble de résultats concordants. Les souvenirs qui s'y lisent n'ont-ils point, d'ailleurs, été arbitrairement modifiés? C'est là un problème non encore résolu. Il paraît probable qu'une critique assez capricieuse a présidé à la rédaction de ces données historiques. La première dynastie, la deuxième et la troisième ne comptent que quelques rares monuments; la quatrième seule fournit la série à peu près complète des rois mentionnés par Manéthon et Eratosthène. Les monuments contemporains nous ont simplement conservé les noms de quatre rois de la cinquième dynastie. Il n'y a que quelques cartouches de la sixième dynastie qui aient survécu. De la fin de la sixième au commencement de la onzième, les monuments sont à peu près muets. La douzième de ces dynasties se signale par la grandeur architecturale et par des monuments semés avec profusion; mais, malgré cela, la chronologie n'en reste pas moins incertaine. On demande en vain à l'archéologue quelques données positives de la quinzième à la seizième dynastie : Pas un monument important de cette époque, dit M. Mariette, n'est venu jusqu'à nous. Ce savant égyptologue a exhumé quelques restes imposants de la domination des Pasteurs : une statue, par exemple, sur laquelle le roi hyksos Apophis avait gravé son nom. Mais le problème chronologique n'en est pas éclairé. L'existence de quelques rois de la dix-huitième dynastie est confirmée par des inscriptions lapidaires. Là encore nous trouvons des raisons de ne pas attacher une grande valeur aux calculs des chronographes compilateurs de Manéthon.

Les monuments ont prouvé deux choses relativement aux listes de Manéthon : 1° ces listes, vues dans leur ensemble, sont historiques, généralement parlant ; les noms correspondent à des rois véritables et qui ont régné en Egypte ; 2° ces monuments ont montré que ces rois n'ont point gouverné toute l'Egypte : tandis que les uns gouvernaient une contrée, les autres régnaient ailleurs.

« Peut-être, » dit M. Mariette, « des découvertes inattendues prouveront-elles un jour que, pendant toute la durée de l'empire égyptien, il y eut encore plus de dynasties collatérales que les partisans de ce système n'en admettent aujourd'hui. »

Ce n'est point à l'aide des monuments que Bunsen crée une chronologie : ceux-ci ne fournissent aucun renseignement positivement chronologique avant 1525 ; et le savant allemand en est réduit à des procédés arbitraires, dont l'effet est d'apporter la perturbation dans les listes des rois : c'est ainsi qu'il ajoute aux dynasties humaines cinq mille ans qu'il retranche aux dynasties divines.

Quand Bunsen place le règne de Ménès vers 3623 (1), sur quoi s'appuie-t-il ? Non sur des découvertes archéologiques, mais sur l'hypothèse fortement contestée que le Syncelle a exactement reproduit le calcul de Manéthon relatif aux cent treize générations et sur cette prétention que les

---

(1) Lepsius le place aussi arbitrairement en 3892.

vues de Manéthon sont en cela parfaitement justes.

Ménès n'a laissé aucun monument. Ce nom apparaît à plusieurs avec une physionomie presque légendaire; il est mêlé aux traditions héroïques des premiers peuples : Manou dans l'Inde, Minos en Crète, Manès en Phrygie, Manos en Lydie, Mannus en Allemagne. Celui qui a porté tant de noms et a figuré sur tant de théâtres est-il un personnage mythique ou historique ?

Les notions relatives à l'invasion des Hyksos sont, à cause de l'absence de monuments significatifs, si vagues, si incertaines, que les savants modernes disputent entre eux sur la question de savoir si la domination des Hyksos a duré cinq cents, ou bien six cents, neuf cents ans, ou deux mille ans.

Bien peu de monuments appartiennent à cette époque. Il est fort douteux qu'un Egyptien du temps de Ptolémée, cherchant consciencieusement les souvenirs du passé, ait pu fournir une chronologie approchant de l'exactitude antérieurement à la dix-huitième dynastie qui chassa les rois pasteurs. C'est depuis cette année seulement que l'Egypte a été vraiment unifiée et a formé une monarchie passablement affermie. Auparavant ce pays a été souvent divisé en états plus ou moins indépendants et rivaux, très-portés à exagérer leur antiquité et leur durée. Manéthon a voulu réellement recueillir et ordonner les listes des rois qui ont dominé ou partagé l'Egypte ; mais nous connaissons assez aujourd'hui la nature des documents de ce pays pour comprendre la difficulté de la tâche. Des monuments royaux, sur lesquels il trouvait des listes de rois sans histoire, sans souvenirs, lui auraient sans doute fourni des noms, quelques dates certaines quant à la durée des règnes. Mais, comme l'association au trône était largement pratiquée en Egypte, deux, trois princes et même un plus grand nombre pouvaient occuper le trône ensemble. Il serait intéressant de savoir si, au milieu de tant de causes de confusion et d'erreur, il est vrai, ainsi qu'on l'a dit, que Manéthon a pris parfois l'épithète qualificative d'un prince pour le nom d'un autre. Il est, d'ailleurs, moralement impossible que les documents imparfaits laissés par les premières monarchies aient pu traverser intacts la période des Hyksos et soient arrivés à Manéthon de manière à le mettre en état de déterminer, comme il l'a fait, la longueur des règnes et la durée de chaque dynastie. On peut légitimement soupçonner qu'il a, par nécessité, décliné la tâche de déterminer quelles dynasties étaient simultanées, quelles dynasties étaient consécutives. Rien ne prouve, ainsi que le suppose M. Mariette, que Manéthon ait fait réellement ce travail et déduit de la durée des dynasties le chiffre exprimant la durée des règnes collatéraux.

Il a laissé aux étrangers l'impression que les dynasties étaient consécutives, et que les rois s'étaient succédé en ligne directe, visant à cette gloire pour l'Egypte d'avoir eu des rois cinq mille ans avant Alexandre. D'autres prêtres avant lui s'étaient, on le sait, laissé aller même à de plus grandes exagérations (1).

Si l'on objecte contre nous l'autorité d'hommes aussi bien informés que Bunsen et Lepsius, nous en appellerons à la faiblesse de leurs arguments; nous dirons que d'autres savants, aussi profondément versés qu'eux dans les antiquités égyptiennes, aussi capables de décider en ces questions, ont porté un jugement entièrement différent. Wilkinson incline à placer le règne de Ménès vers 2690, et M. Stuart Poole donne pour la première année de Ménès l'an 2717 avant Jésus-Christ. Champollion, de Sacy, Rosellini, M. Th.-H. Martin, ont suivi la même voie critique. Ils pensent tous que le nombre des dynasties simultanées a été considérable. M. Mariette, dont l'autorité, comme égyptologue, est reconnue, est du même avis. S'il incline à croire que le travail d'élimination des dynasties collatérales a déjà été fait dans les listes de Manéthon, il n'en déclare pas moins « que les Égyptiens n'ont jamais eu de chronologie. »

« Quelle que soit, « ajoute-t-il, » la précision appa-

(1) Voyez Hérodote, II, 142, 143.

rente de ses calculs, la science moderne échouera toujours dans ses tentatives pour restituer ce que les Egyptiens ne possédaient pas. » — « Restituer, dit le même auteur, aux listes de Manéthon l'élément chronologique que les altérations des copistes leur ont enlevé est une œuvre impossible ; et on voit par là qu'autant la science se sent aujourd'hui assez forte pour affirmer qu'un monument appartient à telle ou telle dynastie, autant elle fait acte de conscience en refusant de se prononcer sur la date absolue à laquelle remonte ce monument. Le doute en pareille matière augmente à mesure que l'on s'éloigne des temps voisins de notre ère, au point que, selon les systèmes, il peut y avoir jusqu'à deux mille ans de différence dans la manière de compter l'âge de la fondation de la monarchie égyptienne. »

Tant qu'on pourra citer des autorités pareilles combattant avec nous l'autorité de la chronologie de Manéthon, en ce qu'elle a d'énorme et de défavorable à la Bible, on ne pourra raisonnablement soutenir que ce livre sacré est contredit par la vraie science et par la saine critique.

## CHAPITRE XIV

Chronologie chaldéenne. — Conclusion.

SOMMAIRE :

Bérose : — Histoire et chronologie fabuleuses. — Opinions de Bunsen. — Vue synoptique de la chronologie positive de tous les anciens peuples. — L'antiquité des monuments d'art prouve-t-elle que la date de l'origine de l'homme a été méconnue par la Bible? Date du déluge. — Le temps nécessaire à la formation des langues. — La formation et la variété des langues autorisent-elles à supposer une antiquité poodigieuse à l'existence de l'homme? — Conclusion : Opinion d'Eusèbe à l'égard de la certitude chronologique des temps primitifs.

I

Nous ne voulons point terminer l'étude de la question chronologique sans dire un mot de l'antiquité fabuleuse dont Bérose, comme Manéthon. a gratifié son pays. Ces deux écrivains vécurent à cette époque où l'Orient, vaincu par Alexandre, voulut éblouir la Grèce par les gloires d'un splendide passé à jamais évanoui. C'était une sorte de revanche que le vaincu prenait dans le champ de l'histoire contre le fragile et triomphant empire dont Alexandre avait créé le mirage trompeur.

Bérose, prêtre babylonien et contemporain d'Antiochus Soter, étendit les annales orgueilleuses de la vieille Chaldée à près de cinq cent mille années. L'ouvrage qu'il composa ne nous est guère connu que par quelques fragments conservés dans Eusèbe et dans le Syncelle.

Bérose fournit des indices précieux et des listes royales justifiées en quelques points par les inscriptions cunéiformes. Il est à croire que le prêtre chaldéen se servit utilement des documents officiels conservés à son époque. Mais si l'on remonte dans le passé au delà de deux mille ans, Bérose n'offre plus guère à la critique que des hypothèses ou des fables.

Dix rois, suivant lui, régnèrent primitivement en Chaldée durant une période de quatre cent trente-deux mille ans; puis vint le déluge de Xysuthrus, suivi d'une ère nouvelle inaugurée par Evechous, Chomasbelus et quatre-vingt-quatre autres rois, qui régnèrent trente-trois mille quatre-vingt-onze ans.

Ces chiffres fabuleux n'ont en partie d'autre raison peut-être que les conceptions astronomiques des prêtres chaldéens et une théorie de cycles qu'il leur plaisait de faire accepter.

Tout le monde sait aujourd'hui le cas qu'il faut faire de cette mensongère astronomie : elle ne se discute point.

La pauvreté historique des faits racontés par

Bérose peut faire juger du peu de créance que mérite la chronologie acceptée ou inventée par l'annaliste. D'après lui, Babylone devint, bientôt après la création, une sorte de repaire où vivaient à la manière des brutes, des hommes de toute race et de toute provenance. Mais voilà qu'un être vivant, ayant le corps d'un poisson, la tête et les pieds d'un homme, doué de la parole, parut tout à coup au milieu des Babyloniens. Il se nommait *Oannès*. Cet être prodigieux passait tout le jour à enseigner aux Babyloniens les arts utiles, les sciences, l'architecture, l'agriculture, l'art de gouverner par l'empire des lois, etc. Il ne prenait aucune nourriture, et quand venait la nuit, il se plongeait dans la mer et disparaissait; il revenait chaque matin. L'œuvre de civilisation, ainsi préparée, fut continuée par Alorus premier roi. Celui-ci eut neuf successeurs qui régnèrent ensemble pendant les quatre cent trente-deux mille ans dont nous avons parlé.

Ce qui est certain c'est que la Bible nous représente le bassin de l'Euphrate et du Tigre comme le berceau des premières sociétés humaines. La plaine de Sennaar fut habitée avant les bords du Nil. Babel vit, avant toute autre contrée depuis le déluge, les premiers essais de grandes associations humaines appelées nations.

Les Chaldéens constituèrent de bonne heure une société civile. Les éléments en furent probablement divers. Aux fils de Cham, à Nemrod, se mêlèrent les fils de Sem. L'élément sémitique en effet domina bientôt en Chaldée. Ce pays paraît avoir joui primitivement de son indépendance; cependant, il n'a point d'histoire vraiment distincte; et ses destinées se confondent avec celles de l'empire babylonien et avec l'empire assyrien. Les savants les plus autorisés sont unanimes à déclarer que la première période historique de la Chaldée ne commence guère avant 2458 ans avant Jésus-Christ.

Telle est la conclusion d'Henry Rawlinson en Angleterre, de Gudschmid et de Brandis en Allemagne. Bunsen, ayant à son usage une méthode pour la supputation du temps, croit qu'il faut ramener la seconde période mythique à 1550 ans et les ajouter à la période historique de Bérose. De cette manière il fait remonter le commencement des rois chaldéens vers quatre mille ans avant Jésus-Christ. Il admet comme historique, du moins en partie, la dynastie de 86 rois qui aurait, suivant Bérose, régné plus de trente-trois mille ans.

Il est vrai que Bunsen ne fait point entrer dans l'histoire réelle les règnes mythiques de Chomasbelus et d'Evechous. Il suppose des erreurs de copistes là où il lui convient. Ainsi Philon de Byblos fait observer que Babylone était fondée 1002 ans avant le règne fabuleux de Sémiramis.

M. Bunsen traduit 2000 ans : il gagne mille ans d'un coup de plume.

De toutes les données historiques qui se trouvent dans Bérose, Hérodote, Diodore et Strabon, il ressort que le peuple chamitique et sémitique, qui prit le nom de chaldéen, occupa d'abord les sources du Tigre au pays d'Arphaxad, entre l'Arménie et la Syrie. De là il descendit vers le sud, se répandit dans la Mésopotamie et fonda à Babylone un florissant empire. Cet empire ne remonte guère plus haut que 2000 ans avant Jésus-Christ : en élevant la date de son histoire positive à 2500, on semble toucher la limite extrême accordée par la science et par la critique contemporaines.

## II

Le lecteur n'attend pas que nous poussions plus loin l'étude des chronologies des divers peuples.

Dans une question qui n'intéresse pas, il est vrai, la foi chrétienne, mais seulement les traditions bibliques, assez vagues d'ailleurs, le chrétien s'efforcera de se rapprocher d'elles et évitera de s'en écarter sans nécessité. Quant à nous, nous pensons qu'aucune histoire humaine, écrite d'après les monuments ou recueillie dans les livres, ne remonte au delà de vingt-sept ou vingt-huit siècles avant Jésus-Christ. L'histoire d'Egypte commence avec quelque certitude vers l'an 2700 ; l'histoire de la Chine, peut-être vers 2600; l'histoire de Babylone, vers 2500; l'histoire des Assyriens, vers 1300; l'histoire de la Grèce avec la guerre de Troie, vers 1250, ou peut-être avec Hercule, un siècle plus tôt; l'histoire de Lydie, vers 1229; l'histoire de Phénicie, vers la même époque; l'histoire des Carthaginois, vers 880; l'histoire de la Macédoine, vers 720; l'histoire des Mèdes, au plus tôt vers 708; l'histoire romaine, vers la moitié du viii$^e$ siècle; l'histoire positive de l'Inde, vers 350 avant Jésus-Christ; l'histoire des Péruviens et des Mexicains, depuis Jésus-Christ.

Les monuments les plus anciens de la terre sont les pyramides, et elles n'ont été probablement élevées que 2400 ans avant Jésus-Christ. Le plus ancien temple de briques, à Babylone, n'a pas plus de 2300 ans d'existence. Deux mille ans sont une date fort raisonnable pour les murs cyclopéens de la Grèce et de l'Italie : les plus anciennes inscriptions sur pierre sont toutes de la même époque.

Si l'homme a apparu sur le globe il y a dix ou vingt mille ans, comme le prétend M. Bunsen, il faut avouer qu'il n'y a laissé aucun souvenir écrit, aucun monument avant les deux ou trois derniers mille ans. Nous avons, comme on sait, réservé les conclusions que l'on peut fonder sur les découvertes géologiques relativement à l'apparition de l'homme sur le globe. Toutefois, ne l'oublions pas, la science n'a point dit son dernier mot sur les découvertes géologiques, encore trop récentes pour fournir d'irrécusables témoignages.

Peut-on prétendre que les monuments primitifs ont été détruits? Non : car il n'y a rien qui ait pu empêcher les pyramides ou la tour de Nemrod de durer plus longtemps si elles avaient été construites plus tôt.

On a remarqué que les anciens restes des pyramides, des tombeaux, des temples de l'Egypte ne présentent point les indices de l'imperfection des arts à leur origine et que, dans les siècles qui ont suivi Ménès, les monuments indiquent un art déjà avancé : d'où on a voulu conclure que la civilisation était déjà ancienne avant le règne de Ménès.

On peut répondre que le développement de la civilisation, tel qu'il nous apparaît figuré et représenté par les premiers monuments, ne suppose pas du tout une période préparatoire de six mille ans, comme le prétend Bunsen (*Egypte*, t. IV, p. 571), mais bien plutôt cinq ou six siècles, espace de temps que la Bible accorde. Il n'est point surprenant que la civilisation se soit élevée très-haut même peu d'années après le déluge, car les traditions des arts qui florissaient dans le monde antédiluvien (*Gen.*, vi, 20-22) ont pu être conservées par ceux qui ont survécu à la catastrophe et revivre rapidement parmi leurs descendants. Il faudrait peut-être s'étonner que partout, excepté dans l'Egypte, il reste si peu de traces de la période antédiluvienne de la civilisation.

L'art babylonien, plusieurs siècles après l'établissement du royaume de Babylone, est encore grossier et primitif; les constructions de la Grèce et de l'Italie, qui s'approchent de la même date, sont d'un art très-primitif. Ce n'est que vers l'an 1000 qu'une civilisation vraiment avancée apparaît en Asie, et ce n'est que vers 600 ans avant Jésus-Christ que les arts fleurissent en Europe. Loin donc de trouver dans l'état de l'art ancien une objection contre la thèse que nous défendons, ses rares vestiges sur le globe et, à quelques exceptions près, son enfance confirment nos propositions. Concluons donc que l'archéologie démontre l'origine récente de notre espèce.

### III

Quant à la date du déluge, elle ne nous paraît absolument certaine ni dans le texte hébreu, ni dans les Septante; le texte hébreu la place en 2348; suivant les Septante, elle varie entre 3099, 3159 et 3300. Nous donnerons toutefois la préférence à la date des Septante : aucun monument historique n'est venu jusqu'à ce jour la contredire. Si son chiffre doit être élevé, ce ne peut être, croyons-nous, que par des considérations tirées de la géologie.

Plusieurs chronologues insistent pour l'adoption de la date du déluge donnée par le texte hébreu, c'est-à-dire 2348. Mais il n'existe aucune bonne raison pour l'imposer. La version des Septante était regardée comme jouissant de la principale autorité pendant les premiers âges de l'Eglise chrétienne : c'est la version communément citée dans le Nouveau Testament ; et ainsi, là où elle diffère de l'hébreu, elle a au moins autant d'autorité pour les chrétiens. La chronologie plus large des Septante, alors même qu'elle ne serait pas confirmée par le texte samaritain, aurait autant de droits que la chronologie plus restreinte du texte hébreu à être considérée comme la chronologie de l'Ecriture.

On sait que la période de temps entre le déluge et Abraham, telle qu'elle est déterminée par les Septante, est reproduite par le texte samaritain. On dit que les Juifs d'Alexandrie ont ajouté aux chiffres du texte hébreu, dans le but de mettre leur chronologie en harmonie avec la chronologie de l'Egypte (*Westminster Review*, n° 38). Le fait n'est pas impossible, mais il prouverait qu'aux yeux des Juifs du III° siècle avant Jésus-Christ, la chronologie de l'hébreu n'avait point une irréfragable autorité. Il y a de graves raisons de préférer la chronologie qui s'accorde le mieux avec les monuments.

## IV

On a fait valoir en faveur de l'origine reculée de l'homme le temps qu'il a fallu pour que la diversité qui existe entre le langage ait pu s'établir.

Ce temps, dit-on, a dû être immensément éloigné. Les langues croissent lentement; il a fallu deux mille ans pour que le français, l'italien et l'espagnol aient pu se former du latin. Ne faut-il pas beaucoup plus de temps encore pour que le latin, le grec, l'allemand, le celtique, le slavon le zend et le sanscrit se soient élaborés au sein de la langue primitive et commune? Et puisque le sémitique et le chinois, qui sont maintenant si distincts du sanscrit, dérivent d'une langue primitive commune à tous les trois, quel espace de temps n'a-t-il pas fallu pour créer les abîmes qui séparent ces trois familles de langues !

La langue primitive elle-même n'a point été créée tout d'une pièce, et il lui a fallu de longs siècles pour naître, fleurir et périr. Vingt et un mille ans, « la période d'une grande révolution du globe sur son axe, » est un espace de temps vraiment court, disent ces philologues, pour y placer à la fois la naissance, la formation, le développement du langage. On conclut que la véritable date de la création de l'homme n'était pas dix mille ans, quand l'histoire des Egyptiens a commencé ; ni même quatorze mille ans quand les Chamites et les Sémites formèrent des peuples distincts ; mais qu'elle remontait, alors, au moins à vingt mille ans. Voilà l'argument d'induction qu'on nous oppose.

On a cherché à lui donner une confirmation historique en évaluant le temps qui s'est écoulé en Europe pour la formation et l'élaboration progressive du français, de l'italien, de l'espagnol, etc., dérivant du latin. On suppose que ce temps peut servir de mesure et s'imposer comme une loi générale de la nature dans la formation des langues. On prétend tenir compte de l'économie des langues et des difficultés que présente la dérivation.

On est arrivé ainsi à des formules assez bizarres et passablement arbitraires.

En prenant comme unité de mesure le temps nécessaire à la dérivation et à la formation du français et de l'espagnol, émanant du latin, on a dressé le tableau suivant :

Formation du français de l'espagnol, = 1
Formation du latin dérivé du sanscrit, = 10
Formation du sanscrit dérivé de la langue primitive. = 100

D'après ce tableau, on est très-modéré en concluant que la formation des langues a demandé vingt et un mille ans.

Mais cet argument d'induction reposant sur l'histoire de l'élaboration de nos langues modernes en Europe est essentiellement défectueux. Un fait particulier est insuffisant pour créer une loi générale. De ce que la formation d'un langage déterminé a duré un certain nombre d'années, il ne suit pas que toutes les autres langues demandent le même espace de temps pour leur formation.

Il n'y a point d'unité de mesure chronologique applicable à la formation de toutes les langues. Il est d'abord difficile de dire exactement combien il a fallu de temps pour que le latin se soit changé en français ou en italien. Le latin était probablement très-imparfait dans la bouche des Italiens des provinces et dans celle des Gaulois du temps des Romains; peut-être se trouvait-il déjà bien plus voisin de l'italien que du latin classique. Nous ne connaissons pas le moment initial des transformations graduelles qui ont eu lieu. Nous ne pouvons non plus préciser le temps où elles se sont arrêtées. Les premiers monuments littéraires ne nous instruisent point du moment précis où le français et l'italien ont commencé.

L'argument suppose certain que des langues placées à une égale distance de leur source ont dû s'en éloigner comme de paisibles ruisseaux coulant sur un même plan, et qui parcourent le même espace en un temps égal. C'est une hypothèse très-douteuse, qui voudrait admettre que l'homme croît d'une même mesure dans un même intervalle de temps ? Parce qu'un enfant de treize ans a grandi d'un pouce dans uns année, grandira-t-il jusqu'à vingt ans dans la même proportion ? La croissance de l'un est brusque et rapide ; la croissance de l'autre est régulière et lente.

L'histoire de la linguistique constate que, dans son enfance, le langage se développe avec une rapidité bien plus grande que lorsqu'il est formé. Rien ne sert davantage à le fixer et, pour ainsi dire, à le stéréotyper, que la littérature. Mais supprimez les livres, les grammaires, les dictionnaires, et alors les langues inconstantes, livrées à un mouvement continuel, fluides comme un métal en fusion, se transforment incessamment, et, dans des circonstances données, subissent rapidement de véritables métamorphoses.

Quand les peuples sont tout à fait nomades, vivant isolés sans relations les uns avec les autres, il n'y a rien qui empêche les divergences infinies des langues. Les différences dans ces conditions égalent en peu d'années les modifications qui affectent en plusieurs siècles le langage d'un peuple civilisé.

« Les tribus, » dit Max Muller, « qui n'ont pas de littérature ni aucune sorte d'occupation intellectuelle, semblent se faire un divertissement du langage : elles lui donnent la plus grande liberté grammaticale. Les dialectes américains en sont un exemple bien connu. Plus une tribu est séparée des autres, plus sa grammaire et sa langue ressemblent à une perpétuelle végétation. Des villages séparés pendant quelques générations ne se comprennent plus. Le fait arrive en Amérique, en Chine, dans l'Inde et dans le Nord de l'Asie. A trente milles de distance, les hommes ne peuvent plus s'entendre. Les objets les plus nécessaires, les armes, les instruments, reçoivent des noms moitié poétiques, moitié satiriques, aussi vite abandonnés que facilement adoptés. »

Ces observations s'appliquent à tous les pays sans littérature.

## VI

Qu'il nous soit permis, en terminant cette longue étude chronologique, de formuler une dernière fois nos conclusions.

Nous n'oserions, dans l'état présent de la science, offrir au lecteur un système arrêté de chronologie. Nous avons cherché sans les trouver des dates exprimant d'une manière absolue et décisive l'âge du monde, l'époque de l'apparition de l'homme sur la terre, la distance qui nous sépare du déluge, en un mot, la chronologie indiscutable des événements mentionnés dans la Bible depuis le premier jour de l'hexaméron jusqu'à Abraham. La Bible nous a conservé sans aucun doute, quoique non sans interruption, la suite et l'ordre des événements. Elle contient des chiffres précieux, mais plus d'une raison nous porte à croire que les chronologistes, malgré leur science et leurs efforts multipliés n'ont point réussi dans la combinaison de ces chiffres. Tels qu'ils sont, leurs systèmes ont servi et ils serviront encore à étiqueter, pour ainsi dire, les plus grands événements de l'histoire primitive. Toutefois, il ne faut point, selon nous, s'appuyer sur eux comme sur une infaillible autorité pour combattre les conclusions des sciences profanes, quand celles-ci reposent sur des faits qui paraissent prouvés.

Deux excès sont à éviter : l'un consiste à imposer, avec le caractère d'une infaillibilité, qu'elles n'ont pas toutes également, les dates des diverses versions de la Bible ; l'autre serait d'abandonner sans motifs très-graves telle ou telle partie du comput biblique adoptée par les versions autorisées de nos livres sacrés.

Il n'est pas possible d'assurer aujourd'hui, dans l'état présent de la science, que la chronologie tirée de la version des Septante exprime la date exacte de l'apparition de l'homme. Peut-être les découvertes géologiques auront-elles pour résultat de démontrer que l'homme a existé sur la terre plus tôt qu'on ne l'avait pensé jusqu'ici. Néanmoins cette version, quant à ses dates principales, nous paraît préférable au texte hébreu. Mais, puisque l'hébreu, les Septante et le samaritain diffèrent, nous ne sommes réellement liés par aucun de ces textes. On peut toujours se demander si la chronologie des premiers chapitres de la Genèse n'a point été altérée par la négligence des copistes ou défigurée par leurs systèmes. Les signes qui expriment les nombres sont facilement altérables. La durée du temps, elle aussi, est *un trésor conservé dans des vases bien fragiles*. La parole de Dieu s'est perpétuée à travers les âges par l'œuvre des copistes exactement surveillés, sans doute : il est certain que nous avons un texte biblique admirablement conservé, eu égard à son antiquité. Toutefois Dieu a pu permettre qu'il souffrît l'outrage du temps dans ses parties les moins importantes.

Notre opinion, dans une matière aussi difficile, ressemble assez à celle d'Eusèbe de Césarée :

« Que personne ne prétende arrogamment qu'il soit possible d'acquérir une connaissance très-certaine des temps. On se convaincra facilement de cette impossibilité, si l'on se rappelle la parole du maître à ses disciples : « Vous ne pouvez savoir « ni les heures ni les temps que le Père a réservés « en sa puissance. » D'après la manière de parler de notre Dieu et Seigneur, il me semble qu'il n'applique pas seulement ces paroles si précises au temps marqué pour la fin dernière de toute chose, mais bien à tous les temps, afin d'arrêter ceux dont l'esprit s'applique à des recherches vaines et trop audacieuses. Nous dirons donc que nous ne pouvons bien comprendre ni la chronologie générale des Grecs, ni celle des Barbares, ni même des Hébreux. Nous serons content si notre traité aide à deux choses : 1° à ce personne ne se persuade, comme quelques-uns l'ont fait jusqu'ici, qu'on puisse acquérir par une science exacte la connaissance des temps, ce qui serait une hallucination ; 2° à convaincre que nous nous sommes proposé seulement de faire comprendre en quelque manière l'état de la question, afin que l'esprit ne flotte pas dans une complète incertitude (1). »

(1) Ne quis unquam arroganter contendat quasi fieri possit ut temporum certa cognitio acquiratur. Quod sane quisque sibi persuadebit, si primo veracem Magistrum cogitet familiaribus suis dicentem : *Non est vestrûm nosse horas et tempora quæ Pater posuit in potestate sua*. Etenim is Dei Dominique more, non de ultima tantum consumptione, sed de cunctis temporibus eam præcisam sententiam protulisse mihi videtur; videlicet ut eos compesceret qui nimis audacter inanibus ejusmodi tentationibus mentem attendunt. Deinde et noster hic sermo vehementi testimonio eamdem Magistri sententiam probabilem faciet : videlicet neque Græcorum, neque Barbarorum, neque aliarum quarumvis gentium, neque ipsorum Hebræorum universalem chronologiam nos posse evidenter addiscere. Porro autem contenti erimus, si præsens noster tractatus ad duo statuenda nos adjuvet : nempè primò, ut nemo sibi persuadeat (quod hactenus à quibusdam factitatum est) fieri posse ut accurata scientia ratio temporum comprehendatur, quæ profecto hallucinatio est; deinde ut quisque probe sciat id tantummodo curatum à nobis ut aliquo pacto quinam sit hujus controversiæ status percipiatur, ne prorsùs in ambiguitate nutemus.

FIN.

# APPENDICES

## I

**Le matérialisme peut-il légitimement invoquer en sa faveur le témoignage des découvertes nouvelles de la physiologie ?**

Exposons d'abord les découvertes dont il s'agit et dont l'honneur revient à un spiritualiste convaincu, au regrettable M. Flourens.

« En 1822, dit M. Claude Bernard (1), Magendie avait établi à l'aide d'expériences décisives, la distinction fondamentale des nerfs moteurs et sensitifs de la moelle épinière ; c'est à peu près vers la même époque que M. Flourens présenta à l'Académie des sciences ses recherches expérimentales sur le cerveau ; elles firent sensation dans le monde savant, et valurent à leur jeune auteur un mémorable rapport de

(1) Discours de réception de M. Claude Bernard à l'Académie française.

l'illustre Cuvier. Gall avait eu le mérite de ramener les qualités morales au même siége, au même organe que les facultés intellectuelles ; il avait ramené la folie au même siége que la raison dont elle n'est que le trouble.

« Mais à côté de ce trait de génie, comme l'appelle M. Flourens, se rencontraient des erreurs graves. Se fondant uniquement sur l'anatomie comparée, Gall pensa que les facultés intellectuelles étaient réparties dans toute la masse cérébrale, et sur cette erreur fut fondé le système des fatalisations phrénologiques. M. Flourens établit que l'intelligence est au contraire concentrée dans les parties les plus élevées de l'encéphale, et par ses expériences il prouva que l'ablation des hémisphères cérébaux suffit pour faire disparaître toutes les manifestations spontanées de l'instinct et de l'intelligence.

« Partant de ces données expérimentales, M. Flourens aborde ensuite ses études de psychologie comparée sur l'instinct et l'intelligence des animaux ; il veut, avec raison, que la psychologie embrasse l'ensemble de phénomènes intellectuels dans toute la série animale, et non l'intelligence de l'homme exclusivement.

« Quel admirable spectacle que cette manifestation de l'intelligence depuis l'apparition de ses premiers vestiges jusqu'à son complet épanouissement, manifestation graduée dans laquelle le physiologiste voit les diverses formes des fonctions nerveuses et cérébrales s'analyser en quelque sorte d'elles-mêmes et se répartir chez les différents animaux suivant le degré de leur organisation.

« D'abord, au plus bas degré, les manifestations instinctives, obscures et inconscientes ; bientôt l'intelligence consciente apparaissant chez les animaux d'un ordre plus élevé, et enfin chez l'homme l'intelligeuce éclairée par la raison, donnant naissance à l'acte rationnellement libre, acte le plus mystérieux de l'économie animale et peut-être de la nature entière.

« Dans tous les temps, les manifestations de l'intelligence ont été regardées comme des phénomènes impénétrables ; mais, à mesure que la physiologie avance, elle porte ses vues de plus en plus loin.

« Aujourd'hui, après avoir localisé, elle veut expliquer. Elle ne se borne pas à déterminer dans les organes le siége précis des fonctions ; elle descend dans les éléments mêmes de la matière vivante, en analyse les propriétés et en déduit l'explication des phénomènes de la vie, en y découvrant les conditions de leur manifestation.

« Je ne puis avoir la pensée d'entrer ici dans les arides détails de l'anatomie et de la physiologie du cerveau ; je n'oserais mettre votre patience à une aussi rude épreuve ; cependant, je vous demande la permission d'exposer rapidement quelques-uns des faits et des idées qui servent de jalons et de fils conducteurs à la physiologie moderne, dans les méandres encore si obscurs des phénomènes de l'intelligence.

« La physiologie établit d'abord clairement que la conscience a son siége exclusivement dans les lobes cérébraux ; mais, quant à l'intelligence elle-même, si on la considère d'une manière générale et comme une force qui harmonise les différents actes de la vie, les règles et les approprie à leur but, les expériences physiologiques nous démontrent que cette force n'est point concentrée dans le seul organe cérébral supérieur, et qu'elle réside, au contraire, à des degrés divers, dans une foule de centres nerveux inconscients échelonnés dans tout l'axe cérébro-spinal, et qui peuvent agir d'une façon indépendante, quoique coordonnés et subordonnés hiérarchiquement les uns aux autres.

« En effet la soustraction des lobes cérébraux, chez un animal supérieur, fait disparaître la conscience, en laissant subsister toutes les fonctions du corps dont on a respecté les centres nerveux coordinateurs. Les fonctions de la circulation, de la respiration, continuent à s'exécuter régulièrement, sans interruption, mais elles cessent dès qu'on enlève le centre propre qui régit chacune d'elles. S'agit-il, par exemple, d'arrêter la respiration, on agira sur le centre respiratoire qui est placé dans la moelle allongée.

« M. Flourens a circouscrit ce centre avec une scrupuleuse précision et lui a donné le nom de *nœud vital* parce que sa destruction est suivie de la cessation immédiate de la manifestation de la vie dans les organismes élevés. La digestion, seulement suspendue, n'est point anéantie. L'animal, privé de la conscience et de la perception, n'a plus l'usage de ses sens et a perdu conséquemment la faculté de chercher sa nourriture; mais si on y supplée en poussant la matière alimentaire jusqu'au fond du gosier, la digestion s'effectue parce que l'action des centres nerveux digestifs est restée intacte.

« Un animal dépourvu de ces lobes cérébraux n'a plus la faculté de se mouvoir spontanément et volontairement ; mais si l'on substitue à l'influence de sa volonté une autre excitation, on s'assure que les centres nerveux coordinateurs des mouvements de ses membres ont conservé leur intégrité. De cette manière s'explique ce fait, étrange et bien connu, d'une grenouille décapitée qui écarte avec sa patte la pince qui la fait souffrir. On ne saurait admettre que ce mouvement, si bien approprié à son but, soit un acte volontaire du cerveau ; il est évidemment sous la dépendance d'un centre, qui siégant dans la moelle épinière, peut entrer en fonction, tantôt sous l'influence centrale du sens intime et de la volonté, tantôt sous l'influence d'une sensation extérieure ou périphérique.

« Chaque fonction du corps possède ainsi son centre nerveux spécial, véritable cerveau inférieur dont la complexité correspond à celle de la fonction elle-même. Ce sont là les *centres organiques* ou *fonctionnels*, qui ne sont point encore tous connus, et dont la physiologie expérimentale accroît tous les jours le nombre. Chez les animaux inférieurs, ces centres inconscients constituent seuls le système nerveux ; dans les organismes élevés, ils se forment avant les centres supérieurs, et président à des fonctions organiques importantes dont la nature, par prudence, suivant l'expression d'un philosophe allemand, n'a pas voulu confier le soin à la volonté.

« Au-dessus des centres nerveux fonctionnels inconscients viennent se placer les centres instinctifs proprement dits. Ils sont le siége de facultés également innées, dont la manifestation, quoique consciente, est involontaire, irrésistible, et tout à fait indépendante de l'expérience acquise. Gall a beaucoup insisté sur les faits de ce genre, et nous pouvons en avoir tous les jours des exemples sous les yeux. Le canard qui a été couvé par une poule, et qui se jette à l'eau en sortant de sa coquille, nage sans avoir rien appris ni de sa mère ni de l'expérience. La vue seule de l'eau a suffi à réveiller son instinct. On sait encore l'histoire rapportée par M. Flourens d'après Fr. Cuvier, d'un jeune castor, isolé au moment de sa naissance, et qui, après un certain temps, commença à construire industrieusement sa demeure.

« Il y a donc des intelligences innées ; on les désigne sous le nom d'*instincts*. Ces facultés inférieures des centres fonctionnels et des centres instinctifs sont invariables et incapables de perfectionnement ; elles sont imprimées d'avance dans une organisaton achevée et immuable, et sont apportées toutes faites en naissant, soit comme conditions immédiates de viabilité, sait comme moyens d'adaptation à certains modes d'existence nécessaire pour assurer le maintien et la fixité des espèces.

« Mais il en est tout autrement des facultés intellectuelles supérieures ; les lobes cérébraux, qui sont le siége de la conscience, ne terminent leur développement et ne commencent à manifester leurs fonctions qu'après la naissance. Il en devait être ainsi ; car, si l'organisation cérébrale eût été achevée chez le nouveau-né, l'intelligence supérieure eût été close comme les instincts, tandis qu'elle reste ouverte, au contraire, à tous les perfectionnements et à toutes les notions nouvelles qui s'acquièrent par l'expérience de la vie. Aussi, allons-nous voir, à mesure que les fonctions des sens et du cerveau s'établissent, apparaître, dans ce dernier, des centres nerveux fonctionnels et intellectuels de nouvelle formation, réellement acquis par le fait de l'éducation.

« Nous désignerons sous le nom de *centres* les masses nerveuses qui servent d'intermédiaire aux points d'arrivée des nerfs de la sensation et aux points de départ des nerfs du mouvement. C'est dans cette substance de soudure, qui s'organise le plus tardivement, que l'exercice de la fonction vient frayer et creuser en quelque sorte les voies de communication des nerfs qui doivent se correspondre physiologiquement.

« Le centre nerveux de la parole est le premier que nous voyons se tracer chez l'enfant. Le sens de l'ouïe est son point de départ nécessaire ; si l'organe auditif manque, le centre du langage ne se forme pas, l'enfant né sourd reste muet. Dans l'éducation des organes de la parole, il s'établit donc entre la sensation auditive et le mouvement vocal un véritable circuit nerveux, qui relie les deux phénomènes dans un but fonctionnel commun. D'abord, la langue balbutie ; c'est par l'habitude seulement, et à l'aide d'un exercice, assez longtemps répété, que les mouvements deviennent assurés, et que cette communication centrale des nerfs est rendue facile et complète.

« Toutefois ce n'est qu'avec l'âge que la fonction peut s'imprimer définitivement dans l'organisation : un jeune enfant qui cesse d'entendre perd peu à peu la faculté de parler qu'il avait acquise et redevient muet, tandis que chez l'homme adulte, placé dans les mêmes conditions, il n'en est plus ainsi, parce que chez lui le centre de la parole est fixé et le développement du cerveau achevé.

« A ce moment, les fonctions de ce centre acquis sont devenues vraiment involontaires, comme si elles étaient innées; et c'est une chose remarquable que les actes intellectuels que nous manifestons n'atteignent réellement toute la perfection dont ils sont susceptibles, que lorsque l'habitude les a imprimés dans notre organisation, et les a rendus en quelque sorte indépendants de l'intelligence consciente qui les a formés et de l'attention qui les a dirigés. Chez l'orateur habile la parole est comme instinctive, et on voit, chez le musicien exercé, les doigts exécuter d'eux-mêmes les morceaux les plus difficiles, sans que l'intelligence, souvent distraite par d'autres pensées, y prenne aucune part.

« Parmi tous les centres nerveux acquis, celui de la parole est sans contredit le plus important : en nous permettant de communiquer directement avec les autres hommes, il ouvre à notre esprit les plus vastes horizons. Un médecin célèbre de l'institution des sourds-muets, Itart, nous a dépeint l'état intellectuel et moral des hommes qu'un mutisme congénital laisserait réduits à leur propre expérience. Non-seulement ils subissent une véritable rétrogradation intellectuelle et morale qui les reporte en quelque sorte aux premiers temps des sociétés; mais leur esprit, fermé en partie aux notions qui nous parviennent par les sens, ne saurait se développer.

« Leur âme, inaccessible aux idées qui excitent l'imagination et élèvent les pensées, reste souvent muette et silencieuse, parce qu'elle ne comprend pas les délicatesses du sentiment, dont la parole elle-même ne parvient pas toujours à rendre toutes les nuances. Le silence est éloquent, dit-on ; oui, pour ceux qui savent parler et pour ceux qui, étant initiés à toutes les émotions du cœur, sentent qu'il se passe alors quelque chose en nous que les mots ne peuvent plus exprimer !

« Mais ce ne sont pas seulement les mouvements de nos organes extérieurs qui deviennent automatiques, la formation de nos idées est soumise à la même loi, et, lorsqu'une idée a traversé le cerveau durant un certain temps, elle s'y grave, s'y creuse un centre et devient comme une idée innée.

« Ici la physiologie vient donc justifier le sentiment du poëte latin, en démontrant que, pendant le jeune âge, le cerveau en voie de développement est semblable à la cire molle, apte à recevoir toutes les empreintes qu'on lui communique, comme la jeune pousse de l'arbre prend également toutes les directions qu'on lui imprime. Plus tard, alors que l'organisation est plus avancée, les idées et les habitudes sont, ainsi qu'on le dit, enracinées, et nous ne sommes plus maîtres ni de faire disparaître immédiatement les empreintes anciennes, ni d'en former de nouvelles.

« L'organisation nerveuse de l'homme se ramène en définitive à quatre ordres de centres : les centres fonctionnels, les premiers formés, tous inconscients et dépourvus de spontanéité ; les centres instinctifs, conscients et doués de manifestations irrésistibles et fatales; les centres intellectuels, acquis d'une manière volontaire et libre, mais devenant par l'habitude plus ou moins automatiques et involontaires.

« Enfin, au sommet de toutes ces manifestations, se trouve l'organe cérébral supérieur du sens intime auquel tout vient aboutir ; c'est dans ce centre de l'unité intellectuelle qu'apparaît la conscience, qui, s'éclairant sans cesse aux lumières de l'expérience de la vie, tend à affaiblir, par le développement progressif de la raison et de la volonté, les manifestations aveugles et irrésistibles de l'instinct.

« N'oublions pas que c'est aux expériences de M. Flourens que nous devons nos principales connaissances sur le siége de la conscience, et rappelons encore que l'ablation des lobes cérébraux éteint aussitôt ce flambeau de l'intelligence et de la spontanéité : la vie séparée de la conscience peut continuer sans doute, mais alors les centres nerveux inférieurs, plongés dans l'obscurité, ne sont plus capables que d'actes involontaires et purement automatiques.

« Maintenant, quelle idée le physiologiste se fera-t-il sur la nature de la conscience ?

« Il est porté d'abord à la regarder comme l'expression suprême et finale d'un certain ensemble de phénomènes nerveux et intellectuels ; car l'intelligence consciente supérieure apparaît toujours la dernière, soit dans le développement de la série animale, soit dans le développement de l'homme. Mais, dans cette évolution, comment concevoir la formation du sens intime et le passage, si gradué qu'il soit, de l'intelligence inconsciente à l'intelligence consciente ?

« Est-ce un développement organique naturel et une intensité croissante des fonctions cérébrales qui font jaillir l'étincelle de la conscience, restée à l'état latent jusqu'à ce qu'une organisation assez perfectionnée puisse permettre sa manifestation, et est-ce pour cette raison que nous voyons la conscience se montrer d'autant plus lumineuse, plus active et plus libre, qu'elle appartient à un organisme plus élevé, plus complexe, c'est-à-dire qu'elle coexiste avec des appareils intellectuels inconscients plus nombreux et plus variés ? En admettant que la science vienne confirmer ces opinions, nous n'en comprendrions pas mieux pour cela, au point de vue physiologique, l'essence de la conscience, que nous ne pouvons comprendre, au point de vue chimique, l'essence du feu ou de la flamme.

« Le physiologiste ne doit donc pas trop s'arrêter, pour le moment, à ces interprétations ; il lui suffit de savoir que les phénomènes de l'intelligence et de la conscience, quelque inconnus qu'ils soient dans leur essence, quelque extraordinaires qu'ils nous apparaissent, exigent, pour se manifester, des conditions *organiques* ou *anatomiques*, des conditions *physiques* et *chimiques* qui sont accessibles à ses investigations, et c'est dans ces limites exactes qu'il circonscrit son domaine.

« Partout, en effet, nous constatons une corrélation rigoureuse entre l'intensité des phénomènes physiques et chimiques et l'activité des phénomènes de la vie ; c'est pourquoi il nous est possible, en agissant sur les premiers, de modifier les seconds et de les régler à notre gré. De même que les autres phénomènes vitaux, les manifestations intellectuelles sont troublées, affaiblies, éteintes ou ranimées par de simples modifications survenues dans les propriétés physiques ou chimiques du sang : il suffit de vicier ce liquide nourricier en y introduisant des anesthésiques ou certaines substances toxiques, pour faire aussitôt naître le délire ou disparaître la conscience.

« La pensée libre, pour se manifester, exige la réunion harmonique dans le cerveau de toutes ces conditions organiques, physiques et chimiques. Comment comprendre, en effet, la folie qui supprime la liberté, si on ne l'envisageait comme un trouble survenu dans ces conditions ?

« Là, comme partout, les propriétés matérielles des tissus constituent les moyens nécessaires à l'expression des phénomènes vitaux; mais, nulle part, ces propriétés ne peuvent nous donner la raison première de l'arrangement fonctionnel des appareils. La fibre du muscle ne nous explique, par la propriété qu'elle possède de se raccourcir, que le phénomène de la contraction musculaire; mais cette propriété de la contractibilité, qui est toujours la même, ne nous apprend pas pourquoi il existe des appareils moteurs différents, construits, les uns pour produire la voix, les autres pour effectuer la respiration, etc. ; et, dès lors, ne trouverait-on pas absurde de dire que les fibres musculaires de la langue et celles du larynx ont la propriété de parler ou de chanter, et celle du diaphragme la propriété de respirer ? Il en est de même pour les fibres et cellules cérébrales; elles ont des propriétés générales d'innervation et de conductibilité, mais on ne saurait leur attribuer pour cela la propriété de sentir, de penser ou de vouloir.

« Il faut donc bien se garder de confondre les propriétés de la matière avec les fonctions qu'elles accomplissent. Les propriétés de la matière n'expliquent que les phénomènes spéciaux qui en dérivent directement. Dans les œuvres de la nature et dans celles de l'homme, les propriétés matérielles ne restent point isolées, elles sont groupées dans des organes et dans des appareils qui les coordonnent dans un but final de fonction.

« En un mot, il y a dans toutes les fonctions du corps vivant, sans exception, un côté idéal et un côté matériel. Le côté idéal de la fonction se rattache par sa forme à l'unité du plan de création ou de construction de l'organisme, tandis que son côté matériel répond, par son mécanisme, aux propriétés de la matière vivante.

« Les types des formations organiques ou fonctionnelles des êtres vivants sont développés et construits sous l'influence de forces qui leur sont propres; les propriétés de la matière organisée se rangent toutes, au contraire, sous l'empire des lois générales de la physique et de la chimie; elles sont soumises aux mêmes conditions d'activité que les propriétés de la matière minérale, avec lesquelles elles sont en relations nécessaires et probablement équivalentes. ».....

Nous sommes tout prêts à reconnaître, dans les découvertes exposées par M. Claude Bernard, un véritable progrès physiologique, et nous croyons qu'elles font un grand honneur à leur auteur. Mais si nous attachons la plus grande valeur à des expériences si bien conduites, nous ne pouvons admettre les conséquences que plusieurs physiologistes ont prétendu en déduire.

M. Claude Bernard, lui-même, malgré la réserve de son langage, se trompe lorsqu'il semble admettre comme légitime « la tendance de la physiologie qui veut expliquer les phénomènes intellectuels en même temps que tous les autres phénomènes de la vie. » La physiologie pourra décrire, analyser, classer les *organes*, les *instruments* à l'aide desquels fonctionne l'intelligence et par lesquels, dans l'état présent d'union de l'âme et du corps, le principe spirituel chez l'homme devient inerte et inconscient. Mais l'étude de l'instrument et du jeu seul des organes matériels peut-elle donner de l'âme une idée suffisante? — Ces organes, ces instruments de l'esprit peuvent-ils être identifiés avec lui? — Cabanis définissait la pensée une *sécrétion du cerveau*. Cabanis, personne ne voudrait le nier aujourd'hui, disait une absurde et incompréhensible chose. Mais quand M. Vulpian définit la volonté *un mouvement réflexe des organes*, quand M. Lhuys parle des perceptions des idées qui s'*anastomosent*, c'est-à-dire se soudent ensemble comme les tronçons d'une veine rompue, on se demande comment le ridicule qui a atteint Cabanis ne frapperait pas aussi quelques physiologistes contemporains.

On peut admettre un certain parallélisme entre les

faits cérébraux et les faits psychologiques et faire dépendre, dans l'état présent, l'intelligence, cette ouvrière spirituelle par essence, de l'instrument matériel dont elle se sert; mais supprimer l'âme, l'appeler une *cellule pensante*, la confondre, l'identifier avec l'instrument: voilà ce que nulle découverte physiologique n'autorise, ce que la psychologie et le bon sens repoussent avec une égale énergie. Qu'importe que l'âme, dans ses facultés multiples, passives ou actives, soit aidée tantôt par un lobe de cerveau, tantôt par un autre, par un centre nerveux ayant son siége dans le prolongement de la moelle épinière ou par le cerveau lui-même? est-ce que, par l'effet des divisions des organes, tel centre nerveux devient le sens intime, tel autre la perception, un troisième la mémoire ou le jugement?

Les tentatives d'une physiologie ambitieuse ne feront que rendre plus chère aux esprits sérieux la philosophie chrétienne, celle de saint Thomas, de Bossuet, doctrine qui ressort de l'étude de la Genèse, et qui a traversé les siècles en garantissant à l'homme le libre arbitre, la responsabilité, la moralité et la gloire dont Dieu lui-même l'a couronné en le faisant à son image et ressemblance.

## II

### L'Homme descend-il du Singe?

Nous mettons sous les yeux du lecteur quelques extraits tirés de l'ouvrage de M. de Quatrefages : *Rapport sur les progrès de l'Anthropologie*. Ces extraits compléteront et confirmeront ce que nous avons écrit sur les origines de l'homme.

« ... Peut-on suppléer, par l'observation de ce qui se passe actuellement, à ce manque de renseignements sur ce qui a précédé et accompagné l'apparition des êtres organisés? Non, car les phénomènes qui produisent ne sont nullement ceux qui entretiennent. Nous pouvons constater ceux-ci par l'étude ; nous ne saurions deviner les premiers....

«... On sait qu'un certain nombre de savants, dont je suis le premier à reconnaître le profond et sérieux mérite, ont cru pouvoir faire à l'homme une application précise des idées de Darwin, et regarder les diverses populations du globe comme descendant plus ou moins directement d'un ou de plusieurs singes. Cette théorie est loin d'être nouvelle; elle s'est produite au dernier siècle en Angleterre (lord Monboddo); elle était celle de Lamarck et eut dès cette époque quelques disciples. Oubliée depuis un demi-siècle, elle reparaît avec tout l'appareil de la science moderne et appuyée sur la doctrine de la *sélection naturelle;* elle a produit un grand effet dans le public étranger à la science. Pour ces divers motifs, je ne puis me dispenser d'en parler ; mais je serai bref.

« En France, les idées que je viens de rappeler ont eu assez peu d'écho, au moins parmi les anthropologistes qui se sont prononcés publiquement sur ce point. D'ordinaire, la Société d'Anthropologie a évité les questions d'origine. Quand elles se sont présentées incidemment, elles ont parfois provoqué quelques *déclarations de tendances darwinistes*, si je puis m'exprimer ainsi, parfois aussi des déclarations en sens contraire. Mais la plupart du temps elles ont amené, en ce qui touche à l'origine simienne de l'homme, des critiques qui, pour être indirectes, n'en sont pas moins justes et raisonnées. Sur ce point, les monogénistes et les polygénistes de la Société se sont trouvés généralement d'accord ; et quiconque laissera de côté toute préoccupation non scientifique arrivera certainement aux mêmes conclusions. C'est que, même à vouloir se placer sur le terrain du darwinisme et à s'en tenir aux caractères fournis par la morphologie et l'anatomie, la filiation d'un singe quelconque à l'homme est impossible à soutenir en présence des travaux anciens et modernes.

« En effet, dans la doctrine du savant anglais, les transformations n'ont lieu ni au hasard, ni en tout sens. En vertu de la sélection naturelle, l'organisme, obéissant à des conditions impérieuses, se trouve modifié et *adapté* de plus en plus à ces conditions par voie d'élimination. De là il résulte que certaines fonctions prédominent, et que les caractères en rapport avec leur accomplissement s'accusent de plus en plus.

De là il résulte aussi qu'une fois engagé dans une certaine voie, l'être organisé peut bien s'élever dans la même direction et subir des modifications secondaires, tertiaires, etc., mais qu'il ne saurait perdre le caractère essentiel de son type originel. Par conséquent, deux êtres appartenant à des types originairement différents peuvent bien, dans la doctrine de Darwin, remonter à un ou plusieurs ancêtres communs, mais l'un ne saurait descendre de l'autre. Voilà comment la théorie du naturaliste anglais rend compte d'une manière séduisante de la formation et de la délimitation des groupes (*classes, ordres, familles,* etc.). Il n'est pas même nécessaire de lire l'ouvrage de Darwin pour se convaincre que je traduis ici fidèlement ses idées ; il suffit de jeter les yeux sur la planche qui les exprime graphiquement.

« Or, considéré à ce point de vue, l'homme et les singes en général présentent un contraste des plus frappants et sur lequel Vicq-d'Azyr, Lawrence, M. Serres, etc., ont insisté depuis longtemps avec détail. Le premier est un *animal marcheur*, et marcheur sur ses membres de derrière ; tous les singes sont des *animaux grimpeurs*. Dans les deux groupes, tout l'appareil locomoteur porte l'empreinte de ces destinations fort différentes : les deux types sont parfaitement distincts.

« Les travaux si remarquables de Duvernoy sur le Gorille, de MM. Gratiolet et Alix sur le Chimpanzé, ont confirmé pleinement pour les singes anthropomorphes ce résultat, très-important, à quelque point de vue qu'on se place, mais qui a plus de valeur encore pour qui veut appliquer *logiquement* la doctrine de Darwin. Ces recherches modernes démontrent en effet que le type singe, en se perfectionnant, ne perd en rien son caractère fondamental et reste toujours parfaitement distinct du type humain. Celui-ci ne peut donc dériver de celui-là.

« La doctrine de Darwin, rationnellement adaptée au fait de l'apparition de l'homme, conduirait à dire :

« Nous connaissons un grand nombre de termes de la série simienne. Nous la voyons se ramifier elle-même en séries secondaires aboutissant également aux Anthropomorphes, qui sont, non pas les membres d'une même famille, mais bien les *termes correspondants supérieurs* de trois familles distinctes. (GRATIOLET.) Malgré les modifications secondaires entraînées par des perfectionnements de même nature, l'Orang, le Gorille, le Chimpanzé, n'en restent pas moins fondamentalement *des singes, des grimpeurs*. (DUVERNOY, GRATIOLET, ALIX.) Par conséquent, l'homme, chez qui tout révèle le *marcheur*, ne peut appartenir ni à l'une ni à l'autre de ces séries : il ne peut être que le terme supérieur d'une série distincte dont les autres représentants ont disparu ou ont échappé jusqu'à ce jour à nos recherches. L'Homme et les Anthropomorphes sont les termes extrêmes de deux séries qui ont commencé à diverger au plus tard dès que le singe le plus inférieur a paru.

« Voilà comment devra raisonner le vrai *darwiniste*, alors même qu'il tiendrait compte uniquement des *caractères morphologiques extérieurs* et des *caractères anatomiques* dont les premiers sont la traduction chez l'animal adulte.

« Dira-t-on qu'une fois arrivé au degré d'organisation accusé par les Anthropomorphes, l'organisme a subi une impulsion nouvelle et s'est trouvé modifié pour la marche? Ce serait ajouter une hypothèse de plus; et cette fois on n'aurait pas même à invoquer la gradation organique présentée par l'ensemble des Quadrumanes et sur laquelle on insiste, comme conduisant à la conclusion que je combats; on serait complétement en dehors de la *théorie de Darwin*, sur laquelle on a la prétention de s'appuyer.

« Sans sortir de ces considérations purement morphologiques, on peut mettre en regard, comme l'a fait M. Pruner-Bey, les caractères généraux les plus saillants chez l'Homme et chez les Anthropomorphes. On arrive alors à constater ce fait général, qu'il existe « *un ordre inverse* du terme final du développement « dans les appareils sensitifs et végétatifs, dans les « systèmes de locomotion et de reproduction. » (PRUNER-BEY.)

« Il y a plus : cet *ordre inverse* se montre également dans la série des phénomènes du développement individuel.

« M. Pruner-Bey a montré qu'il en est ainsi pour une partie des dents permanentes. M. Welker, dans ses curieuses études sur l'angle sphénoïdal de Virchow, est arrivé à un résultat semblable. Il a montré que les modifications de la base du crâne, c'est-à-dire d'une des parties du squelette dont les rapports avec le cerveau sont les plus intimes, avaient lieu en sens inverse chez l'Homme et le Singe. Cet angle diminue chez l'Homme à partir de la naissance et s'agrandit au contraire chez le Singe parfois au point de s'effacer.

« Mais, ce qui est bien plus fondamental encore, c'est que cette marche inverse du développement se constate jusque dans le cerveau. Ce fait, signalé par Gratiolet, sur lequel il a insisté à diverses reprises et qui n'a été contesté par personne ni à la Société d'Anthropologie, ni ailleurs, a une importance et une signification faciles à saisir.

« Chez l'Homme et chez l'Anthropomorphe *adulte*, il existe dans le mode d'arrangement des plis cérébraux une certaine ressemblance qui a pu en imposer et sur laquelle on a vivement insisté. Mais ce résultat est atteint *par une marche inverse*. « Chez le singe, les
« circonvolutions temporo-sphénoïdales qui forment
« le lobe moyen paraissent et s'achèvent avant les cir-
« convolutions antérieures qui forment le lobe frontal.
« Chez l'Homme, au contraire, les circonvolutions
« frontales apparaissent les premières et celles du
« lobe moyen se dessinent en dernier lieu. »

« Il est évident que, lorsque deux êtres organisés suivent dans leur développement une marche inverse, le plus élevé des deux ne peut descendre de l'autre par voie d'évolution.

« L'Embryogénie vient donc ajouter son témoignage à celui de l'Anatomie et de la Morphologie, pour montrer combien se sont trompés ceux qui ont cru trouver dans les idées de Darwin un moyen de soutenir l'origine simienne de l'Homme.

« En présence de ces faits, on comprendra que des anthropologistes, fort peu d'accord parfois sur bien d'autres points, se soient accordés sur celui-ci et aient été amenés également à conclure : que rien ne permet de voir dans le cerveau du Singe un cerveau d'Homme frappé d'arrêt de développement, ni dans le cerveau de l'Homme un cerveau de Singe développé (Gratiolet) ; que l'étude de l'organisme en général, celle des extrémités en particulier, révèle, à côté d'un plan général, des différences de forme et des dispositions accusant des adaptions tout à fait spéciales et distinctes, et incompatibles avec l'idée d'une filiation (Gratiolet, Alix); qu'en se perfectionnant, les Singes ne se rapprochent pas de l'Homme, et, réciproquement, qu'en se dégradant, le type humain ne se rapproche pas des Singes (Bert) ; enfin qu'il n'existe pas de passage possible entre l'Homme et le Singe, si ce n'est à la condition d'intervertir les lois du développement (Pruner-Bey), etc.

« A ces faits généraux, que je ne puis qu'indiquer, à la multitude des faits de détail dont ils ne sont que le résumé, qu'opposent les partisans de l'origine simienne de l'Homme ?

« J'ai beau chercher, je ne rencontre partout que la même nature d'arguments : des exagérations de ressemblances morphologiques que personne ne nie ; des inductions tirées de quelques faits exceptionnels et qu'on généralise, ou de quelques coïncidences dans lesquelles on suppose des relations de cause à effet ; puis enfin un appel aux *possibilités*, d'où l'on tire une conclusion plus ou moins affirmative.

« Citons quelques exemples de cette manière de sonner :

« 1° La main osseuse de l'Homme et celle des Singes, surtout de certains Anthropomorphes, présentent des analogies marquées. Ne serait-il pas possible qu'une modification à peine sensible eût conduit à l'identité ?

« Non, répondent MM. Gratiolet et Alix, car la musculature du pouce établit une différence profonde et accuse une *adaptation* à des usages très-différents.

« 2° Chez l'Homme seulement et chez les Anthropomorphes, l'articulation de l'épaule permet des mouvements de rotation. N'y a-t-il pas là une véritable ressemblance ?

« Non, répondent encore les mêmes anatomistes, car, même à ne considérer que les os, on reconnaît que les mouvements ne sauraient être les mêmes : mais surtout la musculature présente des différences tranchées, accusant encore des *adaptations* spéciales.

« Ces réponses sont justes, car, quand il s'agit de *locomotion*, il est évident qu'il faut tenir compte des muscles, agents actifs de la fonction, au moins autant que des os, qui servent seulement de points d'attaches et sont constamment passifs.

« 3° La voûte du crâne de quelques races humaines, au lieu de présenter dans le sens transversal une courbure uniforme, s'infléchit un peu vers le haut des deux côtés et se relève vers la ligne médiane (*Néo-Calédoniens, Australiens*, etc.). N'est-ce pas, dit-on, un acheminement vers les crêtes osseuses qui se dressent dans cette région chez certains Anthropomorphes ?

« Non, répondrons-nous, car chez ces derniers les crêtes osseuses se détachent des parois du crâne et ne font nullement partie de la voûte.

« 4° N'est-il pas très-remarquable de voir l'Orang brachycéphale comme le Malais dont il est compatriote, tandis que le Gorille et le Chimpanzé sont brachycéphales comme le Nègre ? N'y a-t-il pas là une raison pour regarder le premier comme le père des populations malaises, et les seconds comme les ancêtres des peuples africains?

« Les faits avancés seraient exacts que la conséquence qu'on en tire serait loin d'être démontrée. Mais la coïncidence qu'on invoque n'existe même pas. En effet, l'Orang, essentiellement originaire de Bornéo, y vit au milieu des Dayaks et non pas des Malais ; or les Dayaks sont dolichocéphales bien plutôt que brachycéphales. Quant à la dolichocéphalie des Gorilles, elle est loin d'être générale, puisque, sur *trois* femelles de ce singe dont on a mesuré les crânes, *deux* sont brachycéphales. (Pruner-Bey.)

« 5° Les Microcéphales présentent dans leur cerveau un mélange de caractères humains et simiens, et indiquent une conformation intermédiaire, normale à une époque antérieure, mais qui, aujourd'hui, ne se réalise que par un arrêt de développement et un fait d'atavisme.

« Les recherches de Gratiolet sur l'encéphale du Singe, de l'Homme normal et des Microcéphales, ont montré que les ressemblances indiquées sont purement illusoires. C'est pour ne pas y avoir regardé d'assez près, qu'on a pu les apercevoir. Chez le Microcéphale, cerveau humain se simplifie, mais le *plan initial* n'est pas changé pour cela, et ce plan n'est pas celui que l'on constate chez le Singe. Aussi Gratiolet a-t-il pu dire sans que personne ait tenté de le combattre :

« Le cerveau humain diffère d'autant plus de celui
« du Singe qu'il est moins développé, et un arrêt de
« développement ne pourra qu'exagérer cette diffé-
« rence naturelle... Souvent moins volumineux et
« moins plissés que ceux des Singes anthropomorphes,
« les cerveaux de Microcéphales ne leur deviennent
« point semblables... Le Microcéphale, si réduit qu'il
« soit, n'est pas une bête; ce n'est qu'un homme
« amoindri. »

« Les lois du développement du cerveau dans les deux types, lois que j'ai rappelées plus haut, expliquent et justifient ce langage, comme les faits dont il est le résumé sont la réfutation formelle du rapprochement qu'on a essayé de faire entre le *cerveau humain amoindri* et le *cerveau animal quelque développé qu'il soit.*

« 6° Les fouilles pratiquées dans des terrains anciens, non remaniés, ont mis au jour les crânes de races humaines anciennes, et ces crânes offrent des caractères qui les rapprochent de celui du Singe. Ce cachet *pithécoïde*, très-frappant surtout sur le crâne de Neanderthal, n'accuse-t-il pas le passage d'un type à l'autre et par conséquent la filiation ?

« Cet argument est peut-être le seul qui ait été présenté avec quelque précision et l'on y est souvent revenu. Est-il plus démonstratif pour cela ? Que le lecteur en juge lui-même.

fatales ; les centres intellectuels, acquis d'une manière volontaire et libre, mais devenant par l'habitude plus ou moins automatiques et involontaires.

« Enfin, au sommet de toutes ces manifestations, se trouve l'organe cérébral supérieur du sens intime auquel tout vient aboutir ; c'est dans ce centre de l'unité intellectuelle qu'apparaît la conscience, qui, s'éclairant sans cesse aux lumières de l'expérience de la vie, tend à affaiblir, par le développement progressif de la raison et de la volonté, les manifestations aveugles et irrésistibles de l'instinct.

« N'oublions pas que c'est aux expériences de M. Flourens que nous devons nos principales connaissances sur le siége de la conscience, et rappelons encore que l'ablation des lobes cérébraux éteint aussitôt ce flambeau de l'intelligence et de la spontanéité : la vie séparée de la conscience peut continuer sans doute, mais alors les centres nerveux inférieurs, plongés dans l'obscurité, ne sont plus capables que d'actes involontaires et purement automatiques.

« Maintenant, quelle idée le physiologiste se fera-t-il sur la nature de la conscience ?

« Il est porté d'abord à la regarder comme l'expression suprême et finale d'un certain ensemble de phénomènes nerveux et intellectuels ; car l'intelligence consciente supérieure apparaît toujours la dernière, soit dans le développement de la série animale, soit dans le développement de l'homme. Mais, dans cette évolution, comment concevoir la formation du sens intime et le passage, si gradué qu'il soit, de l'intelligence inconsciente à l'intelligence consciente ?

« Est-ce un développement organique naturel et une intensité croissante des fonctions cérébrales qui font jaillir l'étincelle de la conscience, restée à l'état latent jusqu'à ce qu'une organisation assez perfectionnée puisse permettre sa manifestation, et est-ce pour cette raison que nous voyons la conscience se montrer d'autant plus lumineuse, plus active et plus libre, qu'elle appartient à un organisme plus élevé, plus complexe, c'est-à-dire qu'elle coexiste avec des appareils intellectuels inconscients plus nombreux et plus variés ? En admettant que la science vienne confirmer ces opinions, nous n'en comprendrions pas mieux pour cela, au point de vue physiologique, l'essence de la conscience, que nous ne pouvons comprendre, au point de vue chimique, l'essence du feu ou de la flamme.

« Le physiologiste ne doit donc pas trop s'arrêter, pour le moment, à ces interprétations ; il lui suffit de savoir que les phénomènes de l'intelligence et de la conscience, quelque inconnus qu'ils soient dans leur essence, quelque extraordinaires qu'ils nous apparaissent, exigent, pour se manifester, des conditions *organiques* ou *anatomiques*, des conditions *physiques* et *chimiques* qui sont accessibles à ses investigations, et c'est dans ces limites exactes qu'il circonscrit son domaine.

« Partout, en effet, nous constatons une corrélation rigoureuse entre l'intensité des phénomènes physiques et chimiques et l'activité des phénomènes de la vie ; c'est pourquoi il nous est possible, en agissant sur les premiers, de modifier les seconds et de les

« Conclusion. — En résumé, ni l'expérience ni l'observation ne nous fournissent encore la moindre donnée relative aux origines premières de l'Homme. La science sérieuse doit donc laisser ce problème de côté jusqu'à nouvel ordre. On est moins loin de la vérité en confessant son ignorance qu'en cherchant à la déguiser soit à soi-même, soit aux autres.

« Quant à la théorie de l'origine simienne de l'Homme, ce n'est qu'une pure hypothèse ou mieux un simple jeu d'esprit, en faveur duquel on n'a pu invoquer encore aucun fait sérieux et dont au contraire tout démontre le peu de fondement.

« En particulier, elle est en désaccord manifeste avec les idées de Darwin, auxquelles on s'est efforcé bien à tort de la rattacher. . . . »

## III

**Tableau des dynasties égyptiennes selon Manéthon.**

|  |  |  | Durée. | Avant J.-C. |
|---|---|---|---|---|
| Ire | Thinis. | Harabat-el-Madfouneh. | 253 ans | 5004 |
| IIe | Thinis. | Idem. | 302 — | 4751 |
| IIIe | Memphis. | Myt-Rahyneh. | 214 — | 4449 |
| IVe | Memphis. | Idem. | 284 — | 4235 |
| Ve | Memphis. | Idem. | 248 — | 3951 |
| VIe | Eléphantine. | Gezyret-Asouan. | 203 — | 3703 |
| VIIe | Memphis. | Myt-Rahyneh. | 70 j. | 3500 |
| VIIIe | Memphis. | Idem. | 142 ans | 3500 |
| IXe | Héracléopolis. | Ahnas-el-Medineh. | 109 — | 3358 |
| Xe | Héracléopolis. | Idem. | 185 — | 3249 |
| XIe | Thèbes. | Medynet-Abou. | } 213 — | 3064 |
| XIIe | Thèbes. | Idem. | | |
| XIIIe | Thèbes. | Idem. | 453 — | 2851 |
| XIVe | Xoïs. | Sakha. | 184 — | 2398 |
| XVe | Pasteurs. | Sân. | | |
| XVIe | Pasteurs. | Idem. | } 511 — | 2214 |
| XVIIe | Pasteurs. | Idem. | | |
| XVIIIe | Thèbes. | Medynet-Abou. | 241 — | 1703 |
| XIXe | Thèbes. | Idem. | 174 — | 1462 |
| XXe | Thèbes. | Idem. | 178 — | 1288 |
| XXIe | Tanis. | Sân. | 130 — | 1110 |
| XXIIe | Bubastis. | Tell-Basta. | 170 — | 980 |
| XXIIIe | Tanis. | Sân. | 89 — | 810 |
| XXIVe | Saïs. | Sâ-el-Hagar. | 6 — | 721 |
| XXVe | Éthiopiens. | » | 50 — | 715 |
| XXVIe | Saïs. | Sâ-el-Hagar. | 138 — | 665 |
| XXVIIe | Perses. | » | 121 — | 527 |
| XXVIIIe | Saïs. | Sâ-el-Hagar. | 7 — | 406 |
| XXIXe | Mendès. | Aschmoun-er-Rouman. | 21 — | 399 |
| XXXe | Sébennytès. | Samanhoud. | 38 — | 378 |
| XXXIe | Perses. | » | 8 — | 340 |

Fin des listes, selon Manéthon.

|  |  |  |  |  |
|---|---|---|---|---|
| XXXIIe | Macédoniens. | » | 27 ans | 332 |
| XXXIIIe | Grecs. | » | 275 — | 305 |
| XXXIVe | Romains. | » | 411 — | 30 |

|  | Après J.-C. |
|---|---|
| ÉDIT DE THÉODOSE. | 381 |

Ce fameux édit, on le sait, déclara que la religion

chrétienne était désormais la religion de l'Egypte. Il ordonna la fermeture de tous les temples et la destruction des statues des dieux. Les temples furent détruits ou mutilés. Il ne resta du culte des Égyptiens que des ruines. Les musées en recueillent aujourd'hui les restes. Malheureusement avec une religion destinée à périr ont disparu les souvenirs les plus authentiques de l'histoire d'un peuple dont la longue vie ne fut point sans gloire.

## IV

#### Opinions de M. Mariette sur la chronologie de l'Égypte.

Nous n'avons pas cru devoir suivre toutes les opinions de M. Mariette ; mais le lecteur nous saura gré de reproduire ici un extrait de l'*Histoire de l'Egypte*, où ce savant consciencieux expose lui-même les conclusions auxquelles l'ont conduit ses études sur les monuments :

« Le plus grand de tous les obstacles à l'établissement d'une chronologie égyptienne régulière, *c'est que les Egyptiens eux-mêmes n'ont jamais eu de chronologie*. L'usage d'une ère proprement dite leur était inconnu, et jusqu'ici on ne saurait prouver qu'ils aient jamais compté autrement que par les années du roi régnant. Or, ces années étaient loin d'avoir elles-mêmes un point initial fixe, puisque tantôt elles partaient du commencement de l'année pendant laquelle mourut le roi précédent, tantôt du jour des cérémonies du couronnement du roi. Quelle que soit la précision apparente de ses calculs, la science moderne échouera donc toujours dans ses tentatives pour restituer ce que les Égyptiens ne possédaient pas. — Au milieu de ces doutes, je crois que ce qui nous éloigne encore le moins de la vérité, c'est l'adoption pure et simple des listes de Manéthon. Je suis bien loin de prétendre que de Menès aux empereurs, l'Egypte ait toujours formé un royaume unique, et peut-être des découvertes inattendues prouveront-elles un jour que, pendant toute la durée de ce vaste empire, il y eut encore plus de dynasties collatérales que les partisans de ce système n'en admettent aujourd'hui. Mais tout porte à croire que le travail d'élimination est déjà fait dans les listes de Manéthon, telles qu'elles nous sont parvenues. Si, en effet, ces listes contenaient encore les dynasties collatérales, nous y trouverions, avant ou après la XXI$^{me}$, la dynastie des grands-prêtres qui régna à Thèbes pendant que cette XXI$^{me}$ occupait Tanis ; nous aurions de même à compter avant ou après la XXIII$^{me}$, les sept ou huit rois indépendants qui furent ses contemporains, et qui devraient, si Manéthon ne les avait éliminés, ajouter autant de familles royales successives à la liste du prêtre égyptien ; de même la dodécarchie compterait au moins pour une dynastie qui se placerait entre la XXV$^{me}$ et la XXVI$^{me}$, et enfin les rois thébains, rivaux des Pasteurs, prendraient leur rang avant ou après la XVII$^{me}$. Il y eut donc incontestablement en Égypte des dynasties simultanées ; mais Manéthon les a écartées pour n'admettre que celles qui furent réputées légitimes, et elles ne sont plus dans ses listes. Autrement, ce n'est pas trente et une dynasties que nous aurions à compter dans la série des familles royales antérieures à Alexandre ; c'est jusqu'à soixante peut-être qu'il faudrait monter pour en exprimer le nombre. D'ailleurs, en supposant même que Manéthon n'ait pas voulu faire cette élimination, comment admettre que les abréviateurs de Manéthon, tous plus ou moins intéressés à raccourcir ses listes, ne l'aient point faite eux-mêmes, alors que, par le texte de l'ouvrage qu'ils avaient sous les yeux, ils en possédaient les moyens? Tout se réunit donc contre le système des dynasties collatérales, et j'attendrai pour y croire qu'une seule fois les monuments nous aient fait connaître comme simultanées deux des familles royales qui figurent dans les listes de Manéthon comme successives. Je dirai plus ; je regarderai l'introduction du système des dynasties partielles dans Manéthon comme l'invention d'une ingénieuse érudition tant qu'on n'aura pas renversé les preuves par lesquelles les monuments eux-mêmes établissent que celles de familles royales qu'on regarde le plus souvent comme collatérales ne le sont pas. J'en citerai deux exemples. Dans la plupart des systèmes, la V$^{me}$ dynastie règne à Éléphantine pendant que la VI$^{me}$ règne à Memphis. Si la vérité de ce fait historique était admise, chaque dynastie aurait eu ainsi son territoire propre, et il s'ensuit qu'aucun monument de la V$^{me}$ dynastie ne doit se trouver sur le territoire de la VI$^{me}$, et réciproquement. Or, nos fouilles nous ont fait découvrir des monuments de la V$^{me}$ dynastie (Éléphantine) à la fois à Éléphantine et à Sakkarah, et des monuments de la VI$^{me}$ (Memphis) à la fois à Sakkarah et à Éléphantine. Si l'on en croyait les auteurs de ces mêmes systèmes, la XIV$^{me}$ dynastie, originaire de Xoïs (Sakha, dans le Delta) aurait été contemporaine de la XIII$^{me}$, originaire de Thèbes (haute Égypte). Mais les colosses de la XIII$^{me}$ dynastie, que nous avons trouvés à Sân, à quelques kilomètres seulement de Sakha, ne prouvent-ils pas que la dynastie thébaine qui les fit élever possédait la basse Égypte ? Comme on le voit par ces détails, le système des dynasties collatérales a donc bien des présomptions contre lui. Je ne donne pas pour cela le tableau développé plus haut comme le dernier mot de la science ; sans aucun doute, bien des chiffres de détail sont à corriger; mais j'admets que les trente et une dynasties de Manéthon nous présentent, sans juxtaposition de dynasties collatérales, le nombre des séries royales enregistrées comme légitimes et successives dans les annales officielles de l'Égypte avant Alexandre.

Reste la question des dates proprement dites. Sur ce point, je ne puis que répéter ce que j'ai dit dans l'*Introduction* de la *Notice sommaire* du Musée de Boulaq :

« Quant à la date absolue à assigner à chacune de ces familles royales et par suite aux monuments contemporains, je dois avertir que, pour toutes les dates antérieures à l'avénement de Psammitichus I$^{er}$ (665 avant J.-C., XXVI$^{me}$ dynastie), il est impossible de donner autre chose que des approximations qui deviennent de plus en plus incertaines à mesure qu'on remonte le cours des âges. La chronologie égyptienne présente en effet des difficultés que personne jusqu'ici n'a réussi à vaincre. L'habitude de compter par les années du roi régnant a toujours été un obstacle à l'établissement d'un calendrier fixe, et rien ne prouve que les Égyptiens aient jamais fait usage d'une ère proprement dite. Au milieu de ces ténèbres, c'est encore Manéthon qui est notre meilleur guide. Malheureusement, dès qu'on jette les yeux sur ce que certains écrivains chrétiens nous ont conservé de son œuvre, on aperçoit des traces manifestes d'altération et de négligence.. Les noms propres sont souvent défigurés, quelquefois transposés. Les chiffres surtout manquent de précision, et varient selon que l'extrait consulté nous est fourni par Eusèbe ou par l'Africain. Bien plus, les totaux enregistrés à la fin de chaque dynastie ne représentent que bien rarement l'addition des règnes compris dans cette dynastie. Dans l'état où les listes de Manéthon nous sont parvenues, nous ne trouvons donc pas un moyen de fixer sûrement les dates dont nous avons besoin. Je sais qu'on a cherché à rendre aux listes de Manéthon le crédit qu'elles ont perdu comme instrument de chronologie, en y rattachant quelque synchronisme incontesté. Le moyen en effet serait infaillible. Étant donné un phénomène céleste, le lever héliaque de Sirius, par exemple, rapporté à une date de l'année d'un règne mentionné dans Manéthon, il est évident que, par un calcul rétrograde facile aux astronomes, on peut déterminer, en année julienne, la date du phénomène et, par conséquent, celle du règne qui le vit s'accomplir. En ce point, les efforts de la science ont été aussi loin que possible, et les beaux mémoires de M. Biot et de M. de Rougé resteront comme des monuments de sagacité et de pénétration. Mais, pour que ce résultat ne puisse être contesté, il faudrait, en premier lieu, qu'en mentionnant un lever d'étoile célébré comme une fête dans un temple, les Égyptiens aient voulu parler d'un lever effectivement observé ; en second lieu, que, le fait de l'observation une fois reconnu, ils aient pu, à cette époque, se débarrasser de toutes les causes d'incertitudes qui s'attachent à une opération faite avec les yeux et sans le concours d'instruments. Or, sur cette dernière question, on lira les remarques que suggère à M. Biot lui-même ce qu'il appelle son *puritanisme scientifique*. Les synchronismes assyriens et bibliques, au moyen desquels on avait aussi espéré consolider les listes de Manéthon, ne se sont pas mieux prêtés à l'œuvre dont nous parlons. Que Moïse ait vécu sous Rhamsès II et que Ménephtah soit le Pharaon de l'Exode, c'est là un fait désormais acquis à la science, mais qui ne nous est d'aucun secours quant à la chronologie de la XIX$^{me}$ dynastie, puisque la Bible ne nous donne que des renseignements contradictoires sur la durée de la période des Juges et par suite sur l'époque qui vit Moïse se mettre à la tête du peuple hébreu. Des difficultés presque aussi insurmontables nous arrêtent dès que nous essayons d'assigner une date au synchronisme de la prise de Jérusalem par Sésac, premier roi de la XXII$^{me}$ dynastie. La chronologie des rois n'est pas plus précise que l'année du règne de Sésac, qui fut celle de l'envahissement de la Judée, et il nous faut descendre jusqu'au commencement de la XXVI$^{me}$ dynastie pour rencontrer la limite des chiffres exacts (665 avant J.-C.). Restituer aux listes de Manéthon l'élément chronologique que les altérations des copistes leur ont enlevé, est donc une œuvre impossible, et on voit par là qu'autant la science se sent aujourd'hui assez forte pour affirmer qu'un monument appartient à telle ou telle dynastie, autant elle fait acte de conscience en refusant de se prononcer sur la date absolue à laquelle ce monument remonte. Le doute en pareille matière augmente à mesure que l'on s'éloigne des temps voisins de notre ère, au point que, selon les systèmes, il peut y avoir jusqu'à deux mille ans de différence dans la manière de compter l'âge de la fondation de la monarchie égyptienne.

# TABLE DES MATIÈRES

|  | Pages. |
|---|---|
| Introduction. | VII |

Chapitre premier. — *Caractère historique du récit de la création de la Genèse. Durée des six jours.* — Comment au XIX<sup>e</sup> siècle on a méconnu le caractère du récit mosaïque de la création : Eichorn, Herder, Kurtz. — Preuves du caractère historique du premier chapitre de la Genèse. — Ce chapitre n'est point l'exposé d'un système de philosophie, ni le début d'une épopée, ni un récit prophétique ; il est essentiellement véridique, historique, dans son ensemble et sa substance ; il n'a pas néanmoins et ne pouvait avoir dans la forme et dans la méthode l'exactitude ni la rigueur d'un exposé scientifique. — Les cosmogonies des anciens peuples renferment des éléments qui leur sont communs avec la cosmogonie mosaïque. Antiquité du globe. — Les six jours de la création forment six périodes de temps indéterminé. ........... 1

Chapitre II. — *Premier, deuxième et quatrième jour.* — La création mosaïque échappe au Panthéisme, au Dualisme. — Le *tohu-bohu*. — La lumière existant avant le soleil. — Le soleil, la lune et les étoiles au quatrième jour. — Système de Laplace. — Expérience de M. Plateau. — La Genèse fait-elle du firmament une voûte solide et compacte ?............................................. 21

Chapitre III. — *Troisième jour. La création des plantes.* — Les eaux couvrent uniformément le globe. — Les terres émergent : soulèvement et affaissement des montagnes. — Les plantes cellulaires, les herbes, les arbres. — La prédominance de la flore sur la faune est le caractère de cette époque géologique. — Un mot sur les *gén'rations spontanées*. — La vie des plantes avant la création du soleil.................................... 51

CHAPITRE IV. — *Cinquième jour. Création des monstres marins, des poissons, des reptiles et des oiseaux.* — Explication du texte sacré. Les animaux marins, les amphibies, les poissons, les oiseaux aquatiques. — Confirmation du texte biblique par la géologie. — Terrains permiens, triasiques, jurassiques, crétacés : leurs fossiles. — Les mammifères didelphes. — Sauriens monstrueux. — Empreintes laissées par les oiseaux échassiers contemporains des grands reptiles. — Ptérodactyles. — L'Iguanodon. — Résumé du cinquième jour.................. 75

CHAPITRE V. — *Sixième jour.* (1ʳᵉ *partie.*) *Création des animaux terrestres.* — Explication du texte sacré. — Détermination et exposé des caractères de la période géologique à laquelle correspond le commencement du sixième jour. — Terrain tertiaire; terrain quaternaire. — Mammifères. — Pendant cette période l'observation constate le progrès continu de la ressemblance des espèces fossiles avec les espèces vivantes. — Le progrès qu'accuse Moïse dans l'histoire de la création est confirmé par la géologie. — La distribution des végétaux et des animaux dans tous les terrains de même formation concorde avec les faits bibliques. — L'unité du plan et les rapports des créations successives entre elles sont constatés par la géologie et confirment aussi le récit de Moïse. — Comment les êtres fossiles ont pu être compris dans le récit de Moïse et se rattachent à l'homme...... 101

CHAPITRE VI. — *Sixième jour.* (2ᵉ *partie.*) *Création de l'homme.* — L'homme dans sa double substance spirituelle et corporelle. — L'image de Dieu. — L'homme antédiluvien. — L'homme de la période tertiaire et de la période quaternaire. — Les habitants des cavernes. —

L'âge de l'humanité ne dépasse-t-il point le chiffre qui lui est ordinairement assigné par la chronologie?.......... 129

CHAPITRE VII. — *Règne humain. Unité de l'espèce humaine.* Systèmes opposés à la vérité du récit biblique : matérialisme, positivisme. — Générations spontanées. — Transformation des espèces. — M. Darwin réfuté par les faits. Combien l'homme diffère des animaux par l'intelligence, etc................................ 167

CHAPITRE VIII. — *Unité de l'espèce humaine.* — Historique de la question. — Opinion des anciens peuples. — Lapeyrère au XVIIe siècle. — Les philosophes au XVIIIe. — Buffon. — Les Slavistes en Amérique. — Hypothèse des deux récits de deux créations dans la Bible. — Sa réfutation. — Doctrine monogéniste de Linné, Buffon, Cuvier, Quatrefages, etc. — Définition de l'espèce. — Les différences dans la couleur, la taille, la forme, etc., ne sont point suffisantes pour justifier l'hypothèse de la pluralité des espèces humaines. — Inductions tirées des fleurs et des animaux.............................. 195

CHAPITRE IX. — *Unité de l'espèce humaine (suite). Différences intellectuelles entre les races humaines.* — Importance capitale, au point de vue de la dogmatique chrétienne, de la réfutation de l'erreur qui nie l'unité de l'espèce humaine. — Résumé des vérités acquises au débat et nouvelles confirmations. — Les différences intellectuelles et morales qu'offrent les races humaines suffisent-elles à prouver la pluralité d'espèces? — État intellectuel et moral de la race chamique d'après les voyageurs les plus récents. — On n'en peut conclure la pluralité de l'espèce humaine. — Témoignages de M. Flourens et des missionnaires. — L'éducation et la religion suffisent pour la relever de l'avilissement où elle est tombée................................. 219

CHAPITRE X. — *Unité de l'espèce humaine (suite). Différences intellectuelles et morales chez les Australiens.* — État intellectuel et moral des Australiens. — Il n'y a entre l'Australien et nous de différences essentielles à cet égard que celles de l'éducation et de la religion. — Témoignages de Mitchell, Pickering, etc. — Heureux résultats déjà acquis. — Deux causes expliquant les différences morales et intellectuelles des nègres et des Australiens. — Conclusion : L'unité de l'espèce humaine est une vérité religieuse et sérieusement scientifique.... 251

Chapitre XI. — *Unité primitive du langage.* — Histoire et progrès de la linguistique au point de vue de la question de l'unité du langage primitif. — Quelle opinion doit-on se former au sujet de l'origine du langage? — Toutes les langues parlées sur le globe peuvent être ramenées à trois types : le type monosyllabique, le type touranien, le type arien et sémite. — Toutes les langues ont été monosyllabiques à l'origine. — La langue primitive était monosyllabique. — Si l'on ne peut prouver philologiquement l'unité primordiale du langage, la science la déclare possible et commence à l'entrevoir.................. 265

Chapitre XII. — *Chronologie. Indiens. Chinois.* — Prétentions des peuples anciens à une antiquité exagérée. Le chrétien doit discuter ces prétentions avec quiétude. Les Grecs dans l'Inde; les Arabes; les Portugais; les Hollandais; les Français; les Anglais. — L'antiquité exagérée des sciences et de la littérature indiennes réfutées par Delambre, Laplace, etc. — *Surya Siddhanta.* — La légende de *Krishna.* — William Jones; M. Wilfort et le Pandit. Conclusion de Lassen : âge des *Védas* et des *lois de Manou.* — Prétentions des Chinois. — Conclusions d'Abel Remusat...................... .......... 289

Chapitre XIII. — *Chronologie. Égyptiens.* — Les Égyptologues. Lepsius — Bunsen — Mariette — de Rougé. — L'Égypte — ses papyrus. — Calculs chronologiques : année vague; année sothique; année tropique; mois *panégyriques.* — Résumé historique des dynasties. — Ménès. — Dynasties memphitiques. — Les Pyramides. — Tombeaux. — Les *Hyksos.* — L'Exode des Hébreux. — Le souvenir des Hébreux en Égypte. — Appréciation de la durée des dynasties de Ménès à Alexandre. — La véné-

| | Pages. |
|---|---|
| rable antiquité peu scrupuleuse en matière de dates. — Les Égyptiens n'avaient pas d'ère commune, pas de chronologie générale acceptée. — Quelle est l'autorité personnelle de Manéthon? Il y a eu des dynasties royales simultanées. — Le cycle de *Sothis*. — Le papyrus de Turin. Les monuments égyptiens. — Conclusions....... | 311 |
| CHAPITRE XIV. — *Chronologie chaldéenne.* — *Conclusion.* Bérose : — Histoire et chronologie fabuleuses. — Opinions de Bunsen. — Vue synoptique de la chronologie positive de tous les anciens peuples. — L'antiquité des monuments d'art prouve-t-elle que la date de l'origine de l'homme a été méconnue par la Bible? Date du déluge. — Le temps nécessaire à la formation des langues. — La formation et la variété des langues autorisent-elles à supposer une antiquité prodigieuse à l'existence de l'homme? — Conclusion : Opinion d'Eusèbe à l'égard de la certitude chronologique des temps primitifs......... | 343 |

### APPENDICES.

| | |
|---|---|
| I. Le matérialisme peut-il légitimement invoquer en sa faveur le témoignage des découvertes nouvelles de la physiologie?........................................ | 361 |
| II. L'homme descend-il du singe?.................... | 376 |
| III. Tableau des dynasties égyptiennes selon Manéthon... | 389 |
| IV. Opinions de M. Mariette sur la chronologie de l'Égypte. | 391 |

FIN DE LA TABLE.

---

Le Mans. — Typ. Ed. Monnoyer. — Septembre 1869.

CPSIA information can be obtained
at www.ICGtesting.com
Printed in the USA
LVHW111507230223
740229LV00002B/47